Jude Deveraux

Une coupable idéale

Traduit de l'américain
par Élisabeth Luc

J'AI LU

Titre original :

HIGH TIDE
Pocket Books,
a division of Simon & Schuster Inc., N.Y.

Prologue

— Pas question ! répondit Fiona, la mine renfrognée.

Se murant dans le silence, elle fusilla du regard l'homme qui se trouvait en face d'elle. Elle n'ignorait pas que ce regard noir avait le pouvoir de pétrifier les plus téméraires. Avec ses talons hauts, la jeune femme frôlait le mètre quatre-vingts. Quand cela se révélait nécessaire, elle n'hésitait pas à jouer de sa taille pour intimider ses adversaires.

James Garrett mesurait peut-être quelques centimètres de moins que Fiona… mais c'était lui, le patron.

— Je ne vous ai pas priée de partir, reprit-il calmement, la mine implacable. Je vous *informe* de votre départ. Ma secrétaire a déjà réservé votre billet.

Sur ces mots, il baissa les yeux vers son bureau, signifiant que le sujet était clos et que Fiona pouvait disposer.

Mais elle n'était pas femme à se laisser démonter aussi facilement.

— Kimberly a besoin de moi, affirma-t-elle, les lèvres pincées, la tête relevée – de sorte qu'elle voyait le dessus du crâne de son patron.

Comment ? Garrett a des implants capillaires ? songea-t-elle sournoisement.

— Kimberly n'a...

James Garrett se contint. Il ne lui avait pas encore offert un siège. Pas question d'admettre qu'il avait un complexe d'infériorité, que les grandes femmes l'impressionnaient.

— Asseyez-vous ! ordonna-t-il.

Fiona ne bougea pas.

— Je dois me remettre au travail. Kimberly nécessite quelques retouches, et je dois m'entretenir avec Arthur à propos de la prochaine saison.

James compta lentement jusqu'à quatre, puis il lui tourna le dos pour regarder par la fenêtre, vers les rues sombres et interminables, vingt étages plus bas. New York en février était décidément la plus lugubre des villes. Une métropole froide, balayée par un vent glacial, sinistre. Or il venait de proposer à l'une de ses meilleures cadres un déplacement en Floride, et celle-ci avait l'affront de refuser !

Avec un soupir, il se retourna enfin vers Fiona, sourcils froncés.

— Je vais m'exprimer autrement. Vous participez à cette partie de pêche avec cet homme, sinon je vous enlève définitivement Kimberly. C'est clair ?

Fiona le fixa, éberluée.

— Mais Kimberly, c'est moi ! s'exclama-t-elle, incrédule. Nous sommes indissociables.

James se frotta nerveusement le menton.

— Trois jours, Fiona. Trois petits jours, c'est tout ce que je vous demande ! Vous ne passerez que trois malheureuses journées de votre vie en compagnie de cet homme, en Floride. Ensuite vous ne quitterez plus jamais les rues polluées de New York. Vous pourrez vous installer à demeure dans Central

Park, si cela vous chante ! Allez vite préparer vos bagages. L'avion décolle demain matin à l'aube.

Fiona ravala à grand-peine ses protestations. Après tout, James était le patron. L'idée de se voir retirer Kimberly lui était intolérable. Kimberly et son univers représentaient tout dans la vie de la jeune femme. Certes, Fiona avait des amies, des loisirs, mais Kimberly comptait plus que tout au monde.

Kimberly, c'était…

Les pensées de Fiona s'interrompirent lorsqu'elle passa devant la secrétaire de James Garrett. Celle-ci tenait à la main le billet d'avion, affichant un sourire narquois.

— Bon voyage, minauda-t-elle.

Naturellement, elle avait tout entendu de sa conversation avec le patron.

— Nous veillerons à ce que Kimberly soit bordée chaque soir. Je suis sûre que vous allez beaucoup lui manquer.

Fiona saisit le billet et grimaça un sourire.

— Vous avez enfin obtenu votre augmentation, Janet ?

James Garrett était réputé pour son avarice. La secrétaire voulut lui reprendre le billet, mais Fiona fut plus rapide. Elle s'éloigna d'un pas chaloupé, qui mettait en valeur sa silhouette impeccable.

Trois jours, songeait-elle en regagnant son bureau. Trois jours dans des marécages nauséabonds, parmi les crocodiles… en compagnie d'un inconnu qui avait étrangement exigé sa présence.

— Pour qui se prend-il donc ? marmonna-t-elle en entrant dans son bureau.

— Qui cela ? s'enquit Gerald, son assistant.

Il posa les nouveaux croquis de Kimberly sur le bureau de Fiona.

La jeune femme parvint à peine à les regarder. Pour James Garrett, trois jours paraissaient bien courts, mais à ses yeux c'était une éternité...

— Et puis zut ! lança-t-elle en consultant sa montre.

Il était presque dix-huit heures, et c'était l'anniversaire de son amie Diane.

Elle ouvrit la bouche pour expliquer la situation à Gerald, mais il la devança :

— Pas un mot ! Tout le monde en parle, au bureau. Tu sais pourquoi ce type te veut, toi et personne d'autre ? Enfin, je veux dire, à part les raisons habituelles...

Sa voix s'éteignit.

— Je ne l'ai jamais rencontré. Je ne sais rien de lui, avoua Fiona. Le pire, c'est que je n'ai pas eu le temps...

— D'acheter un cadeau pour Diane ? coupa Gerald, les yeux pétillant de malice.

Il brandit un superbe paquet.

— Des chaussures de chez Ferragamo, pointure 39, déclara-t-il. J'espère que tu ne m'en voudras pas d'avoir parcouru ton fichier personnel, uniquement pour vérifier la pointure...

Fiona ignorait si elle devait gifler le jeune homme ou simplement le congédier. Elle gardait tout dans son ordinateur, y compris les goûts et les marottes de ses amis et de ses relations de travail. En consultant ainsi ses fichiers personnels, il avait outrepassé son rôle d'assistant.

— Ne te fais aucun souci, ajouta Gerald qui alla chercher son manteau dans le placard, je m'occupe de Kimberly, de Sean, de Warren, et je ferai en sorte que les croquis partent à temps à la fabrication. D'ailleurs, tu devrais en profiter pour prolonger un peu ton séjour et prendre quelques jours de vacances au soleil. Il paraît que la Floride est magnifique, à cette époque de l'année.

Fiona ne dit rien et enfila son manteau. Sur le seuil, elle se retourna pour adresser à Gerald un sourire complice. Il se tenait déjà derrière le bureau de la jeune femme, à vérifier ses croquis.

— Si tu oses modifier un cheveu de Kimberly, je te jure que je rapporte un crocodile de Floride et que je t'enferme avec lui dans ce bureau ! menaça-t-elle avec un air angélique, avant de s'éloigner.

— Attends un peu, répète-moi cela, fit Diane avant d'avaler une rasade de tequila. (Elle en était à son quatrième verre.) Où dois-tu te rendre, et pourquoi ?

— Je l'ignore, répondit Fiona, exaspérée, en faisant signe au garçon de lui apporter une autre consommation.

Elle savait parfaitement qu'elle regretterait cet abus d'alcool, le lendemain à son réveil, mais elle venait de passer l'une des pires journées de son existence. Pour l'heure, ses quatre meilleures amies étaient autour d'elle, et c'était un réconfort.

Fiona les dévisagea avec tendresse. Elles étaient ensemble depuis l'enfance.

— Hé ! réveille-toi ! lança Ashley. Finies les cachotteries ! De quoi s'agit-il ? Cet homme mystérieux serait-il secrètement amoureux de toi ?

— Comment le pourrait-il ? Je ne l'ai jamais rencontré, répondit Fiona. D'après mes informations, il a plus de soixante ans et ressemble au Père Noël.

— Mais il est riche, non ? intervint Jane en vidant son verre de thé glacé allongé de rhum.

— S'il n'est pas encore riche, il le sera dès que son feuilleton télévisé aura percé sur le réseau national. Ensuite, il...

— Attendez ! fit Susan, qui sirotait un verre de Martini. Nous ne vivons pas toutes dans cette ville merveilleuse qu'est New York, nous ne sommes pas toutes au courant...

— Je sais, je sais ! s'exclama Jane en riant. Ne recommence pas ta comédie de la pauvre petite provinciale de l'Indiana.

— De Los Angeles, précisa Susan.

Les deux jeunes femmes, qui habitaient New York, plaisantaient toujours sur le fait que les régions situées à l'ouest de l'Hudson étaient pour elles des trous perdus.

— Très bien, on se calme, dit Fiona en levant les mains en signe d'apaisement. Je vais vous révéler tout ce que je sais – c'est-à-dire très peu, en vérité. Il s'agit d'un Texan du nom de Roy Hudson, qui a créé une série télévisée pour enfants intitulée *Raphael*. Je ne sais rien de plus, à part que c'est un énorme succès sur la chaîne de télévision locale, et qu'une chaîne nationale s'en est emparée.

— Laquelle ? s'enquit Jane.

— Qu'importe ! fit Ashley, qui venait d'arriver de Seattle.

— NBC.

— Je vois, murmura Jane. D'où sa fortune.

— Naturellement, répliqua Ashley. On en revient toujours à l'argent, non ?

— Laisse donc Fiona s'exprimer ! ordonna Susan.

— Je ne sais rien d'autre, déclara celle-ci. Davidson veut signer un contrat pour la production de jouets et de figurines inspirés de la série. C'est très simple, en fait.

— Hum, fit Jane. Et que viens-tu faire avec Kimberly dans ce projet ? Comment s'intitule ce feuilleton, déjà ? Et de quoi parle-t-il ?

— Je n'ai pas encore vu les cassettes. Je n'en ai pas la moindre idée. Avec un titre comme *Raphael,* il doit parler de… En fait, je n'en sais rien. Jusqu'à ce matin, j'ignorais son existence.

Fiona avala une nouvelle gorgée d'alcool.

— Alors pourquoi ? Pourquoi cet homme a-t-il déclaré ne vouloir vendre les droits qu'à Davidson, et à condition que je me rende en Floride avec lui ?

D'ordinaire, Fiona était trop bien éduquée pour élever la voix en public. Pourtant, sa confrontation avec Garrett l'avait bouleversée.

— Je n'en sais rien ! cria-t-elle, avant de se ressaisir. Ce vieux Texan a exigé ma présence… il s'agit d'une partie de pêche de trois jours, avec un guide qu'on surnomme l'As.

Sur ces mots, elle vida son verre et fit signe au serveur.

Susan s'esclaffa. Ses amies furent heureuses d'entendre son rire chaleureux. L'humour de Susan leur permettait toujours de garder du recul, quelle que soit la situation.

— L'As ? répéta-t-elle. As de quoi ?

— C'était sûrement un pilote de chasse pendant la guerre, affirma Jane. Il va montrer à Fiona toutes ses médailles et ses cicatrices.

— Vraiment, les filles ! s'exclama Ashley. C'est la Floride, après tout. Il aura certainement la peau plus tannée que celle des crocodiles. Il doit être du genre à appeler toutes les femmes « poulette ».

— Et il s'est fait tatouer tout le corps, bien avant que cela ne soit à la mode, précisa Diane.

Elle commanda des chips et de la sauce mexicaine. Elles n'avaient pas encore dîné.

— Comme d'habitude, vous êtes à côté de la plaque, déclara Fiona. L'As est un homme superbe. Grand, brun, séduisant… il a tout pour plaire, à part une petite chose.

Ses amies éclatèrent de rire.

— Si c'est petit, on n'en veut pas !

— Non, pas ça, railla Fiona. Ce à quoi vous faites allusion est certainement de bonne taille… Tiens ! Voilà notre commande, s'exclama-t-elle avec un large sourire.

— Alors cette petite chose ne peut être que… fit Jane en observant ses compagnes. Allez, toutes en chœur : un, deux, trois…

Elle imita les gestes d'un chef d'orchestre.

— Son cerveau ! lancèrent-elles à l'unisson.

— Tu sais, Fiona, fit Ashley, la bouche pleine de chips, je pourrais très bien supporter trois jours au soleil en compagnie d'un bel adonis bronzé et musclé.

— Moi, j'aime les hommes qui n'ont pas que des muscles, rétorqua Fiona.

— Pas moi, intervint Susan. Je me moque qu'un homme ait un cerveau ou pas.

— Cela compte dès que l'attrait de la nouveauté a disparu, reprit sérieusement Fiona. Sinon, il ne reste plus rien. Il s'enfuit avec la première blondasse venue et tu te retrouves…

— Assez ! s'exclama Diane. C'est mon anniversaire, après tout.

— Tu as raison, s'excusa Fiona. C'est ton anniversaire, et nous ne parlons que de mes problèmes.

— Tu parles d'un problème ! se moqua Ashley. Trois jours sous le soleil de Floride, seule en compagnie d'un homme au corps sculptural, dénué de cerveau…

— En compagnie du vieux Roy Hudson, ainsi que d'un type chargé de vider les poissons, corrigea Fiona avec un rire amer. Entre-temps, Kimberly...

— Ah, Kimberly ! firent ses amies en chœur.

— D'accord, je sais. Il est interdit d'en parler.

— En effet, confirma Susan. Changeons plutôt de sujet.

— Je suis d'accord ! renchérit Jane.

Pendant un long moment, les jeunes femmes demeurèrent silencieuses.

— Il n'a pas de nom de famille, ce fameux As ? s'enquit enfin Ashley.

Avec un soupir, Fiona prit sa mallette, en sortit un document qu'elle parcourut.

— Montgomery... Paul Montgomery, lut-elle.

1

— Dans de telles conditions, je refuse ! lança Paul en foudroyant du regard l'homme qui lui tendait un document à signer.

— Écoutez, monsieur, je ne suis que le livreur. Alors signez-moi vite ce bon de livraison, que je puisse m'en aller. Je n'ai pas que ça à faire.

Paul secoua la tête.

— Vous ne savez peut-être pas lire, mais moi si. Il est inscrit sur ce contrat – en tout petits caractères, certes – que le chargement passe sous ma seule responsabilité à partir du moment où j'en accepte la livraison. Cela signifie que, si la marchandise est abîmée, c'est mon problème. Mais si je constate les dégâts avant de signer, c'est à vous qu'en incombe la responsabilité. Vous saisissez la nuance ?

Pendant un moment, l'employé de l'entreprise de transport ne sut que dire.

— Vous savez ce qu'il contient, ce paquet ? demanda-t-il.

— Naturellement, puisque c'est moi qui ai passé commande de l'article. D'ailleurs, je l'ai aussi payé.

L'homme ne semblait toujours pas comprendre le point de vue de Paul.

— Alors sortons le paquet d'ici pour…
— Non ! coupa Paul. Ouvrons-le tout de suite.
L'homme se mit à le dévisager curieusement, comme si Paul avait oublié qu'ils se trouvaient au service des bagages de l'aéroport de Fort Lauderdale. Pour l'heure, seuls quelques porteurs récupéraient les valises abandonnées sur les tapis. Cependant, à tout instant, l'escalator pouvait commencer à déverser une horde de voyageurs venant de débarquer.
— Vous voulez que je le déballe ici ? Maintenant ? reprit l'homme, incrédule.
— Absolument, répondit Paul avec fermeté. J'ai déjà payé assez cher…
— D'accord, d'accord, bougonna l'employé, exaspéré, avant de se tourner vers un adolescent dégingandé et chétif, qui se tenait à côté de Paul.
Tous deux portaient la même veste grise, semblable à celle d'un uniforme.
— Il est toujours comme ça ? s'enquit le livreur à voix basse.
— Non, mais parfois il est vraiment pénible…
— J'espère au moins que vous êtes bien payé.
— En fait… bredouilla l'adolescent, avant d'être brutalement interrompu par Paul.
— Tim ! Tu veux bien dégager ce côté de la caisse ? Je ne veux pas qu'un de mes hommes y touche avant que j'aie constaté le bon état de l'objet.
Tournant le dos à Paul, le livreur fit la grimace. Il était fatigué, affamé et, pire, il était tout seul. Il allait devoir déballer ce maudit engin, uniquement à cause d'un malheureux accroc dans un coin. Il prit une barre de métal et souleva un côté de la caisse, longue de plusieurs mètres. Dans un lit de polystyrène, il découvrit une télécommande. Avec un sourire malicieux, il s'assura que nul ne le regar-

dait et empocha l'objet, avant de continuer à soulever le couvercle. Il vit Paul penché de l'autre côté, la mine soucieuse.

— Hé ! fit le livreur à l'adolescent qui portait un badge au nom de Tim.

Il lui tendit la télécommande.

— N'est-ce pas ce que…

— Tais-toi ! ordonna l'homme. Prends-la, mais ne lui montre pas.

— D'accord, répondit Tim, les yeux écarquillés.

— Surtout, n'appuie pas sur les boutons, recommanda le livreur, malicieux. Sinon, l'engin va se mettre en branle et terroriser tout le monde.

— Ah oui ? répondit Tim, fasciné.

Celui-ci ne put résister longtemps à la tentation. Dès que la caisse fut ouverte, il se mit à actionner la télécommande. Il entendit une femme pousser un cri.

— Tout va bien, mesdames et messieurs ! annonça Paul à la foule de plus en plus nombreuse, sans doute les passagers d'un avion venant d'atterrir. Ce n'est pas un vrai ! Il s'agit d'un alligator en fibre de verre, que je viens de recevoir de Californie. Nous vérifions simplement qu'il est en bon état.

Aussitôt, les gens se détendirent, mais nul n'osa s'approcher du tapis à bagages. Ils venaient en effet de voir une énorme gueule de reptile surgir de la caisse !

Paul secoua la tête, agacé, puis il arracha rageusement la télécommande des mains de Tim.

— Tu ferais mieux de m'aider, plutôt que de me retarder avec tes bêtises !

— Désolé, patron, balbutia l'adolescent. Je n'ai pas pu résister. Cet alligator a l'air tellement vrai !

— À présent, va inspecter la queue. Je ne veux pas la moindre éraflure, c'est compris ?

Voyant que Paul et Tim avaient pris le contrôle de l'opération, le livreur s'appuya contre le mur et entreprit de se curer les ongles à l'aide de son canif.

— Comment se fait-il que vous n'ayez pas acheté un véritable alligator ? s'enquit-il. On ne manque pas de vrais spécimens, dans le pays...

Paul dut écarter une touriste trop curieuse, qui se penchait sur la caisse pour en examiner le contenu.

— Le parc de Kendrick est un parc naturel voué à la protection des oiseaux, expliqua-t-il.

Face au regard perplexe du livreur, Tim crut bon d'ajouter :

— Mon patron déteste enfermer les animaux en cage, mais les alligators attirent les foules.

L'homme réfléchit quelques instants.

— Je vois. Ainsi, vous vous êtes dit que, grâce à ce faux alligator, vous alliez attirer les touristes, et que cette brave bête en fibre de verre ne pleurerait pas des larmes de crocodile à cause de sa solitude forcée.

L'homme rit de sa propre boutade.

— Exactement, répondit Tim à la place de Paul, qui ne disait rien.

— Vous avez terminé votre inspection, monsieur le protecteur des oiseaux ? demanda le livreur.

— La caisse n'est abîmée qu'au fond. Pour être certain que tout fonctionne bien, je vais devoir sortir la bête et l'examiner.

— C'est ce que me répète ma femme tous les soirs, chuchota le livreur d'un ton salace à Tim, qui rougit et s'esclaffa.

Mais il retrouva bien vite son sérieux. Pour l'heure, son patron n'était visiblement pas d'humeur à plaisanter.

— Allez, Tim, prends-le par la queue… Attention ! Il ne faut pas l'abîmer… Très bien.

Paul scruta avec soin l'alligator, installé sur le sol de l'aéroport.

— Il semble intact, conclut-il.

— Alors vous allez signer ce foutu bon de livraison, que je puisse aller casser la croûte ?

— D'accord, concéda Paul en tendant la main.

Avant de signer, il prit une profonde inspiration. Cette réplique très coûteuse d'alligator était désormais sous sa responsabilité. Il observa les passagers qui l'encerclaient. Fatigués de leur voyage depuis New York, ils ne disaient mot, à moins qu'ils ne soient impressionnés par cet animal féroce qu'ils espéraient voir en Floride.

— Allez, on le range dans sa boîte, lança Paul. Tim, prends-le par la queue, je m'occupe de la tête.

L'espace d'un instant, Paul hésita, cherchant la meilleure prise. Il décida de glisser le bras dans la gueule de l'alligator jusqu'au coude. La foule ne put retenir une exclamation d'effroi. Ce stratagème fonctionnerait à merveille auprès des visiteurs du parc, songea Paul. En Floride, les parcs d'attraction remportaient un vif succès grâce à des prédateurs factices. Les familles ne se déplaçaient guère pour admirer une nuée de flamants roses. Les finances de Paul le prouvaient.

En rangeant l'alligator dans sa caisse, ils ne remarquèrent pas un bambin un peu curieux qui se faufilait parmi les bagages, pour ramasser la télécommande que Paul avait posée sur sa boîte à outils. Le petit garçon de dix-huit mois adorait appuyer sur les boutons…

— Dieu du ciel ! marmonna Fiona en descendant de l'avion.

Elle avait déjà eu plusieurs fois la gueule de bois, dans sa vie, surtout pendant ses études, mais jamais une migraine aussi tenace. Non seulement elle avait mal à la tête, mais elle était courbatue. Dans l'avion, elle s'était endormie dès le décollage. L'hôtesse avait dû la réveiller après l'atterrissage, de sorte qu'elle avait été la dernière à quitter l'appareil.

Son gros sac fourre-tout lui meurtrissait l'épaule. Ses amies et elle s'étaient amusées comme des gamines, veillant jusqu'à deux heures du matin, riant comme des folles aux anecdotes de chacune, mais surtout à propos de cette partie de pêche à laquelle Fiona était contrainte de participer.

— Toi ? s'était exclamée Jane. Je ne t'imagine pas à plus d'un kilomètre de ta manucure !

Jane était sculpteur, aussi avait-elle souvent les mains abîmées.

En pénétrant dans l'aérogare, Fiona fut éblouie par la lumière intense qui filtrait par les baies vitrées. Elle fouilla maladroitement son sac, en quête des lunettes noires achetées en catastrophe à l'aéroport de New York. Tout semblait si morne et si gris, là-bas, que la jeune femme avait cru qu'elle ne verrait jamais à travers les verres sombres. À présent, elle avait l'impression de porter des verres ordinaires.

L'aéroport semblait vide. Toujours en proie à un terrible mal de tête, la jeune femme ressassait ses idées noires. Comment allait-elle survivre trois jours dans ces conditions ? Cet homme allait-il lui demander de vider des poissons répugnants ?

En posant le pied sur la première marche de l'escalier mécanique, elle fut soudain prise d'une nausée. Elle sortit un mouchoir en papier qu'elle porta à sa bouche. Que lui voulait donc ce Roy Hudson ? Pourquoi la Floride ? S'il tenait absolument à la rencontrer en Floride, il aurait pu opter pour une superbe plage de sable blanc. Pourquoi tenait-il à l'entraîner dans les marécages, en quête de Dieu sait quoi...

Toute à ses pensées, elle ne remarqua pas l'attroupement qui entourait les tapis à bagages. Au bas de l'escalator, Fiona faillit trébucher sur un homme chauve et corpulent.

— Pardon, bredouilla-t-elle d'une voix cassée.

L'homme leva les yeux et se radoucit aussitôt.

— À votre service, mademoiselle, répondit-il, s'effaçant pour qu'elle puisse assister à son tour à la scène qui captivait les autres passagers.

Plus tard, Fiona expliquerait avoir agi sans réfléchir, guidée par son instinct...

Clignant les yeux derrière ses lunettes noires, l'esprit grouillant de visions atroces d'alligators et de végétation hostile, elle vit soudain un homme en train de se faire dévorer le bras par un reptile ! L'alligator se mit à bouger la queue, puis à remuer la tête d'un côté à l'autre. Tout en cherchant à libérer son bras de l'emprise de cette mâchoire impressionnante, l'homme criait des paroles incompréhensibles.

Fiona avait toujours eu d'excellents réflexes. À l'école, elle se distinguait dans tous les sports collectifs. Aussi ne perdit-elle pas une seconde. Près d'elle se tenait une femme avec, sur son chariot à bagages, un sac de bowling.

Sans réfléchir une seconde, Fiona saisit ledit sac et le projeta de toutes ses forces sur le reptile.

Elle ne s'attendait pas à ce qui se produisit alors. L'alligator explosa littéralement. Il n'ouvrit pas la gueule pour relâcher sa victime, mais il fut secoué par une détonation terrible. Une pluie de débris vola dans la salle.

Tandis que Fiona demeurait pétrifiée, les autres voyageurs cédèrent à la panique. Croyant à un attentat, ils se mirent à hurler. Une sirène d'alarme retentit. Les passagers s'éparpillèrent dans tous les sens.

Ne comprenant toujours pas la situation, la jeune femme ne bougeait pas. Elle ôta ses lunettes pour observer ce qu'elle avait pris pour un alligator. Un homme vint vers elle, un énorme dentier accroché à l'avant-bras. Elle fixa l'objet monstrueux. En levant les yeux vers l'inconnu pour l'interroger, elle remarqua qu'il était fou de rage.

D'instinct, elle recula d'un pas, trébuchant sur le chariot à bagages abandonné par la voyageuse au sac de bowling. Celle-ci avait disparu, de même que les autres voyageurs affolés, en direction des issues de secours.

— Vous, je vais vous tuer ! gronda l'homme en se précipitant vers elle.

Fiona vit deux grandes mains s'approcher de son cou, gênées dans leur mouvement par les dents d'alligator. Elle se jeta au sol et ouvrit la bouche pour crier, mais aucun son ne franchit ses lèvres.

C'est alors que des agents de sécurité surgirent, pour maîtriser le forcené et l'emmener sans ménagements.

— Merci, dit Fiona aux autres agents qui l'aidèrent à se relever. Cet homme est complètement fou. Il faudrait l'enfermer. C'est un véritable danger public. Si vous ne… Attendez une minute ! Qu'est-ce que vous faites ?

Un agent força Fiona à mettre les mains derrière le dos, pour lui passer les menottes.

— Nous allons vous conduire au poste, rien de

plus, expliqua-t-il. Cet homme déclare que c'est vous qui avez lancé la bombe.

Elle l'entendait à peine, au milieu de la cacophonie qui régnait autour d'eux. Les voyageurs ne se calmaient pas, appelant leurs proches.

— Une bombe ? cria Fiona. J'ai jeté une boule de bowling sur un alligator qui s'apprêtait à dévorer le bras d'un homme !

— C'est cela ! railla le vigile. À Fort Lauderdale, l'aéroport grouille d'alligators, c'est bien connu. Ils sont là pour distraire les touristes.

— Vous n'avez qu'à poser la question à...

— Gardez donc votre baratin pour le policier chargé de l'enquête, lui conseilla le second agent tandis qu'ils l'entraînaient vers la sortie.

— Et mes bagages ? Il faut appeler mon patron, à New York. Il pourra...

— Ah ! Vous venez de New York ! s'exclama l'agent comme si cela expliquait tout.

Sans laisser à Fiona la possibilité de se justifier davantage, ils l'emmenèrent vers une voiture de la sécurité. Comme dans les feuilletons télévisés, un agent lui protégea la tête en la poussant à l'arrière du véhicule.

Épuisée et fébrile, Fiona s'assit sur le dessus-de-lit crasseux et fixa le téléphone posé sur une table de chevet bancale. Ne la voyant pas arriver, son hôtel avait annulé sa réservation. La jeune femme avait tenté en vain de leur expliquer qu'elle venait de passer six heures en prison, mais la réceptionniste avait eu un mouvement de recul, la prenant sans doute pour une folle. Le scandale et les menaces n'avaient servi à rien. Le directeur de l'établissement avait fini par la prier de s'en aller.

Ainsi se retrouvait-elle dans l'un des hôtels les plus miteux de toute la Floride. Il était quatre heures du matin. Dans deux heures, elle avait rendez-vous avec Roy Hudson.

Fiona saisit le combiné et composa le numéro de Jeremy.

En entendant sa voix ensommeillée au bout du fil, elle fondit en larmes.

— Qui est à l'appareil ? demanda l'avocat.

Silence.

— C'est une mauvaise plaisanterie ? Parlez ! ordonna Jeremy tandis que Fiona cherchait à se ressaisir.

— C'est moi, parvint-elle à bredouiller. Oh, Jeremy, je viens de…

— Fiona ? As-tu une idée de l'heure qu'il est ? Je dois me lever dans trois heures pour aller travailler !

— Moi, je ne me suis pas couchée de la nuit. Figure-toi que je sors de prison.

Cet aveu éveilla aussitôt l'intérêt de Jeremy. Fiona l'imagina, assis dans son lit, cherchant à tâtons son paquet de cigarettes. Elle l'entendit actionner son briquet, puis prendre une profonde inspiration.

— Très bien. Je t'écoute, déclara-t-il enfin d'une voix professionnelle.

L'avocat n'appréciait peut-être pas que sa petite amie lui téléphone aux aurores, mais une cliente en difficulté méritait toute son attention. Il écouta le récit décousu et ponctué de sanglots de Fiona pendant dix minutes, puis l'interrompit.

— Ils t'ont relâchée ? Sans charges ?

— De quoi auraient-ils pu m'inculper ? s'indigna Fiona en haussant le ton. Je croyais sauver la vie de ce sale type. Même si elle ne vaut pas grand-chose... T'ai-je raconté que ce cinglé avait essayé de me tuer ? Je pourrais le poursuivre pour tentative de meurtre.

— Justement. Cet homme envisage-t-il de te poursuivre ? Et les autres voyageurs présents à l'aéroport ? Personne n'a été blessé dans la panique ? Pas de crises cardiaques ? On a appelé une ambulance ?

— Jeremy... de quel côté es-tu donc ?

— Du tien, bien sûr, répondit-il, exaspéré. Mais l'argent ne tombe pas du ciel, figure-toi. Cet homme a-t-il menacé de te poursuivre pour la destruction de son alligator ?

— Je l'ignore. Je ne m'en souviens pas. On nous a séparés, une fois arrivés au commissariat. Jeremy, c'était horrible. Si seulement tu étais là, près de moi. Ce type...

Il l'interrompit à nouveau.

— Quelqu'un d'autre a-t-il évoqué un procès ? Le personnel de l'aéroport, par exemple ? Tu as provoqué une panique générale. Je doute que tu t'en tires à si bon compte.

Fiona se passa une main sur le visage. Son maquillage avait coulé.

— Jeremy, je t'appelle en tant que petit ami, pas en tant qu'avocat.

— Tu auras peut-être besoin des deux, alors réponds à mes questions.

Fiona avait envie d'être consolée. Elle mourait d'envie de se blottir dans des bras protecteurs. Pourtant, elle devait se montrer lucide et réfléchir.

— La femme dont j'ai pris le sac de bowling est venue au commissariat et a exigé que je lui achète un nouveau sac. De plus, sa boule de bowling était éraflée.

Jeremy fit mine de s'étouffer.

— Tu as abîmé sa boule de bowling ?

— Ne te moque pas de moi, rétorqua Fiona. J'en ai assez entendu avec ces imbéciles de policiers. J'ai dû défouler toute ma colère en lançant ce sac sur l'alligator, car j'ai vraiment frappé très fort.

— Suffisamment pour abîmer une boule de bowling, commenta Jeremy, songeur. Rappelle-moi de ne jamais te mettre en colère... Alors, qu'as-tu fait pour remplacer le sac de cette femme ? D'ailleurs, pourquoi ne m'as-tu pas téléphoné du commissariat ?

— Ils m'ont dit que je n'étais pas en état d'arrestation, que je devais rester à leur disposition, le temps que l'affaire soit résolue, que je n'avais pas besoin d'un avocat new-yorkais prétentieux.

— Note bien tous ces détails. Nous en aurons peut-être besoin, si nous leur intentons un procès.

— Je ne veux plus jamais revoir ces policiers. J'ai fait à cette femme un chèque de trois cents dollars et...

— Quoi ?

— En remboursement de la boule de bowling, reprit Fiona en haussant une nouvelle fois le ton. N'est-ce pas ce que tu m'as demandé ?

Jeremy ne répondit pas tout de suite.

— Calme-toi.

— Comment veux-tu que je me calme ? Je n'ai jamais voulu quitter New York et Kimberly. C'est Garrett qui m'a forcée... Tiens, j'aimerais bien le poursuivre en justice, celui-là ! Il m'a menacée de me séparer à jamais de Kimberly si je n'effectuais pas ce voyage. A-t-il le droit d'agir ainsi ?

— C'est ton patron, répliqua simplement Jeremy en écrasant sa cigarette.

En son for intérieur, il regrettait que Fiona ne fût pas séparée de Kimberly une fois pour toutes.

— Écoute, chérie, j'ai besoin de dormir un peu. J'ai l'impression que tu n'es pas en grande difficulté, mais je vais demander à un confrère de Floride de t'appeler dès demain matin. Il fera en sorte qu'il ne t'arrive rien de fâcheux. (Sa voix s'adoucit.) À présent, je veux que tu prennes un bon bain chaud, que tu ailles te coucher… et que tu rêves de moi.

Fiona sourit enfin. Elle avait l'impression de n'avoir pas souri depuis des jours, voire des années.

— Cela me plairait, murmura-t-elle en s'appuyant sur la tête de lit.

Elle se redressa bien vite, en sentant le vieux meuble sur le point de se disloquer. Le charme était rompu.

— C'est impossible, reprit-elle d'une voix de petite fille craintive. J'ai rendez-vous avec ce vieil homme, Roy Hudson, dans un peu plus d'une heure.

— Tu ne peux pas reporter le rendez-vous ?

— Il s'agit de… d'une partie de pêche, expliqua-t-elle, la gorge nouée. Il faut absolument partir à l'aube. Ces poissons gluants font sans doute la sieste. En tout cas, je dois être sur le pont de très bonne heure.

— Bon, calme-toi. Ce Roy Hudson est riche. Je suis sûr qu'il a un grand bateau et un équipage. Tu crois que tu survivras à une croisière en yacht, à boire des cocktails et à te faire dorer au soleil ?

— Ce sont les cocktails qui m'ont mise dans cet état lamentable. Quant au soleil, je n'ai pas envie de voir ma peau se rider prématurément…

— À ta guise. Joue les rabat-joie si cela te chante. Indique-moi simplement où tu vas, pour que mon confrère puisse te contacter.

— Je serai au parc de Kendrick jusqu'à mon départ. Je crois que c'est une réserve ornithologique. Figure-toi que l'un des hommes présents sur le bateau a pour surnom l'As, rien de moins !

Comme Jeremy ne répondait pas, Fiona insista :

— Tu ne trouves pas cela ridicule ?

— Pas particulièrement. En quoi ce surnom l'est-il ?

Elle faillit lui faire part des commentaires peu élogieux de ses amies, mais Jeremy n'appréciait guère ces jeunes femmes, qu'il trouvait frivoles.

— C'est sans doute une réaction purement féminine.

— Sans doute. Écoute, chérie…

— Oui, je sais, tu dois dormir pour rester beau. T'ai-je précisé que ma valise est passée à l'incinérateur, car je ne suis pas allée la chercher ? Après tout, ils avaient déjà eu une explosion, ils n'ont pas voulu prendre le moindre risque. Il ne me reste plus que les vêtements que je porte et ma trousse.

Jeremy bâilla.

— Connaissant les femmes, ta trousse doit contenir de quoi survivre sur une île déserte pendant une semaine.

Pinçant les lèvres, Fiona foudroya le téléphone du regard. Ce commentaire misogyne était une façon d'abréger la conversation. Il ne s'était soucié que de questions professionnelles. Pas une fois il n'avait prononcé une parole de tendresse ou de compassion.

— Au moins, ton portrait se trouvait dans la valise qui a été détruite, conclut-elle avant de raccrocher.

Ce geste brutal ne la soulagea pas pour autant. Il ne lui restait qu'un peu plus d'une heure pour se préparer à rencontrer Roy Hudson.

2

Dès six heures, en ce matin d'hiver, il faisait déjà très beau, au point que Fiona dut porter ses lunettes de soleil. La soirée passée au commissariat, le lendemain d'un dîner trop arrosé entre amies, n'avait guère contribué à rendre à la jeune femme son teint de pêche.

Apparemment, la secrétaire de James Garrett avait oublié de lui fournir les coordonnées de la société de location de voitures avec chauffeur, de sorte qu'elle dut se rendre au parc de Kendrick en taxi. Encore un contretemps à ajouter à la liste de ses déboires…

Le taxi la déposa devant ce qui ressemblait à une jungle impénétrable.

— Il doit y avoir une erreur, déclara-t-elle. Je me rends dans un parc naturel, le parc de Kendrick.

Le chauffeur haussa les épaules.

— C'est la bonne adresse, répondit-il en désignant une vieille pancarte délavée, accrochée à la grille, à l'entrée de la forêt luxuriante.

Perplexe, Fiona lui régla la course à contrecœur et descendit de voiture.

— Prenez garde à ne pas salir vos belles chaussures, prévint le chauffeur, hilare, avant de démarrer.

Ayant franchi la grille rouillée, Fiona découvrit un étroit chemin de terre parmi la végétation.

— Naturellement ! murmura-t-elle pour elle-même. À quoi m'attendais-je donc, dans ce pays de malheur ? À un trottoir ? Quelle idiote je suis !

La jeune femme portait en effet une tenue qui convenait davantage aux avenues new-yorkaises : une veste en cachemire noir, un chemisier de soie blanche, une jupe noire, un collant assorti, et de délicates chaussures italiennes à talons hauts. Avec sa valise, elle avait perdu plusieurs tenues décontractées, idéales pour la pêche, désormais réduites en cendres. Enfin, elle trouverait peut-être une boutique de souvenirs, où elle pourrait se procurer des vêtements de sport...

Plus elle avançait, plus elle avait l'impression de s'enfoncer dans la jungle. Elle parvint finalement à la hauteur d'un kiosque, qui semblait vendre des billets d'entrée. Mais il était fermé, à cette heure matinale. Plus loin, se dressait un autre bâtiment qui paraissait sur le point de s'écrouler.

Dès le premier coup d'œil, Fiona trouva les lieux lugubres. Les grains de sable pénétraient sans cesse dans ses chaussures. Elle tenta de regarder à l'intérieur du bâtiment. D'un côté était installé un bar démodé, avec de hauts tabourets couverts de plastique rouge, et il y avait une modeste boutique de souvenirs de l'autre côté.

Fiona essuya la vitre pleine de poussière. Elle ne distingua que des articles relatifs aux oiseaux : cartes postales, ouvrages divers, cerfs-volants, posters et figurines. Même la caisse était décorée d'oiseaux multicolores.

Découragée, elle se redressa et s'appuya un instant contre le mur. Elle ôta une chaussure et en vida le sable.

Sa montre indiquait presque six heures trente. Pourquoi n'y avait-il personne ? Elle sentit monter sa colère. Les autres membres de l'expédition étaient sans doute encore au lit, paisiblement endormis...

Soudain, la jeune femme crut déceler un mouvement furtif dans la verdure.

Si c'est un alligator, je m'en vais, songea-t-elle en avançant à pas de loup.

Un homme était penché en avant. Elle ne distinguait pas grand-chose de lui, à part son dos et son oreille droite.

— Pardon, monsieur, fit-elle doucement.

Mais il ne l'entendit pas.

— Pardon ! répéta-t-elle plus fort.

— Je ne suis pas sourd ! s'exclama l'inconnu en se tournant un instant vers elle. Zut ! Regardez ce que vous me faites faire ! Vous ne pouvez pas prévenir de votre arrivée, au lieu de vous faufiler par-derrière comme une voleuse ? Que faites-vous ici, de si bon matin ? Le parc n'ouvre qu'à neuf heures.

Sur ces mots, l'homme se remit au travail. Il semblait s'occuper d'un long oiseau blanc. Fiona remarqua qu'il était aussi grand qu'elle, voire davantage.

— Euh… bonjour, je suis… commença-t-elle en lui tendant la main.

Cette fois, il se tourna vraiment vers elle…

— Vous ! crièrent-ils tous les deux en chœur.

L'homme fut le premier à se ressaisir.

— Si vous êtes venue me présenter vos excuses, je ne les accepterai jamais. La seule chose que j'accepterai de vous est un chèque de dédommagement.

— Des excuses ? Vous êtes fou ! rétorqua Fiona, ivre de rage. Je vous ai sauvé la vie ! Enfin…

Il ricana.

— Me sauver la vie ? Où était le danger, je vous le demande ! Un malheureux alligator en plastique ! Écoutez, j'ignore pourquoi vous êtes venue dans ce parc, mais je vous prie de le quitter immédiatement.

— Bien que cela ne vous regarde en rien, sachez que j'ai rendez-vous avec quelqu'un… Dites-moi, vous êtes en train de le tuer, cet oiseau ?

L'homme posa enfin le volatile, qui s'enfuit dans les feuillages.

— Avec qui avez-vous rendez-vous ?

— Avec Roy Hudson, répondit-elle, espérant qu'il s'agissait du directeur du parc, afin qu'elle puisse faire renvoyer cette crapule arrogante sur-le-champ. Et avec un certain Paul Montgomery, surnommé l'As.

— L'As ? répéta l'homme, dont le visage s'adoucit.

Triomphante, Fiona sentit qu'elle le tenait. L'As pourrait sans doute infliger une bonne correction à ce goujat.

— Oui, l'As. Lui et Roy doivent me retrouver ici. Nous partons à la pêche.

— Vraiment ? Et que comptez-vous pêcher ? Des sardines en boîte ?

Elle se contenta de le dévisager, ne comprenant pas la plaisanterie.

— Je constate que vous avez adopté une tenue idéale pour aller à la pêche, railla-t-il en la toisant de la tête aux pieds.

Ulcérée par ce ton moqueur, Fiona mourait d'envie de le gifler.

— Et vous, je constate que vous avez enfin lâché cet énorme dentier.

Le regard de la jeune femme se porta alors sur la chemise de l'homme. Sur la poche était brodé un prénom : *Paul*.

— Ah, je vois ! s'exclama-t-elle en levant les bras au ciel.

Elle fit demi-tour pour se diriger vers la sortie.

— J'en ai assez ! Je n'en tolérerai pas davantage. Je retourne à New York, en lieu sûr.

— Fiona ! appela soudain une autre voix, plus mûre, sympathique.

La jeune femme ne s'arrêta toutefois pas sur sa lancée.

— Ma chère, je vous aurais reconnue entre mille, reprit l'homme en la saisissant par le bras.

— Laissez-moi deviner, répondit-elle avec sarcasme. Roy Hudson, je présume ?

— Absolument. Venez donc par ici, que je vous présente.

Roy Hudson avait un peu plus de soixante ans et des airs débonnaires de gros nounours, au point que Fiona faillit lui demander s'il avait un lien de parenté avec Winnie l'ourson.

— Voici Paul Montgomery, le maître des lieux.

— Il en mérite chaque centimètre carré, commenta Fiona, acerbe, en fixant la main tendue de Paul, qu'elle ne serra pas.

— Nous nous sommes déjà rencontrés, déclara-t-il avec un rictus ironique. Mlle Burkenhalter et moi nous sommes... croisés à l'aéroport.

— Formidable ! fit Roy.

Il gratifia la jeune femme d'une tape amicale dans le dos, si appuyée qu'elle faillit trébucher sur Paul.

— Vous êtes prête ? reprit-il. La voiture nous attend. Le bateau pourra lever l'ancre.

— Monsieur Hudson, commença Fiona d'un ton déterminé, je crois qu'il y a une petite erreur. Je sais que vous avez parlé de moi à James Garrett et que vous avez ardemment souhaité ma présence. Mais je ne connais strictement rien au conditionnement des poupées et des figurines, ni aux peluches. J'ignore d'ailleurs quel produit vous vendez. Et je n'y connais rien non plus à la pêche. Si cela ne vous ennuie pas, je vais m'abstenir et rentrer chez moi, à New York.

Sur ces mots, elle ouvrit la poche de son sac pour sortir son téléphone portable. Elle raconterait à ses amies qu'elles ne s'étaient pas trompées sur l'issue de son voyage en Floride. Paul Montgomery était d'une beauté à couper le souffle, avec ses cheveux noirs, ses yeux de braise, son corps d'athlète... mais c'était aussi un raté de la pire espèce, à en croire l'état délabré des lieux.

Au moment de composer le numéro d'un taxi, Fiona leva les yeux vers Paul.

— N'ayez crainte, il s'agit d'un vrai téléphone. Il n'est pas en toc.

Avant qu'il ne puisse répliquer à ce sarcasme, Roy éclata de rire.

— Votre rencontre d'hier a dû être explosive... Enfin, vous avez deux jours pour me raconter tout cela en détail.

Sur ces mots, il prit Fiona par l'épaule et la fit pivoter. Tout aussi fermement, il lui saisit le poignet pour l'empêcher de téléphoner.

— Écoutez, ma belle, il faut que je vous explique pourquoi j'ai tenu à votre présence. Mais pas tout de suite. Je le ferai quand nous serons à bord.

Pendant ce temps, Paul continuait à foudroyer Fiona du regard. En d'autres circonstances, elle aurait même pu avoir peur de lui. Pour l'heure, elle avait l'esprit trop préoccupé pour craindre quoi que ce soit. Sentant qu'elle devait se tirer de ce mauvais pas, elle s'écarta de Roy. Même James Garrett comprendrait son retour précipité, après tout ce qu'elle venait d'endurer. Il suffirait à Fiona de prononcer le mot « procès » devant son patron pour qu'il lui pardonne tout.

— Je crois que cette jeune femme a grand besoin d'une tenue plus adéquate, n'est-ce pas, Roy ? fit Paul.

— Je ne compte pas m'attarder ici, siffla-t-elle en se retournant pour sourire au vieil homme.

Mieux valait ne pas contrarier le créateur de *Raphael,* car Garrett envisageait d'en acquérir les droits. Elle expliquerait gentiment à Roy qu'elle préférait remettre leur petite promenade bucolique à plus tard, de préférence en l'absence de Paul Montgomery.

— J'ai des vêtements à lui prêter, reprit Paul d'une voix tranquille, avant de murmurer sèchement à l'oreille de Fiona : Soit vous venez avec moi, soit nous passons l'après-midi avec mes avocats, à discuter de ce que vous comptez faire pour me dédommager de la perte de mon alligator.

Quel mufle ! songea-t-elle, les yeux embués de larmes de colère. Mais elle n'avait pas le choix.

— Je crois en effet que je devrais me changer, bredouilla-t-elle.

Il lui prit le bras et l'entraîna à sa suite. Elle avait peine à suivre ses longues enjambées. Lorsqu'ils eurent disparu de la vue de Roy, Fiona s'arrêta et dégagea son bras.

— Il existe des lois sévères contre ce type de comportement, lança-t-elle, la mâchoire crispée.

Paul s'approcha lentement d'elle.

— Il existe aussi des lois contre la destruction du bien d'autrui. Mon avocat trouve que je suis un imbécile de ne pas vous poursuivre en justice. Savez-vous combien cet alligator m'avait coûté ?

— Pas grand-chose, je suppose. C'était visiblement de la camelote.

Fulminant de rage, Paul la saisit par le poignet et, sans un mot de plus, emprunta un sentier très étroit. À chaque pas, la végétation lui lacérait cruellement les bras.

— Où m'emmenez-vous ? demanda-t-elle.

Il ne répondit pas. Lorsqu'ils atteignirent enfin une clairière, Fiona découvrit un cabanon minuscule, équipé d'une porte moustiquaire. Paul ouvrit la porte, lui fit traverser une première pièce, avant d'entrer dans une chambre où il poussa la jeune femme sur le lit.

Cette fois, Fiona avait réellement peur. Si elle se mettait à crier, nul ne l'entendrait... Elle se retrouvait seule en présence d'un fou.

— Ne vous surestimez pas, assena Paul d'un ton sarcastique. Vous n'êtes pas du tout mon genre. Voyez-vous, je préfère les *vraies* femmes.

Sur ces mots, il disparut dans un réduit. Fiona se ressaisit quelque peu. Cette méchante pique avait eu au moins l'avantage de la rassurer sur les intentions de ce goujat.

— Tenez, fit-il en lui jetant un jean et une chemise en coton. Enfilez ça.

Elle baissa les yeux sur les vêtements.

— Moi ? Mettre vos affaires ? s'exclama-t-elle d'un ton exprimant le dégoût.

La réaction de Paul la surprit. Avec la rapidité d'un serpent, il la prit par les épaules et la plaqua contre le mur.

— Écoutez-moi bien, espèce de petite sainte nitouche new-yorkaise et guindée. J'en ai plus qu'assez de vous et de vos manières. Vous avez détruit un objet si coûteux qu'il nous a fallu travailler dur pendant trois ans, avant de pouvoir l'acheter. Et vous vous en moquez comme d'une guigne !

Il s'approcha davantage, si bien que leurs visages se frôlèrent.

— Maintenant vous allez m'écouter, car je ne le répéterai pas deux fois. Je me moque de ce que vous faites ici, et de ce que Roy attend de vous. Tout ce qui compte pour moi, c'est que durant ces trois jours d'excursion, il va décider s'il veut investir une partie de ses bénéfices de la télévision dans mon parc. À vos yeux, ce n'est pas grand-chose, mais c'est toute ma vie.

Il baissa le ton.

— Alors vous allez m'aider. Si vous gâchez cette partie de pêche avec vos caprices de petite snob, je vous intenterai un procès dont vous vous souviendrez. Je vous prendrai tout, jusqu'au dernier dollar. C'est clair ?

Il se tut un instant.

La jeune femme sentait la pression de ses grandes mains, la puissance de son corps viril contre le sien. De toute sa vie, elle n'avait eu de contact intime qu'avec Jeremy, qui était bien moins imposant que Paul.

— Oui, bredouilla-t-elle enfin, la gorge nouée. J'ai compris.

— Parfait !

Il s'écarta vivement.

— Habillez-vous vite, ordonna-t-il. Je vais essayer de vous trouver des chaussures.

Sur le seuil, il se retourna et ramassa le téléphone portable de Fiona, qu'il empocha.

— Ne cherchez pas à partir, prévint-il. Il y a un tas de créatures très méchantes dehors.

— Dehors ? souffla-t-elle. Vous voulez dire…

Mais Paul était déjà parti.

Fiona s'écroula sur le lit, tremblant de tout son corps. Elle ignorait si c'était de peur ou de colère. Jamais personne ne s'était adressé à elle sur ce ton. Jamais on ne l'avait ainsi plaquée contre un mur…

Pendant trois jours, elle allait devoir survivre tant bien que mal. Les menaces de cet homme étaient réelles, elle en était certaine. Jeremy ne lui avait-il pas dit que sa victime était en droit de la poursuivre en justice ?

C'était incroyable, comme le destin tout tracé d'un être pouvait basculer en une fraction de seconde. Si elle était descendue d'avion plus vite, elle aurait remarqué que l'alligator n'était pas vivant...

— Courage ! se dit-elle à voix haute.

Que sous-entendait cet homme odieux en affirmant aimer les *vraies* femmes ?

Elle scruta les alentours pour s'assurer que personne ne l'épiait, puis se changea rapidement. Naturellement, le pantalon était trop grand, la chemise trop ample. Elle ouvrit le placard en quête d'une ceinture.

Le vaste dressing regorgeait d'ouvrages sur les oiseaux et d'objets relatifs à l'ornithologie. Fiona n'y connaissait rien. Dans un coin, elle aperçut trois pantalons et quatre chemises. Il y avait aussi deux uniformes gris, comme celui que Paul portait à l'aéroport. Ce sauvage n'était décidément pas une victime de la mode !

Elle dénicha une ceinture de cuir, ornée d'une boucle en argent. Elle en profita pour jeter un œil furtif dans un carton. Il contenait plusieurs dossiers, concernant diverses espèces d'oiseaux. Elle essaya la ceinture puis, armée d'un tournevis, perça dans le cuir un nouveau trou adapté à sa taille. Ce geste défoula un peu sa colère.

Une fois habillée, elle roula les manches de sa chemise et en releva le col.

Ne voyant pas Paul revenir, elle se rendit dans la salle de bains pour observer son reflet dans son miroir de poche. Au bureau, elle avait coutume de porter un maquillage discret et de lisser ses cheveux en arrière. Garrett n'appréciait guère le rôle grandissant des femmes dans la société : mieux valait ne pas trop mettre en valeur ses atouts féminins. Par ailleurs, le vice-président de Davidson avait les mains baladeuses…

Fiona se passa la tête sous l'eau froide pour débarrasser ses cheveux du gel qu'elle y avait appliqué. Puis elle se frictionna vigoureusement le cuir chevelu. Elle remarqua avec satisfaction que ses boucles naturelles cascadaient gracieusement sur ses épaules. Elle se maquilla de son mieux, accentuant la finesse de ses traits, sans oublier l'intensité de son regard.

Le résultat était parfait. Enfin, elle était redevenue ce qu'elle cherchait à cacher depuis des années : le sosie d'Ava Gardner, la grande star de cinéma des années 1950 !

Entendant la porte du bungalow s'ouvrir, elle émergea de la salle de bains. Paul apparut, tenant une paire de chaussures de sport. Il demeura un instant figé, puis se ressaisit aussitôt, mais la jeune femme avait remarqué son trouble.

Pourtant, le visage de Paul exprimait toujours la colère.

— Essayez-les, ordonna-t-il. Je vous attends dehors.

Il sortit en claquant la porte derrière lui. Fiona sourit. La prochaine fois, il y réfléchirait à deux fois avant d'affirmer qu'elle n'était pas une *vraie* femme…

Les chaussures lui allaient à merveille, mais elles étaient usées et démodées. Où avait-il bien pu les dénicher ? En se penchant pour nouer les lacets, elle remarqua un objet argenté dépassant de sous le lit.

À part les objets relatifs aux oiseaux, le bungalow était très impersonnel. Aussi eut-elle la curiosité piquée par cet objet caché sous le lit. C'était un cadre. La photo représentait une jeune femme superbe qui souriait. Elle avait tout d'une reine de beauté, une véritable princesse de conte de fées : de longs cheveux blonds, de grands yeux bleus, des joues roses et une bouche pulpeuse.

Même Kimberly n'est pas aussi magnifique, songea Fiona en retournant l'élégant cadre en argent massif.

Elle rangea vite le portrait sous le lit et termina de lacer ses chaussures. Puis elle saisit son sac. Prise d'une impulsion, elle esquissa un sourire et vida le sable de ses chaussures à talons sur le lit de Paul Montgomery, entre les draps blancs immaculés. Ensuite, elle éparpilla ses vêtements dans la pièce, comme si elle les avait ôtés à la hâte. Satisfaite de sa mise en scène, elle rejoignit Paul qui l'attendait dehors, les sourcils froncés.

— Quelle belle journée ! s'exclama-t-elle en passant devant lui, comme si elle saluait un voisin.

Parvenue à une fourche, elle hésita à peine et s'engagea à droite. Trois minutes plus tard, elle découvrit deux hangars fermés à l'aide de gros cadenas.

— Vous avez fini de faire l'intéressante ? lança Paul derrière elle. Si vous venez avec nous, vous vous trompez de chemin. À moins que vous ne souhaitiez nous dédommager de notre alligator en travaillant. Ce marécage a besoin d'être assaini.

— Très drôle, répliqua-t-elle.

Il la saisit par le bras et la fit pivoter.

— Ne me touchez pas ! s'écria-t-elle.

— Très bien, allez-y. Vous êtes ici chez vous.

Sur ces mots, Paul recula d'un pas. Elle remarqua alors qu'elle avait failli tomber dans les fondations d'un autre hangar. Il ne restait plus qu'un trou béant envahi par la végétation.

— C'est dangereux, souffla-t-elle. Un enfant pourrait…

— En effet. Cet endroit regorge de pièges, mais nous manquons de bras pour tout réparer. La main-d'œuvre coûte cher. L'argent, nous le gagnons grâce aux touristes qui viennent voir un alligator mécanique ou grâce à des investisseurs. Hier, j'avais les deux. Aujourd'hui, il ne me reste qu'un investisseur potentiel...

Il s'adressait à elle comme s'il avait affaire à une demeurée.

— Vous savez, répondit-elle posément, je crois que de toute ma vie je n'ai jamais autant détesté quelqu'un comme je vous déteste.

Il grimaça un sourire.

— Rassurez-vous, c'est réciproque. À présent, allons-y avant que Roy ne retourne au Texas.

3

Le navire n'avait rien d'un yacht. C'était un vieux bateau de pêche délabré, que Roy possédait depuis vingt ans. Il rappelait à Fiona l'embarcation dévorée par le requin du film *Les Dents de la mer.*

— On peut dire que j'en ai attrapé, du poisson, avec ce petit bijou, raconta fièrement Roy.

— Et chacun d'eux y a laissé son parfum, commenta Fiona à mi-voix.

Paul la fusilla du regard, mais elle se contenta de lui sourire.

En la voyant apparaître, Roy avait été si frappé par la ressemblance de son invitée avec Ava Gardner, l'idole de sa jeunesse, que la jeune femme s'était parée de toutes les qualités à ses yeux.

— Des femmes comme elle, on n'en fait plus, avait affirmé Roy en entraînant Fiona à l'écart.

Il laissait Paul en retrait, indifférent à sa présence, comme s'il l'avait oublié.

— Autrefois, avait-il repris, les femmes avaient vraiment l'air de femmes. De nos jours, les actrices ne sont que des midinettes stéréotypées, sans aucune personnalité.

— Vous, vous aimez les *vraies* femmes, n'est-ce pas ? avait lancé Fiona par-dessus son épaule, assez fort pour réveiller tous les oiseaux de la forêt.

Rien ne semblait échapper à Roy.

— Vous allez devoir me raconter votre première entrevue avec Paul, ma chère. Ce voyou aurait-il eu des paroles malheureuses à votre encontre ?

— Il a proféré des choses horribles, avait admis Fiona en battant les paupières, coquette. J'espère que vous allez le punir comme il le mérite.

Roy avait éclaté de rire et voulu prendre la jeune femme par les épaules pour l'attirer à lui. Elle avait esquivé aisément sa tentative. Avec son ventre protubérant et ses membres courts, il n'était plus très souple.

Une voiture les attendait.

— Allez-vous cesser de jouer les saintes nitouches et vous comporter normalement ? lui avait soufflé Paul à l'oreille alors qu'elle montait à bord.

— Que vient-il de vous murmurer ? s'était enquis Roy, dans la voiture. Je déteste les messes basses.

— Oh, rien d'intéressant… comme d'habitude, avait répondu Fiona d'un air candide.

Paul s'était installé à côté du conducteur tandis que Fiona et Roy étaient assis à l'arrière.

— Paul, ça va, mon vieux ? avait insisté Roy. J'ai cru vous entendre pousser un juron.

— Il s'est cogné le tibia, avait déclaré Fiona, évitant de préciser qu'elle venait de lui assener un coup de pied furtif.

Durant les vingt minutes de trajet jusqu'au bateau, la jeune femme avait eu toutes les peines du monde à écarter les mains de Roy de son corps. Le vieil homme lubrique ne cessait de lui désigner des sites intéressants, pour poser discrètement la main sur son genou, comme par inadvertance. Puis il pointait le doigt de l'autre côté, de sorte qu'elle devait se pencher sur lui pour regarder par la fenêtre.

Au prix de gros efforts et de trésors de diplomatie, Fiona parvenait toujours à se dégager. La seule fois où elle s'était retrouvée malgré elle plaquée contre lui, dans un virage un peu brutal, Paul s'était retourné et avait assisté à la scène. Du regard, il lui avait intimé de cesser de provoquer leur hôte. Fiona n'avait pu se défendre. Elle n'allait pas se mettre à hurler que ce vieux vicieux ne cessait de la tripoter !

— Vous êtes vraiment une belle femme, avait soufflé Roy.

Elle se mordait les doigts de ne pas avoir cherché à masquer sa ressemblance avec la star de cinéma. Adolescente, elle adorait être flattée de la sorte. Elle avait longuement observé le jeu de l'actrice et sa façon de se maquiller.

Désormais, elle évitait d'attirer l'attention sur elle à cause de cette ressemblance. Elle se maquillait moins, se coiffait autrement. Au bureau, nul n'avait jamais fait la moindre allusion à son illustre sosie.

Si seulement cet odieux Paul ne lui avait pas affirmé qu'elle n'était pas féminine...

En arrivant à l'embarcadère, Fiona en avait assez de supporter les avances du vieil homme. Elle ne cessait de subir les regards noirs de Paul. Et surtout, ce chantage odieux la révoltait. Depuis quarante-huit heures, Paul était le second à lui faire du chantage, après James Garrett, son patron, un ambitieux prêt à tout écraser sur son passage pour réussir.

Lorsqu'elle exprima son inquiétude légitime quant à la sécurité de l'embarcation, Paul la foudroya des yeux pour la centième fois. Elle eut envie de le pousser à l'eau. Elle esquissa même le geste, mais il s'écarta à temps.

— Vous résolvez toujours vos problèmes par la violence ? demanda-t-il d'un air sarcastique. Vous frappez d'abord, puis vous réfléchissez aux conséquences de vos actes ?

— Moi ? s'exclama-t-elle. C'est vous qui m'avez plaquée contre le mur pour...

Elle s'interrompit en entendant Roy Hudson l'appeler, pour lui faire admirer son couteau à écailler les poissons...

— Si vous gâchez tout par votre attitude, je vous le ferai regretter, prévint Paul entre ses dents tandis que Fiona s'éloignait vers la poupe du bateau.

— Essayez plutôt de me faciliter la tâche, répliqua-t-elle.

Si elle découvrait pourquoi Roy tenait tant à sa présence, outre son penchant manifeste pour les femmes jeunes et plus grandes que lui, elle pourrait peut-être s'en aller avant la fin de l'excursion. Elle ne pensait pas pouvoir survivre trois jours à cet enfer.

En longeant le pont usé par les ans, elle remarqua pour la première fois la présence d'une autre personne à bord. C'était un homme assez insignifiant, au physique quelconque. Âgé d'une trentaine d'années, il les avait conduits en voiture jusqu'ici.

— Salut! lança-t-elle avec un sourire avenant.

Il leva les yeux de son cordage, visiblement étonné qu'elle s'adresse à lui.

— Je m'appelle Fiona.

— Et moi Eric.

— Cela fait longtemps que vous travaillez pour Roy?

— Un certain temps, répondit-il prudemment.

La jeune femme eut soudain l'impression d'évoluer dans un mauvais film d'espionnage.

— J'aimerais bien savoir pourquoi il m'a demandé de venir, reprit-elle.

Eric fit un nœud qu'il serra fortement.

— Vous n'avez qu'à lui poser la question. Moi, je me contente de travailler. Il ne me fait pas de confidences.

— Mais vous lui servez aussi de chauffeur. Vous devez être au courant de quelque chose.

Il lui adressa un regard suggestif, sans ajouter un mot.

— Et on dit que les New-Yorkais sont fous… marmonna la jeune femme.

Entre un vieux libidineux, un jeune freluquet qui n'a pas les yeux dans les poches, et un fou d'ornithologie qui me trouve masculine, je vais finir par sauter par-dessus bord, histoire d'avoir enfin la paix, songea-t-elle.

— Oui, Roy, j'arrive! cria-t-elle. J'arrive tout de suite!

— Fiona chérie, vous avez vraiment un appétit de moineau, déclara Roy. Ça tombe bien, Paul est ornithologue! conclut-il en s'esclaffant.

Ils dînaient dans la cabine du navire. Ce n'était pas vraiment une cabine mais, en Floride, le temps oscillait entre beau et très beau, alors cela n'avait aucune importance. Roy présidait, tandis que Fiona était assise face à Paul. Seigneur, voilà qu'il riait de bon cœur des boutades stupides de leur hôte !

— Roy, fit-elle, pourquoi m'avez-vous demandé de venir ? Si vous cherchiez de la compagnie lors de cette partie de pêche, vous auriez pu facilement trouver quelqu'un d'autre. Non merci, dit-elle à Paul qui venait de lui servir un autre verre de vin.

Roy se calma un peu.

— Alors, vous me racontez votre rencontre d'hier, tous les deux ?

— Non, répondirent les intéressés à l'unisson et sans se regarder.

— Roy, répéta Fiona, déterminée. Je tiens à savoir pourquoi vous avez exigé ma présence.

— Chérie… fit Roy en lui prenant la main.

Aussitôt, la jeune femme se dégagea, pour saisir son verre de vin qu'elle but malgré son dégoût.

— Vous en voulez encore ? proposa Paul en remarquant sa grimace.

— Écoutez, insista Roy, je veux absolument savoir comment vous vous êtes rencontrés.

— Vous aimez les bonnes histoires, répliqua Fiona, cherchant à détourner son attention. Après tout, vous êtes le créateur de *Raphael*.

— Oui, répondit Roy en retrouvant son sérieux. Je ne pensais pas remporter un tel succès avec cette série.

Sa voix était empreinte de regret.

— C'est pourtant une excellente chose, protesta Fiona.

— Tout le monde ne considère pas que le succès passe avant tout le reste, mademoiselle Burkenhalter, intervint sèchement Paul.

— Je ne vous ai rien demandé, persifla-t-elle, avant de se tourner vers Roy.

Malheureusement, la remarque de Paul avait coupé le vieil homme dans son élan.

— Cessez donc de vous disputer, dit-il, un sourire aux lèvres. Et si vous me parliez un peu de vous, tous les deux ? Racontez-moi votre vie.

Fiona n'avait aucune envie de passer la soirée à raconter sa vie. De plus, elle avait du sommeil à rattraper.

Elle se leva, vacillant de fatigue.

— Puis-je me reposer, ou comptez-vous me jeter tout de suite dans la gueule de la première baleine venue ?

— Décidément, vous ressemblez beaucoup à…

Roy s'interrompit, puis esquissa un sourire teinté de nostalgie.

— À qui ?

— À une amie…

Il se leva à son tour et la prit par le bras :

— Venez. Je vous accompagne.

Fiona ne se sentait pas la force de refuser.

Elle le suivit d'un pas mal assuré vers la poupe du bateau. Il désigna deux couchettes superposées.

La jeune femme oublia le manque de confort et l'odeur tenace d'huile. Elle s'écroula et s'endormit, un sourire aux lèvres, car la pire journée de sa vie venait de s'achever.

Du moins le pensait-elle.

4

Fiona avait maintes fois fait le même rêve. Sans raison apparente, elle suffoquait sous le poids d'une créature gigantesque venue pour l'étouffer. Par le passé, elle s'était toujours réveillée pour constater qu'elle se trouvait simplement blottie sous les couvertures dans sa chambre douillette. Un jour, cependant, chez son amie Diane, l'énorme berger allemand de la famille avait grimpé sur le lit.

— Tu lui as volé sa place, avait expliqué Diane.

À présent, Fiona ne parvenait même pas à ouvrir les yeux. Elle avait mal à la tête et se sentait épuisée.

— Va-t'en… grommela-t-elle d'une voix ensommeillée, repoussant de la main la masse informe qui semblait la couvrir de tout son long.

La chose ne broncha pas. Elle était si lourde que Fiona ne parvenait pas à la déplacer. La jeune femme sentit une chaleur étrange sur son torse. Si ce maudit chien a osé s'oublier sur moi… songea-t-elle dans son demi-sommeil. Elle tenta de se dégager d'un coup de pied, en vain.

Tout à coup, elle s'aperçut que c'était un homme qui s'était écroulé sur elle. Aussitôt, elle se rappela où elle se trouvait. L'odeur d'huile flottait toujours dans l'air. Et cet homme qui l'écrasait de son poids ne pouvait être que Roy Hudson !

— Écoutez, monsieur Hudson, dit-elle en tentant de le repousser, j'ai peut-être accepté votre invitation, mais cela ne signifie pas…

Malgré ses tentatives répétées, l'homme ne bougeait toujours pas.

— Il est inconscient, murmura-t-elle pour elle-même. Un monstre lubrique de plus de cent kilos vient de s'évanouir sur moi. Un ivrogne, doublé d'un incontinent ! s'exclama-t-elle en sentant un liquide chaud se répandre sur son ventre.

Grâce aux exercices de gymnastique auxquels elle s'adonnait régulièrement, Fiona avait une puissance physique hors du commun. Elle réussit à dégager ses jambes, pour ensuite prendre appui sur Roy. Puis elle agrippa les bords de la couchette pour se préparer à pousser de toutes ses forces. Sa main rencontra alors un objet froid et mouillé.

— Plus moyen de dormir, ma parole ! gronda une voix familière.

La lumière se fit soudain. Au-dessus du corps inerte de Roy, Fiona découvrit le beau visage ironique de Paul, qui se figea brusquement, saisi d'effroi.

D'abord, la jeune femme ne comprit pas sa réaction. Puis, suivant le regard de Paul, elle s'aperçut qu'elle tenait un couteau dans la main. En baissant les yeux, elle vit que la couchette était inondée de sang !

Choquée, Fiona ne cria pas. Sa gorge ne produisit aucun son. Elle se contenta de fixer le couteau. Puis elle perçut un vague mouvement tout près d'elle : Eric les avait rejoints.

Quelques secondes plus tard, le cadavre de Roy fut soulevé de la couchette, mais elle ne bougea toujours pas. Le sang qui trempait ses vêtements lui parut glacé. Pétrifiée, elle entendit une voix d'homme déclarer :

— Ce doit être le choc qu'elle a subi.

Toutefois, Fiona ne fit pas le rapprochement avec elle-même.

Une autre voix, plus grave, ordonna de mettre les moteurs en marche pour regagner la rive. Puis elle entendit de l'eau couler, comme une bouilloire que l'on remplit.

Enfin, elle ressentit les vibrations du moteur. Quelqu'un posa sur elle une couverture et voulut l'aider à se lever. Comme les jambes de la jeune femme refusaient de la porter, l'homme la souleva dans ses bras.

Il la déposa sur une chaise et lui tendit une tasse contenant un breuvage très chaud.

— Écoutez-moi, dit-il. Vous m'entendez ?

— Bien sûr. De quoi s'agit-il ? Du Darjeeling, ou du Earl Grey ?

— Racontez-moi ce qui s'est passé. Pourquoi avez-vous tué Roy ? Vous a-t-il agressée ? A-t-il cherché à vous violer, de sorte que vous avez dû vous défendre ?

Elle dévisagea Paul, par-dessus sa tasse de thé.

— Comment ?

— Que vous a-t-il infligé ? Je vous écoute. Il faut que nous nous mettions d'accord sur une version des faits à fournir à la police.

L'esprit de Fiona commençait à fonctionner de nouveau. Peu à peu, elle prenait conscience de ce qui venait de se dérouler. Elle était dans son lit avec…

Elle scruta le regard de Paul, empreint de sincérité et de compassion.

— Vous prétendez que j'ai tué quelqu'un ! lança-t-elle en posant brutalement sa tasse. Vous m'accusez de meurtre !

Agacé, Paul s'adossa plus confortablement à son siège. Son expression se durcit.

— Je ne cherche qu'à vous aider. Gardez donc votre belle énergie pour la police.

Sur ces mots, il se leva et gagna la poupe du navire, où se trouvait le cadavre.

Fiona se leva à son tour, laissant glisser la couverture à terre. Elle était maculée de sang de la tête aux pieds. Elle trébucha pour rejoindre la poupe. Comme dans un cauchemar, elle vit Paul se pencher sur le corps ensanglanté de l'homme avec qui elle avait dîné, quelques heures auparavant.

Le malaise survint sans prévenir. Quelques secondes plus tard, Paul lui maintenait la tête par-dessus bord tandis qu'elle était prise d'une violente nausée.

Ensuite, il la réinstalla gentiment sur son siège.

— Vous vous sentez mieux ?

D'une pâleur extrême, la jeune femme tremblait de tous ses membres. Paul disparut un instant, puis revint avec un verre d'alcool.

— Buvez ceci, ordonna-t-il, avant de l'inciter à se lever. Écoutez, je sais que je suis en train de détruire les éléments de preuve, mais...

Elle ne comprenait pas où il voulait en venir. Depuis deux jours, elle avait l'impression de vivre dans l'irréalité la plus totale.

La saisissant par le poignet, il l'entraîna vers l'arrière du bateau, mais prit soin de se placer entre elle et le cadavre de Roy, pour lui épargner le macabre spectacle.

— Vous allez prendre une bonne douche, décida-t-il.

Comme elle ne bougeait pas, il se pencha et ouvrit lui-même le robinet.

— Ôtez ces vêtements ensanglantés et entrez dans la cabine de douche.

Fiona ne parvenait pas à songer à ce qui rendait ses vêtements gluants. Elle ne pouvait admettre qu'elle était couverte de sang. La voyant pétrifiée, Paul se résolut à ouvrir d'un geste sec la chemise de la jeune femme.

— Enlevez tout ça ! Vous m'entendez ? cria-t-il.

La voix brutale de Paul la ramena à la réalité. Elle se dévêtit rapidement, comme si ses habits étaient en feu, comme si sa vie en dépendait.

Dès qu'elle se retrouva nue, Paul la poussa sous la douche. L'eau chaude la fit émerger de sa torpeur. Fiona ne songeait plus qu'à une chose : s'en aller le plus loin possible. Sortir de la douche, quitter ce bateau de malheur. S'enfuir. Elle essaya de contourner la silhouette imposante de Paul.

— Oh non, vous allez rester ici ! gronda-t-il en la repoussant sous le jet d'eau chaude, cherchant à refermer la porte de la cabine. Il faut que vous reveniez sur terre au plus vite.

— Laissez-moi sortir d'ici, espèce d'ordure ! hurla-t-elle.

Elle ne songea pas une seconde qu'elle était entièrement nue, en train de lutter contre un homme tout habillé. Elle voulait s'éloigner de cet endroit maudit.

— Sortez-moi d'ici ! implora-t-elle, luttant de plus belle.

Impressionné par la détermination de la jeune femme, Paul finit par ouvrir la porte pour pénétrer dans la cabine. D'abord, Fiona se débattit. Tournant le dos au robinet, il la maintenait fermement par la taille. Il s'efforçait de la neutraliser pour ne pas subir ses coups, mais la tigresse lui griffa le dos des mains, tout en martelant sa poitrine de coups de poing.

Enfin, de guerre lasse, Fiona éclata en sanglots. Elle vacilla contre Paul, qui l'enlaça. L'eau chaude cascadait sur leurs corps, lui tout habillé, elle entièrement nue.

Paul la garda contre lui, tandis qu'elle laissait libre cours à ses larmes.

5

— Où m'emmenez-vous ? s'enquit Fiona en lançant un regard à Paul, dans la pénombre de la voiture.

Cela faisait quelques heures qu'elle avait retrouvé le cadavre ensanglanté de Roy allongé sur elle, mais elle avait l'impression qu'une éternité s'était écoulée. Après sa douche et sa crise de larmes, elle s'était sentie un peu mieux. La colère avait pris le pas sur l'effroi. Une fois encore, elle avait dû enfiler des vêtements appartenant à Paul : un pantalon de survêtement gris et un pull vert, orné de l'écusson d'une prestigieuse université de la côte est.

Sur le bateau, Paul et Eric avaient échangé de nombreuses messes basses. Ils ne cessaient de hocher la tête en regardant Fiona. Celle-ci observait rêveusement les eaux sombres au clair de lune. Les deux hommes semblaient redouter que, dans un geste de désespoir, elle ne se jette par-dessus bord. Pourtant, si Fiona contemplait l'eau et les étoiles, c'était pour mieux se concentrer sur ce qui comptait le plus, dans sa vie : Kimberly. Que pouvait-il lui arriver en son absence ? Qui s'occupait d'elle, à présent ? Son assistant Gerald avait-il envoyé les cartes à l'imprimerie ou bien les avait-il laissées par terre, dans un sac de chez Saks, le grand magasin new-yorkais ?

Quand Paul avait fermé le robinet de la douche, il lui avait tendu une couverture puis s'était éclipsé pour lui accorder un peu d'intimité. Il était revenu quelques minutes plus tard, portant des vêtements secs. Il semblait plus calme et observait la jeune femme avec son arrogance habituelle, comme s'il ne l'avait pas vue entièrement nue.

Fiona, elle, ne se rappelait que trop bien la scène.

— La Floride ne me réussit guère, avait-elle dit, cherchant à détendre l'atmosphère.

Paul n'avait pas souri, affichant une mine grave et impassible.

Fiona voulait se persuader que si Paul pouvait oublier ce qui venait de se passer, elle y arriverait, elle aussi.

Une fois à terre, elle avait scruté les alentours, se demandant où diable ils se trouvaient. Une Jeep les attendait. L'un des deux hommes avait sans doute tout organisé.

Paul avait voulu aider la jeune femme à monter en voiture, mais celle-ci l'avait repoussé.

— Je ne suis pas infirme ! avait-elle lancé sèchement en s'installant.

Sans un mot, Paul avait jeté son sac fourre-tout et les effets de Fiona sur le siège arrière, et s'était mis au volant. Ils avaient rejoint l'autoroute...

— Puis-je savoir où nous allons, à moins que ce ne soit trop vous demander ? insista-t-elle.

— Au premier poste de police venu, répondit-il d'un ton cassant.

— Ah oui ! J'oubliais ! Je suis une dangereuse criminelle.

Il ne fit aucun commentaire.

— Je suppose qu'il ne sert à rien de vous répéter que je n'ai pas tué cet homme, qui pesait deux fois mon poids ?

— J'ai eu l'occasion de constater que vous aviez de la force, à l'aéroport.

— J'étais persuadée que vous alliez être dévoré par un alligator ! s'écria la jeune femme, ulcérée. Vous ne comprenez toujours pas ? Je n'ai pas réfléchi, j'ai simplement suivi mon instinct.

Paul était très calme, comme s'il avait affaire à

une malade mentale qu'il ne fallait surtout pas contrarier.

— Je sais. Et je sais aussi que lorsque Roy vous a agressée, vous n'avez pas réfléchi non plus. Vous avez simplement saisi son couteau pour le frapper.

— Je dormais ! Je n'avais pas fermé l'œil depuis deux jours, je vous le rappelle. Ce couteau, je l'ai trouvé sur la couchette, près de moi.

— Roy portait toujours un couteau à la ceinture, dans un étui. Vous l'aviez certainement remarqué.

— Pas du tout, grommela Fiona, la mâchoire crispée. D'ailleurs, cela ne m'intéressait pas le moins du monde.

Paul braqua vivement le volant vers la droite.

— Et si nous prenions un café ? suggéra-t-il. Eric nous en a préparé.

— Comme c'est gentil de sa part ! Il l'a préparé avant ou après avoir tué Roy ?

Il lui adressa un regard furtif avant de se concentrer sur la route, sans un mot.

— Et pourquoi devrais-je vous présumer innocent ? reprit-elle. Si ce n'est pas moi qui ai tué Roy, ce ne peut être que l'un de vous deux.

Paul ne parut guère troublé par ces accusations.

— C'est une question de mobile, dit-il tranquillement. Avec la mort de Roy, je viens de perdre tout espoir d'obtenir des fonds pour mon parc. Quant à Eric, il se retrouve sans emploi.

Fiona réfléchit à ces paroles.

— Vous croyez que j'ai assassiné cet homme uniquement pour échapper à une partie de pêche ? demanda-t-elle, incrédule.

— Vous aviez peut-être des raisons plus profondes.

Cet homme était dingue ! Elle regarda par la fenêtre, cherchant à déterminer à quelle vitesse ils roulaient. Plus de cent kilomètres-heure, sans doute. Si elle tentait de sauter en marche, elle se romprait le cou.

Avec un soupir, elle prit la bouteille Thermos posée à ses pieds et se versa un gobelet de café. Elle le but, puis servit Paul. À quoi bon continuer cette comédie ? songea-t-elle, la main sur la poignée de la portière. Si les policiers étaient aussi stupides et implacables que Paul, ce serait sa dernière soirée de liberté.

Dès que Fiona esquissa un mouvement vers la portière, il posa la main sur son bras, renversant le gobelet vide.

— Ne faites pas de bêtises !

Elle haussa les épaules.

— Qu'y a-t-il de plus bête que ce qui vient de m'arriver ? Que ces deux jours de cauchemar ? Que...

Elle s'interrompit et porta la main à son front. Elle était si lasse qu'elle parvenait à peine à garder les yeux ouverts.

— Je...

Elle ne se rappelait plus ce qu'elle voulait dire. Posant la tête sur le dossier du siège, elle ferma les yeux.

Quelques minutes plus tard, elle distingua une enseigne de motel, rose et criarde, qui clignotait au-dessus de sa tête. La voiture s'immobilisa. Lorsque Paul en descendit, elle songea à s'enfuir, mais son corps refusait de lui obéir. Elle resta affalée sur son siège, incapable de la moindre réaction.

Comme dans un rêve, elle sentit deux bras puissants la soulever. Elle franchit le seuil d'une pièce et se retrouva sur un lit confortable et moelleux, un vrai lit, qui ne tanguait pas au gré des flots. Elle sombra aussitôt dans un profond sommeil, tout en entendant quelqu'un s'affairer autour d'elle. Je suis soûle, songea-t-elle, avant de s'abandonner à l'oubli.

Elle ne sentit pas son compagnon s'allonger près d'elle, faisant barrage entre elle et la porte.

Fiona se réveilla en proie à un terrible mal de tête. Elle se sentait groggy, ivre de fatigue et de faim. Chaque muscle de son corps la faisait souffrir. Elle s'assit péniblement dans le lit, ne sachant où elle se trouvait. Elle avait la vague impression que quelque chose n'allait pas, sans parvenir à identifier clairement le problème. Cela doit concerner Kimberly, pensa-t-elle. Mieux valait se rendre tout de suite au bureau pour régler l'affaire au plus vite...

Un bruit léger, derrière elle, la fit sursauter. Un homme était endormi à son côté ! Que diable faisait Jeremy avec elle ? En le voyant se retourner, elle songea que Jeremy n'avait jamais eu une aussi belle chevelure, ni des lèvres aussi pulpeuses, ni un nez aussi fin, ni...

— Nom de Dieu ! Ce n'est pas possible ! s'exclama Fiona, tandis que les souvenirs de la veille resurgissaient avec la violence d'un ouragan.

En un éclair, elle s'empara de son sac à main et s'élança vers la porte. Aussitôt, une main puissante se posa sur la sienne.

— Vous feriez mieux de rester, lui conseilla Paul. Et, je vous en prie, pas de coups de pied ni de coups de poing. Je ne suis pas d'humeur à supporter votre agressivité, ce matin.

— Mon... commença-t-elle, ulcérée, avant de se ressaisir. Vous n'êtes pas mon tuteur. Vous n'avez aucun droit de me retenir ici contre mon gré !

Paul ne semblait pas l'écouter. Étouffant un bâillement, il s'écarta de la porte, sans pour autant laisser à la jeune femme la moindre possibilité de s'échapper.

— Vous croyez que le restaurant d'en face livre à domicile ?

— Comment le saurais-je ? J'ai été droguée, amenée ici contre ma volonté. Quelle est la peine encourue pour enlèvement et séquestration, en Floride ?

— Je ne vous ai jamais droguée. Et je ne vous retiens pas prisonnière, non plus… Vous préférez être la première à utiliser la salle de bains ?

Fiona considéra la porte en bois, perplexe.

— Ne rêvez pas, ajouta-t-il en bâillant. Elle n'a pas de fenêtre. J'ai demandé une salle de bains sans fenêtre.

— Vous êtes complètement malade ! Et j'ai bien été droguée. Je reconnais cette sensation pénible.

— Vraiment ? Personnellement, je ne me drogue pas. Mais si vous…

Sans prendre la peine d'écouter la fin de sa phrase, Fiona s'enferma dans la salle de bains, pour en émerger vingt minutes plus tard, fraîche et pimpante.

— Bien ! approuva Paul en levant les yeux vers elle.

Installé sur l'unique chaise de la chambre, il feuilletait un magazine. Devant lui, sur la table, était posé un cordon de rideau. En voyant celui-ci, Fiona eut un mouvement de recul. Si elle n'avait pas tué Roy Hudson, ce pouvait être lui…

— Écoutez, dit-elle doucement. Peut-être devrions-nous aller trouver la police. Appelez-la et…

— Nous irons plus tard. D'après ce que j'ai appris de la police, très récemment, ces gens ne vous donnent pas le temps de manger ni de prendre une douche. Je tiens à être prêt à affronter l'épreuve qui nous attend.

Paul ne toucha pas au cordon, ne lui prêtant aucune attention.

— Bien sûr ! répondit Fiona en souriant. Allez prendre une douche et vous raser. Je vous attends.

Il plissa les yeux.

— Je dois m'assurer que vous n'allez pas vous enfuir, dès que j'aurai le dos tourné.

Fiona comprit qu'il était embarrassé. Comment allait-il faire sa toilette et la surveiller en même temps ?

Le souvenir troublant de la douche de la veille revint à l'esprit de la jeune femme. Sur le moment, elle ne pensait qu'à la mort horrible de Roy et à tout ce sang qui la maculait. À présent, elle se rappelait surtout sa nudité, et les vêtements mouillés de Paul contre sa peau.

En la voyant nue comme un ver, il n'avait semblé nullement gêné. À présent, les rôles étaient inversés. Craignait-il qu'elle ne lui saute dessus, ivre de désir ?

— Allez prendre votre douche, répéta-t-elle. Je vous promets de ne pas vous regarder, ajouta-t-elle, malicieuse, comme si elle s'adressait à un enfant pudique.

Il parut hésiter une seconde.

— Si je vous laisse quitter cette chambre, je deviens complice d'un meurtre, expliqua-t-il en regardant discrètement par la fenêtre.

Il se retourna pour la dévisager.

— Écoutez, reprit-il, je sais que vous ne cherchez qu'à fuir, mais où iriez-vous ? Vous ne pouvez retourner à New York comme si rien ne s'était passé. Roy était un homme influent. Sa mort va faire la une des journaux.

— Je ne l'ai pas tué.

— C'est probable, admit Paul en sortant sa trousse de toilette de son sac. Suivez-moi dans la salle de bains et asseyez-vous sagement.

— Je ne... commença-t-elle, avant de se raviser.

Pourquoi pas, après tout ? Elle lui emboîta le pas et s'installa sur le bord de la baignoire, pendant qu'il se rasait.

— J'ai l'impression que je vous rends un service, déclara-t-il, les joues pleines de mousse.

Fiona cherchait des yeux un objet lourd pour assommer son geôlier. Mais en vain.

— Quel service ? s'enquit-elle.

Si elle parvenait à se glisser derrière lui, dans la chambre, elle pourrait tenter de le frapper à l'aide de la chaise.

— En vous enfuyant, vous deviendriez une criminelle en cavale, aux yeux de la justice et...

Fiona tressaillit.

— La justice ? Comment osez-vous prononcer ce mot ? Que savez-vous de la justice ? On m'a séparée de Kimberly pour une maudite partie de pêche et...

— Qui est Kimberly ?

— Comment ! fit Fiona d'un ton chargé de sarcasme. Vous ne savez pas qui est Kimberly ? Vous avez les oreilles bouchées ou quoi ? Vous êtes aveugle ? Êtes-vous certain de vivre aux États-Unis ?

Perplexe, il décrocha le téléphone.

— Bonjour, je voudrais commander des œufs au bacon, du pain grillé, du café, deux petits déjeuners complets, énonça-t-il. Vous livrez le tout à... Comment ? Vous ne livrez pas ? Mais je suis au motel, juste en face et... Ah, je vois.

Paul se tut quelques instants, puis il reprit, baissant le ton :

— Allons, mademoiselle, vous ne feriez pas une exception ? Pour moi ?

De toute évidence, il cherchait à la séduire, comme il devait en avoir l'habitude.

— Vous me rendez malade, maugréa Fiona en s'approchant.

Elle lui arracha le combiné des mains.

— Livrez-nous dans la chambre. Il y a un pourboire de vingt dollars à la clé, déclara-t-elle.

— J'arrive ! fit la voix féminine à l'autre bout du fil.

Fiona posa le combiné et regarda Paul droit dans les yeux d'un air triomphant.

— Vous n'êtes plus au lycée, mon cher, railla-t-elle avec mépris. Toutes les femmes ne sont pas godiches comme des majorettes amoureuses du capitaine de l'équipe de foot.

Elle lui tourna le dos et s'éloigna autant que le permettait la petite chambre. En vérité, plus elle côtoyait cet homme odieux, plus elle avait envie de prévenir la police ! Maintenant qu'elle avait retrouvé ses esprits, elle commençait à réfléchir à la gravité de la situation. Si elle n'avait pas tué Roy, ce ne pouvait être que Paul ou Eric l'assassin…

À moins que les deux hommes soient complices.

Pendant un long moment, nul ne prononça un mot.

— Je jouais au basket, pas au football, déclara enfin Paul.

Moi aussi, faillit répondre Fiona. Mais elle se ravisa.

Pour l'heure, il fallait qu'elle s'en aille au plus vite. Elle décida de profiter de la venue de la serveuse. Si elle parvenait à échapper à Paul, la meilleure solution était de se mettre sous la protection de la police...

Quelques minutes plus tard, on frappa à la porte. Une jeune femme apparut, portant un plateau chargé de plats gras et peu appétissants.

— Ça fait seize dollars cinquante, plus le pourboire, annonça-t-elle. Je vous ai apporté le journal de ce matin. On y parle de ces tueurs de...

Son regard horrifié passa alors du visage de Paul au journal. Elle écarquilla les yeux. Puis elle aperçut Fiona, sur le point de s'enfuir.

Avec un cri de terreur, la serveuse lâcha le plateau et déguerpit sans demander son reste.

— Qu'est-ce qui lui prend ? s'étonna Paul en la regardant s'éloigner.

Fiona ramassa le journal.

Tous deux ne comprirent pas tout de suite. Leurs portraits figuraient en première page. Ils étaient décrits comme des tueurs en cavale. On voyait également un cliché d'Eric, sur un lit d'hôpital, un œil enflé, le visage tuméfié. La légende expliquait qu'il avait été laissé pour mort par Fiona et Paul, qui avaient auparavant sauvagement assassiné Roy Hudson.

Paul saisit leurs sacs, les clés de la voiture, et entraîna sa compagne vers la Jeep. Lorsqu'ils passèrent devant le restaurant, ils virent les clients à la fenêtre, qui les désignaient du doigt.

— Bonnie and Clyde ! s'exclama Fiona par-dessus les crissements de pneus. Nous voilà devenus Bonnie and Clyde !

— On sait comment ils ont terminé, répondit Paul d'un ton lugubre.

6

Fiona devait l'admettre : Paul Montgomery savait conduire. Il n'était pas de ces conducteurs nerveux et impulsifs qui se croient les rois de la route. Sans doute ne dépassait-il jamais la vitesse maximale autorisée. Mais il avait une façon de se faufiler souplement parmi les autres véhicules qui rendait sa conduite efficace et sûre. Ils arpentèrent longuement des rues adjacentes, traversant de coquets quartiers résidentiels. Paul ne quittait pas le rétroviseur des yeux, au cas où ils seraient suivis. Fiona n'osait lui demander s'il savait où se réfugier, redoutant une réponse négative.

Après un silence interminable, il marmonna quelques paroles inintelligibles.

— Comment ? fit-elle en sursautant.

— Un pivert à crête, répéta Paul. Une espèce très rare dans la région.

La jeune femme haussa les épaules. Ce n'était pas le moment de s'occuper des oiseaux !

Au bout de trois quarts d'heure de route, Paul abaissa le pare-soleil et en sortit une petite télécommande noire. Il s'arrêta devant une maison, appuya sur un bouton rouge et entra dans un garage, dont la porte se referma automatiquement derrière eux.

— Nous sommes arrivés, déclara-t-il en ouvrant sa portière.

Sans plus d'explications, il gagna la maison.

Fiona descendit à son tour, hésitante, son sac en bandoulière. Elle pénétra dans une cuisine très simple, d'une propreté impeccable, qui donnait l'impression que nul ne s'en servait jamais. Une voix masculine lui parvint d'une pièce voisine. Prudemment, la jeune femme s'aventura dans un salon orné d'un tapis persan et de fauteuils en cuir noir. Sur les murs, des aquarelles figuraient des paysages verdoyants de Floride. Même la décoration d'une chambre d'hôtel aurait été moins impersonnelle.

Assis sur le canapé, Paul s'entretenait avec quelqu'un au téléphone.

— Tu as obtenu les noms ? demandait-il. Bien. Oui, je comprends. Oui, chez Joe… Non, je compte rester aussi longtemps que possible… Elle est ici, avec moi.

Paul se pencha en arrière et se tourna vers Fiona, installée dans un fauteuil de cuir.

— Non, bien sûr que non, qu'est-ce que tu vas t'imaginer ? continua-t-il en souriant. Elle est aussi grande que moi. Je lui ai d'ailleurs prêté des vêtements.

Comprenant qu'il parlait d'elle, Fiona se redressa et lui adressa un regard noir.

La réponse du correspondant de Paul le fit rire.

— Mais non ! Dis-lui de ne pas s'inquiéter, j'ai la situation en main. J'attends ton fax. Très bien, toi aussi.

Lorsqu'il raccrocha, Fiona le fusillait toujours du regard, mais il l'ignora.

— Vous avez faim ? Je ne sais pas ce qu'il y a de bon à manger, dans cette maison.

L'air excédé, elle se leva d'un bond et se planta devant lui.

— J'exige de savoir ce qui se passe. Où sommes-nous ? Qui appeliez-vous ? Et qu'y a-t-il de si drôle à propos de vos vêtements ? En tout cas, j'en ai plus qu'assez…

Comme toujours, Paul ne tint pas compte de sa requête. Il la contourna pour gagner la cuisine.

Fiona lui emboîta aussitôt le pas, si bien qu'il faillit la heurter en ouvrant la porte du congélateur.

— Tiens ! Une gamme de plats cuisinés qui font grossir. Quelle est votre préférence ?

Il désigna deux barquettes de gratin, des lasagnes et autres spécialités surgelées.

— Je veux savoir ce qui se passe, insista-t-elle, la mâchoire crispée. Je suis recherchée pour meurtre dans tout le pays ! Les journaux...

— Faux. *Nous* sommes recherchés pour meurtre.

Il rangea les barquettes dans le congélateur et entreprit de fouiller les placards.

— Des crêpes, cela vous dit ?

Agacée par une telle désinvolture, Fiona crispa les poings et ouvrit la bouche pour hurler sa frustration.

Avant qu'elle puisse émettre le moindre son, Paul la bâillonna d'une main de fer.

— Qu'est-ce qui vous prend ? gronda-t-il. Si quelqu'un vous entend, il risque de prévenir la police.

Au bout de quelques secondes, il ôta lentement sa main et désigna la table de la cuisine.

— Asseyez-vous. Je vais préparer à manger.

La jeune femme ne bougea pas.

— Si vous refusez de me dire ce qui se passe, je me mets à crier de toutes mes forces.

— Vous avez vraiment du mal à maîtriser vos humeurs, on dirait... Vous avez songé à consulter un psy ?

Fiona ouvrit une nouvelle fois la bouche. Cette fois, Paul la laissa faire, se contentant de l'observer.

Un peu contrite, elle renonça à crier et plissa les yeux.

— Pourquoi ne sommes-nous pas au commissariat, à l'heure qu'il est ? Il y a quelques heures, vous me disiez que je devais me rendre aux autorités. Maintenant que la police vous accuse aussi, nous nous cachons.

— Vous voulez des gâteaux aux myrtilles ?

— Je veux des réponses à mes questions ! s'écria-t-elle, à bout de nerfs.

— Très bien, concéda-t-il. Mais asseyez-vous avant de m'interroger.

— Non, dit-elle calmement en s'installant sur un tabouret. Je ne vais pas vous supplier de me répondre. Vous n'avez qu'à parler de vous-même.

— Et si vous faisiez la cuisine pendant que je m'explique ? Ce serait trop vous demander ?

Fiona esquissa une grimace. Elle ne savait même pas allumer un four.

— Je m'en doutais, grommela-t-il. Très bien ! Comme vous le savez, Eric a tué Roy Hudson hier soir, alors nous...

— Attendez une minute ! coupa Fiona, se prenant le visage à deux mains. Je vous croyais persuadé que c'était moi la coupable de ce meurtre.

Occupé à placer les gâteaux dans le four, Paul lui tournait le dos. Il pivota sur lui-même, les sourcils haussés.

— Comment auriez-vous pu tuer un homme deux fois plus lourd que vous ? railla-t-il.

— Ce n'est pas drôle, répondit-elle. Je n'apprécie guère vos réflexions moqueuses.

— Très bien, admit-il avec un soupir. Hier soir, il fallait que je vous sorte de là. J'ai affirmé à Eric que je vous croyais coupable. À mon avis, il avait plusieurs complices à bord, prêts à nous agresser.

Il posa devant Fiona une assiette de gâteaux à l'odeur appétissante.

Il y en avait bien trop pour son appétit d'oiseau.

La jeune femme alla chercher une autre assiette. Elle ne prit qu'un gâteau, laissant tous les autres à Paul. Puis elle réfléchit aux événements de la veille.

— Pourtant, plus tard, vous n'avez cessé de répéter que j'étais coupable...

— Je voulais attiser votre colère, pour que vous ne songiez pas trop à ce qui venait de se passer, expliqua-t-il. Vous ne mangez que ça ?

— Oui, fit-elle avec un regard froid. Nous autres, les femmes peu féminines, nous ne mangeons pratiquement rien, c'est bien connu.

Toutefois, le gâteau se révéla délicieux. Paul en déposa deux autres sur l'assiette de la jeune femme, et lui tendit un pot de confiture.

— Vous vouliez me livrer à la police, reprit-elle en s'accordant une bouchée de plus.

— Je voulais vous placer sous protection. Je sentais qu'Eric avait l'intention de s'en prendre à vous. Peut-être parce que vous étiez la plus vulnérable de nous deux.

Après cette réflexion misogyne, il tendit les bras en avant comme pour se protéger d'une éventuelle agression. Fiona remarqua qu'il avait le dos des mains lacéré de griffures.

— Je suis désolée, marmonna-t-elle, la bouche pleine, et les joues empourprées au souvenir de leur douche commune.

— Comment ? Je n'ai pas compris...

— Je disais que vous n'aviez aucun droit de me traiter comme une enfant. Vous auriez pu m'expliquer la situation.

— Certes, mais vous étiez sous le choc après avoir trouvé un cadavre ensanglanté couché sur vous.

Fiona repoussa son assiette vide.

— Et maintenant, qu'allons-nous faire ? demanda-t-elle. Où sommes-nous ?

— Cette maison appartient à un ami. C'est mon refuge lorsqu'il n'est pas là et que j'en ai assez de...

Il s'interrompit. Fiona comprit qu'il ne souhaitait pas parler de lui.

— En tout cas, personne ne connaît cette adresse, reprit-il. Nous sommes en sécurité. J'ai appelé mon frère. Il se chargera de recueillir des renseignements sur le mystérieux Eric et sur votre Roy Hudson.

— *Mon* Roy Hudson ? gronda Fiona, ulcérée. Qu'est-ce que cela signifie ? Vous, au moins, vous l'aviez déjà rencontré, puisque vous avez essayé de lui soutirer de l'argent pour votre élevage d'oiseaux.

— Non, répondit Paul, pensif. Je ne l'avais jamais rencontré. Et je ne lui ai jamais demandé d'argent... Étrangement, c'est lui qui m'a contacté. J'ai reçu une lettre dactylographiée, bourrée de fautes. Il m'annonçait qu'il allait toucher une forte somme et qu'il envisageait de financer le parc de Kendrick. Il me donnait rendez-vous au parc pour une partie de pêche, au cours de laquelle nous pourrions discuter de cette affaire.

Paul baissa les yeux.

— J'ignorais tout de votre existence jusqu'au jour du départ. Et encore, il ne m'a révélé que votre nom.

Elle acquiesça gravement.

— D'accord. Alors que faisons-nous, maintenant ? Si toutefois j'ai le droit de poser cette question. Vous aimez jouer les hommes des cavernes, on dirait. Pour vous, une femme doit obéir sans poser de questions.

— Vous avez pourtant la langue bien pendue, répliqua-t-il en la fixant.

— Certains hommes apprécient ma langue, rétorqua-t-elle sèchement, regrettant aussitôt ces paroles équivoques.

Paul se garda de lui répondre.

— Je veux attendre de voir ce que mon frère apprendra sur Eric et Roy. Il doit bien exister un mobile à ce crime. À moins qu'Eric n'ait tué pour le plaisir, mais j'en doute.

— Pourquoi ? Pourquoi en douter ? Beaucoup d'assassins tuent par plaisir.

Paul ramassa les assiettes et les porta dans l'évier.

— Je n'en sais rien. C'est une simple impression… Je suis persuadé que ce crime était planifié avec soin, et qu'il a un rapport avec vous.

— Avec moi ? s'exclama Fiona, sur la défensive. Je n'ai rien à voir avec cette histoire.

Il la considéra un instant.

— Si la police creuse l'affaire en profondeur, trouvera-t-elle un élément qui pourrait être considéré comme un mobile éventuel ?

— Quelque chose comme des photos de moi nue, que Roy menaçait de diffuser sur Internet au cas où je refuserais de le payer ?

— Par exemple… Alors ?

— Alors quoi ? demanda-t-elle en le regardant dans les yeux.

— Ces photos existent, oui ou non ?

— Très drôle. Non, il n'y a aucune photo de moi nue. D'ailleurs, ça ne marcherait pas. Voyez-vous, c'est très tendance de se faire photographier dans le plus simple appareil. Mais qu'importe ! Je n'ai rien à cacher, rien qui puisse me valoir un quelconque chantage.

— Vous avez certainement des secrets...

Fiona plissa les yeux.

— Aucun que je souhaite vous confier, ou que Roy Hudson ait pu connaître. Tout ce qui me concerne peut être publié sans problème dans la gazette du coin. Et vous ?

— Moi ? demanda-t-il comme s'il ne participait pas à la conversation.

— Oui, vous ! Le journal affirme que vous êtes mon complice.

— Bah ! fit-il avec un geste de dédain en plaçant la vaisselle dans le lave-vaisselle. C'est seulement parce que nous nous sommes enfuis ensemble... J'aimerais bien savoir qui a molesté Eric. Cela faisait-il partie du plan ou a-t-il contrarié quelqu'un, un complice ?

— Il s'est peut-être blessé tout seul.

— Vous avez vu cela dans un film policier ? railla-t-il.

Fiona se rendit au salon. Elle n'appréciait guère l'attitude désinvolte de Paul. Il semblait considérer toute cette histoire comme une farce. À l'entendre, dès qu'il recevrait le fax de son frère, le problème serait résolu.

Elle l'entendit s'affairer dans la cuisine. Enfin, il vint la rejoindre, imperturbable.

— Cette affaire ne vous inquiète pas ? questionna-t-elle. Vous n'êtes pas pressé de retourner auprès de vos chers oiseaux ?

Il la fusilla du regard.

— Vous croyez que j'ai envie de demeurer enfermé avec une femme qui a fait de mon existence un enfer depuis qu'elle a posé le pied en Floride ? Non ! Mais moi, au contraire de vous, j'essaie de faire face. J'essaie de nous éviter la prison. Parce que c'est là que nous nous retrouverons, si le mystère n'est pas éclairci au plus vite. Et j'apprécierais un peu de reconnaissance de votre part.

— Je suis désolée, marmonna-t-elle.

— Je n'ai pas entendu.

— Je vous demande pardon ! s'exclama Fiona. Vous avez entendu, cette fois ?

— Oui, et les voisins aussi, sans doute.

Elle le regarda ouvrir le tiroir d'un secrétaire pour en sortir un téléphone portable.

— Qui appelez-vous ? s'enquit la jeune femme d'un air soupçonneux.

— Cela ne vous regarde en rien, mais sachez que je compte téléphoner à ma fiancée. Elle doit être morte d'inquiétude, la pauvre.

— Mais la police...

— Ils ne chercheront pas à écouter les appels passés par cet appareil. Il appartient au propriétaire de cette maison.

— Bon, je vais...

Elle désigna la salle de bains d'un signe de tête. En vérité, elle avait la ferme intention d'écouter sa conversation. La fiancée de Paul était-elle cette ravissante petite blonde de la photo qu'elle avait trouvée sous le lit ? D'ailleurs, que faisait ce portrait sous le lit ?

Elle entra dans la salle de bains et ouvrit le robinet, mais laissa la porte entrebâillée. La blonde devait attendre à côté du téléphone, car elle décrocha tout de suite.

— Oui, chérie, je vais bien, susurra Paul d'une voix que Fiona ne lui connaissait pas.

Il s'exprimait d'un ton très tendre et rassurant.

— ... Oui, oui. Je sais. J'ai lu le journal, figure-toi... Non, bien sûr que tout est faux. C'est un malentendu, rien de plus.

Fiona ne put réprimer un raclement de gorge, qui attira l'attention de Paul. Il devina qu'elle était en train de l'écouter. Il se leva et s'approcha.

— Oui, elle est là, avec moi, reprit-il.

Il éclata d'un rire charmeur.

— Oh, elle est très grande, maigrichonne, déclara-t-il. Oui… plate comme une limande.

Il éloigna le combiné de sa bouche.

— Lisa veut savoir quel âge vous avez, lança-t-il.

— Trente-deux ans, répondit Fiona sans réfléchir.

— Tu vois, je te l'avais dit, continua Paul. Cesse de t'inquiéter. Mike a chargé Frank de s'occuper de cette affaire. D'ici ce soir, nous saurons tout sur ces hommes, et surtout pourquoi Eric a tué Roy. C'est le nœud du problème. Quand nous connaîtrons le mobile, Mlle Burkenhalter et moi irons trouver la police, et tout rentrera dans l'ordre.

Fiona observa Paul tandis qu'il écoutait sa fiancée. Il affichait le plus doux, le plus tendre des sourires…

— Allons, chérie, ne pleure pas. Je vais bien… Non, je ne peux te dire où je me trouve, et tu ne peux venir me voir. (Son sourire s'élargit.) Oui, elle est là, je sais, mais elle est accusée de meurtre, elle aussi… Mais non, elle n'a tué personne… Oui, tu peux le dire à la police. Écoute, prends un somnifère et va te coucher. Tu ne peux rien faire pour m'aider.

Il s'interrompit, puis tourna le dos à Fiona.

— Moi aussi, murmura-t-il d'un ton caressant. Je t'appelle dès que possible.

Il éteignit le téléphone et le tendit à Fiona, sans un commentaire sur son indiscrétion flagrante.

— Si vous voulez appeler quelqu'un, ne vous gênez pas, déclara-t-il en s'éloignant vers la cuisine.

La jeune femme songea à Jeremy. Il devait être fou d'angoisse... Elle composa fébrilement son numéro et regagna le salon.

— Où diable es-tu passée ? tonna l'avocat. Tu imagines dans quel pétrin tu te retrouves ? Fiona, j'ignore si je pourrai te tirer de ce mauvais pas. Tu dois te rendre immédiatement à la police, tu m'entends !

— Paul a chargé un parent de se renseigner sur le mobile du meurtre et...

— Fiona, tu es folle ? Tu as perdu la tête, ma parole ! D'après mes informations, le dénommé Eric est à l'hôpital, le visage tuméfié et la rate éclatée. Il prétend que toi et ce Paul l'avez battu, après avoir tué Roy Hudson.

— Oh, non ! fit Fiona, qui se mit à trembler de tous ses membres.

— Tu imagines de quoi ton dossier aura l'air, quand on saura que tu t'es enfuie sous les yeux ébahis des clients d'une salle de restaurant ? Ils affirment que toi et cet homme avez failli percuter un car scolaire, lors de votre fuite.

— C'est faux... Jeremy, dis-moi... tu me trouves trop maigre ? Trop vieille ?

— Nom de Dieu, Fiona, tu es complètement cinglée ! Enfin, plus tard, je pourrai au moins affirmer que tu étais en état de choc, que tu tenais des propos incohérents.

Elle aurait dû se réjouir de constater qu'il raisonnait froidement, en avocat, en professionnel. Mais elle était blessée d'avoir été traitée de folle, et elle éprouvait le besoin de se venger.

— Tu as vu la photo de Paul dans les journaux ? ronronna-t-elle. Il est très bel homme. Jamais je n'avais vu d'aussi beaux cheveux, et...

— Fiona, coupa sèchement Jeremy. Si tu cherches à me rendre jaloux, ce n'est vraiment pas le moment !

Elle entendit les pas de Paul s'approcher.

— Il faut que je te quitte, lança-t-elle vivement avant de lui raccrocher au nez.

Paul apparut, tenant un verre de thé glacé.

— Votre ami est contrarié de vous voir dans un tel pétrin, je suppose ?

— Oh, oui ! répliqua Fiona d'un ton faussement enjoué. Il est mort d'inquiétude. Il se fait toujours trop de soucis pour moi... Et votre petite amie ? Lena, je crois ?

— Lisa. C'est ma fiancée. Le mariage a lieu dans trois semaines. Vous voulez boire quelque chose ?

— Non merci... Vous lui avez raconté que j'étais grande, maigrichonne et vieille, sans parler de...

Elle baissa les yeux vers sa poitrine. Certes, il n'y avait pas de quoi remporter un concours de tee-shirts mouillés, mais les vêtements de qualité tombaient en général très bien sur elle...

D'ailleurs, pourquoi se souciait-elle de l'opinion de cet homme ?

— Désolé, fit Paul, la bouche pleine. Elle croit que toutes les femmes que je rencontre cherchent à me séduire. Alors je suis à chaque fois obligé de lui raconter que j'ai affaire à des monstres.

Elle hocha la tête, peu convaincue.

— Votre couple semble très uni.

— Il fonctionne à merveille... Et vous ? Vous manquez à votre petit ami ?

— Bien sûr, répondit-elle avec un sourire qui se voulait insouciant. Et il est terriblement jaloux de vous. Au moins, nous avons quelque chose en commun... Je crois que je vais appeler mon bureau, pour voir si tout va bien.

Elle composa le numéro de Davidson à New York. C'est Gerald, son assistant, qui lui répondit.

— Fiona chérie ! Où étais-tu passée ? Non, ne me dis rien. Sinon, je devrai tout répéter à la police. Ils ont passé la matinée ici. C'était horrible !

Pas aussi horrible que de se retrouver coincée sous un cadavre ensanglanté, songea Fiona.

— Tout se passe bien, sinon ? demanda-t-elle, cherchant à oublier ses problèmes.

— Eh bien… j'ai dû apporter quelques légères modifications à Kimberly, mais le lancement de ce matin a remporté un vif succès.

Fiona sentit la moutarde lui monter au nez.

— Vous avez lancé Kimberly avant la date prévue ? En mon absence !

— Étant donné ce qui t'arrive, Garrett s'est dit qu'il valait mieux accélérer le processus. De plus, selon lui, comme tu as tué Roy Hudson, nos chances d'obtenir les droits de *Raphael* sont quasi inexistantes. Alors il faut exploiter Kimberly au maximum.

— Je… je n'ai… je n'ai tué personne ! s'exclama Fiona, suffoquée.

— Oh, je sais, assura Gerald. D'ailleurs, j'ai parié avec les autres sur ton innocence.

— Des paris… fit Fiona avec dégoût.

— Écoute, il faut que je te quitte. Je suis débordé de travail. Si la police revient, qu'est-ce que je leur dis ?

— Que je suis… Oh, qu'importe ! lança-t-elle avant de raccrocher.

Fiona jeta le téléphone sur son sac et s'écroula sur un fauteuil de cuir. Jamais elle ne s'était sentie aussi humiliée. Quand cesserait donc ce cauchemar ? Il fallait qu'elle retourne au travail sans tarder, avant que Gerald n'inflige quelque chose de terrible à Kimberly.

— Puis-je vous demander qui est Kimberly ? fit Paul.

— Elle est à moi ! *À moi !* s'écria Fiona. Et si ce petit blanc-bec croit qu'il peut me la voler, il ferait bien de se préparer à une lutte sans merci !

Il l'observa longuement.

— Vous voulez boire quelque chose ? Et si on regardait la télévision ? Un film de Walt Disney, peut-être ?

Fiona le foudroya du regard.

— Selon vous, il y a du papier dans cette maison ? Et un stylo, un crayon... n'importe quoi !

Paul se leva, quitta la pièce et revint quelques instants plus tard, muni d'un bloc-notes et d'un stylo à bille.

— C'est ce que j'ai trouvé de mieux. Cela vous ira ?

— Parfaitement, répondit Fiona en prenant le tout.

Ils s'installèrent au salon. Il ne leur restait plus qu'une chose à faire : attendre. Paul regarda la télévision, pendant que Fiona dessinait. Elle levait de temps à autre les yeux vers lui. Comment pouvait-il trouver autant de documentaires concernant les oiseaux, sur les chaînes du câble ?

Des extraits de commentaire lui parvenaient aux oreilles :

— Cent seize espèces d'oiseaux nichent dans les Everglades... à l'époque, ces plumes valaient plus cher que l'or et servaient à la confection de chapeaux...

La jeune femme vit apparaître le visage d'un homme dont elle avait aperçu le portrait chez Paul.

— En 1905, Guy Bradley fut tué en essayant de protéger une colonie de corneilles à Oyster Key. Ce jour-là naquit le concept de protection animale.

Fiona se concentra sur son travail. Son esprit fonctionnait à toute vitesse. Esquisser des projets et des dessins pour Kimberly l'apaisait toujours. Elle n'avait pas l'intention d'utiliser ces documents, mais c'était pour elle la seule façon de se détendre.

En entendant les notes du générique, elle releva les yeux. Le nom du Dr Paul Montgomery apparut à l'écran. Fiona fixa longuement le téléviseur, comme fascinée. Paul avait écrit, produit et réalisé le documentaire. Il avait même fourni la documentation et les illustrations...

Elle passa le reste de la journée à dessiner, tandis que Paul zappait de chaîne en chaîne. Il regarda plusieurs documentaires animaliers. Des noms d'oiseaux exotiques, des sons de la nature parvenaient aux oreilles de Fiona. Ibis, héron, aigrette, orfraie...

Chaque fois qu'un film se terminait, elle observait l'écran. Le nom du Dr Paul Montgomery revenait sans cesse.

À la nuit tombée, lorsque Paul annonça qu'il allait se coucher, elle l'entendit à peine.

— Si vous préférez dormir dans le lit, je prendrai le canapé, déclara-t-il.

— Non, non, répondit-elle distraitement, sans lever les yeux de sa feuille. Prenez le lit. Je reste ici.

Paul la considéra un moment, puis haussa les épaules et alla se coucher. Il s'endormit presque instantanément. En se réveillant en sursaut, plus tard, il remarqua que la lumière était allumée dans le salon. Il alla voir ce qui se passait. Fiona s'était assoupie, son bloc-notes sur les genoux, des feuilles éparpillées autour d'elle. Doucement, il prit le bloc-notes et porta la jeune femme dans la chambre pour la déposer sur le lit.

— J'ignore qui est Kimberly, murmura-t-il en la recouvrant de l'édredon, mais je doute qu'elle vaille tous ces efforts.

Sur ces mots, il retourna au salon, éteignit la lumière et s'étendit sur le canapé de cuir. Il fut un instant tenté de regarder les dessins de Fiona, mais il y renonça. Il ne voulait pas en savoir davantage sur cette jeune femme peu ordinaire. Non, tout ce qu'il voulait, c'était se tirer de ce pétrin et retrouver au plus vite son parc et la vie qu'il s'était choisie…

Deux minutes plus tard, il s'endormit.

7

À son réveil, la première pensée de Fiona fut de rentrer chez elle. Le meurtre de Roy, la fuite en voiture, le lancement de la nouvelle Kimberly en son absence… ce cauchemar devait cesser. La jeune femme s'étira et songea à son élégant appartement new-yorkais, ses vêtements de marque, son esthéticienne, sa masseuse, son salon de thé favori…

— Du café ? fit une voix dans le couloir.

La tête de Paul apparut dans l'entrebâillement de la porte.

— Il y a aussi des pains aux raisins, mais ils sont encore congelés.

Revenant à la réalité, Fiona grimaça, puis se força à esquisser un sourire.

— Volontiers… Que dit le fax ?

— Il n'est pas encore arrivé, répondit Paul en entrant dans la chambre sans se gêner. Ne vous inquiétez pas de ce retard. Ces recherches prennent un certain temps. Mon frère et mes cousins ont beaucoup de relations. Ils trouveront les renseignements.

Fiona prit la tasse brûlante entre ses mains et avala une gorgée de café noir. Non seulement Paul Montgomery savait parfaitement conduire, mais il savait aussi préparer le café.

— Je préfère ignorer à quelles activités licites ou illicites se livrent les membres de votre famille. Si on vous appelle l'As, sans doute ont-ils aussi des surnoms comme « Frank le Balafré » ou « Bob le Tatoué » ?

L'espace d'un instant, Paul parut perplexe, puis il lui adressa un sourire narquois.

— Bien sûr. J'ai en effet un frère que l'on appelle le Tatoué. Et vous ?

— Je n'ai ni frère, ni sœur. Je suis fille unique.

— Vous avez vécu une enfance solitaire, je présume ?

— Pas tout à fait. J'ai passé la majeure partie de ma jeunesse en pension. Je m'y suis beaucoup amusée… Ne pourriez-vous pas appeler quelqu'un, pour savoir s'il y a du nouveau ?

— C'est fait. Pour l'instant, rien de nouveau. Reste à savoir si c'est bon signe ou mauvais signe.

Elle soupira.

— Vous voulez bien m'expliquer ? Je ne connais pas le monde des criminels et des mafiosi.

Une fois encore, Paul sembla déconcerté par cette réflexion.

— Si personne n'a encore fait son rapport, cela signifie qu'ils n'ont rien trouvé de probant. Ou qu'ils ont déterré de tels secrets qu'ils ont été liquidés.

— Je n'apprécie guère votre humour noir, grommela Fiona en lui rendant la tasse vide. Tout ce que je veux, c'est sortir d'ici et retourner à New York.

— Auprès de votre chère Kimberly, dit Paul en la regardant comme s'il attendait des explications.

— Pourriez-vous m'accorder un peu d'intimité ? J'aimerais prendre une douche.

— Bien sûr. Pendant ce temps, je vais préparer une omelette. Vous trouverez des vêtements dans la penderie.

— Encore des vêtements d'homme, je suppose, commenta Fiona avec une moue.

— Naturellement. Au moins, Lisa n'aura aucune raison d'être jalouse.

Elle le considéra un instant.

— Vraiment ? Combien mesure-t-elle, votre chère Lisa ?

— Un mètre soixante. Pourquoi ? demanda-t-il, sur le seuil.

— Quand je la rencontrerai, je veux porter la plus minuscule jupe qui existe. Mes jambes sont presque aussi longues qu'elle… À présent, sortez d'ici !

Paul obéit. La jeune femme ressentit une délicieuse sensation de triomphe en songeant à son expression sidérée. Il était presque dommage que cette expédition s'achève bientôt. Elle aurait aimé utiliser cet homme pour aiguiser la jalousie de Jeremy. L'avocat semblait trop sûr d'elle et de son amour absolu.

Fiona prit une longue douche très chaude. Après les épreuves des derniers jours, elle avait besoin de retrouver son énergie. Étrangement, elle sentait que la journée qui s'annonçait allait se dérouler à merveille.

Une fois séchée, elle enfila un pantalon d'homme, une chemise à carreaux et se rendit à la cuisine, où flottaient d'appétissants effluves.

— Vous avez vraiment un appétit d'oiseau, déclara Paul en déposant une copieuse omelette sur une assiette. Hier, vous n'avez pris qu'un repas.

— C'est le stress, expliqua-t-elle en goûtant l'omelette. D'habitude, je mange…

Fiona s'interrompit. Elle commençait à se montrer trop sympathique envers cet homme odieux.

Paul attendit qu'elle termine sa phrase. Comme elle ne disait rien, il se détourna.

— Regardez ce que j'ai trouvé.

Radieux, il ouvrit la porte d'un placard qui dissimulait un téléviseur et une chaîne stéréo.

— Formidable, railla Fiona, la bouche pleine. De l'ornithologie dès le petit déjeuner… Vous ai-je dit combien j'aimais le pigeonneau farci ? Et un délicieux canard rôti…

— Espèce de cannibale ! lança Paul, avec un tel dégoût qu'elle crut un instant qu'il parlait sérieusement.

Mais ses yeux pétillaient de malice.

— Et les œufs de pigeon, reprit-elle. J'ai aussi un chapeau orné de plumes d'aigrette.

Il sourit et appuya sur la télécommande. Le programme du matin d'une chaîne nationale apparut à l'écran.

Le sourire de Paul s'effaça dès le début du journal, lorsque des photos de Fiona et lui s'affichèrent derrière le présentateur.

— Et maintenant, des nouvelles du meurtre de Roy Hudson, le créateur de la célèbre série télévisée *Raphael*, à Fort Lauderdale. Dans le cadre de son enquête, la police a pris connaissance du testament de M. Hudson. Il semblerait que les uniques héritiers de ce patrimoine considérable soient Fiona Burkenhalter et Paul Montgomery. D'autre part, il a été établi que ces derniers avaient séjourné par trois fois dans un hôtel au même moment. Un informateur anonyme a révélé aux autorités que les fugitifs avaient été impliqués dans une explosion à l'aéroport de Fort Lauderdale, la veille du meurtre. Arnold Sacwin, un livreur, a indiqué aux enquêteurs que, selon lui, les tueurs présumés étaient complices d'une opération visant à escroquer une compagnie d'assurances par la destruction d'un alligator mécanique fabriqué à Hollywood.

Arnold Sacwin, le livreur de l'alligator, apparut sur l'écran. Il déclara sans vergogne qu'il avait flairé du louche dans cette affaire dès le départ.

— Cette fille a surgi de nulle part et a su exactement à quel endroit lancer la bombe, relata-t-il. Ensuite ce type, Paul Montgomery, a essayé de me faire croire qu'il n'avait jamais rencontré la fille. Je n'y ai pas cru une minute.

Le journaliste réapparut à l'antenne.

— La police étudie toutes les pistes pouvant mener aux deux fugitifs et lance un appel à la population. Quiconque apercevrait les meurtriers présumés est prié de ne pas s'en approcher, car ils sont armés et dangereux.

Paul éteignit vivement le poste et prit Fiona par les épaules.

— Ce n'est pas le moment de tourner de l'œil ! s'écria-t-il. Vous m'entendez ?

Elle ne put que hocher la tête, trop horrifiée pour prononcer un mot.

— Écoutez-moi, reprit-il, le visage frôlant le sien. Je vous laisse agir comme bon vous semble, mais je vais vous donner un conseil. Vous m'écoutez ?

Fiona le dévisagea. Elle entendait sa voix résonner comme dans un long tunnel.

— Quelqu'un s'est donné beaucoup de mal pour nous incriminer. Cette personne a consacré du temps à élaborer son stratagème, et elle a sûrement tout prévu. À mon avis, si nous nous rendions à la police, nous serions…

Paul s'interrompit pour fixer son visage blême. Le regard de la jeune femme était empli de terreur. Il dut la redresser pour l'empêcher de tomber.

— Ressaisissez-vous ! Il faut partir d'ici. Si nous nous rendons à la police, nous ne pourrons jamais nous en sortir. Vous avez compris ?

— Je veux rentrer à la maison, murmura-t-elle. Je dois préparer Kimberly et…

— Ne me laissez pas tomber maintenant, insista Paul, avant de la faire asseoir sur un tabouret. Vous et moi sommes au courant de quelque chose de crucial pour le véritable assassin. Vous comprenez ?

— Non, avoua-t-elle, complètement désorientée.

Il poussa un soupir.

— Je vais être honnête avec vous. Je ne sais pas ce qui se passe, moi non plus, mais hier, j'ai réfléchi à plusieurs détails troublants. Si Roy Hudson a fait de nous ses héritiers, cela pourrait expliquer certaines choses.

— Lesquelles ? demanda Fiona, levant les yeux vers lui, l'esprit embrumé.

— Je savais que Roy avait quelque chose à nous dire, mais j'ignorais quoi. Il voulait nous confier qu'il nous léguait son patrimoine à tous les deux. Voilà pourquoi il a organisé cette partie de pêche.

— Mais non ! Il voulait que la société Davidson produise de petites…

— Je sais, des figurines en plastique, comme celles de *La Guerre des étoiles*.

— C'est cela.

— Pourtant, on l'a tué pour l'empêcher de nous parler de son testament. Hier, je n'ai cessé de me demander pourquoi Roy avait exigé notre présence à bord du bateau. Quel était le rapport entre nous deux ? Quel rapport existait entre les oiseaux et les jouets ? Entre New York et la Floride ?

— Je suis supposée répondre à cette question existentielle ?

— Vous ignorez quel rapport il existe entre nous deux, et moi aussi, résuma-t-il en se penchant vers elle. Mais quelqu'un est au courant. Et cette personne est prête à tuer pour nous empêcher de savoir.

— Comment révéler à la police quel est ce rapport, si nous l'ignorons ?

— Nous leur dirons quand nous l'aurons découvert, répondit posément Paul.

— Non, murmura Fiona. Non. Je ne suis pas détective. Je suis incapable de mener une enquête.

Paul saisit le téléphone et le lui tendit.

— Alors appelez la police et rendez-vous. Dites-leur que vous n'étiez pas au courant du testament. Dites-leur que la destruction de l'alligator n'est qu'une coïncidence incroyable. Dites-leur que vous ne connaissiez pas Roy et que vous n'aviez aucun intérêt à l'assassiner… Vous hésitez ?

— Je ne vous aime pas, monsieur Montgomery, souffla-t-elle. Je ne vous aime pas du tout.

— J'avoue que je ne vous porte pas non plus dans mon cœur, répliqua-t-il sèchement. Mais je refuse de passer le reste de ma vie en prison, surtout pour un meurtre que je n'ai pas commis. Avec ou sans vous, j'ai l'intention de découvrir la vérité. Mais je crains d'échouer, car la clé du mystère se situe entre nous. Il serait préférable d'y réfléchir ensemble.

— Vous voulez que je m'enfuie avec vous ?

— En gros, oui. Je veux que vous luttiez à mes côtés le plus longtemps possible.

Elle secoua la tête.

— Nous sommes recherchés par la police. Nous sommes des meurtriers présumés en cavale !

— C'est mieux que de croupir au fond d'une cellule, répondit Paul avant de tourner les talons.

Fiona resta assise, balayant distraitement la pièce du regard. Elle aurait tout donné pour se trouver ailleurs. Depuis le départ, cette partie de pêche ne lui disait rien qui vaille…

Mais il ne servait à rien de se lamenter sur son sort. Son père disait toujours que, dans la vie, il y avait les loups et les agneaux, et que les loups avaient la part belle. Tel père, telle fille. C'est lui qui avait poussé Fiona à prendre en main le projet Kimberly. En cet instant, il l'aurait encouragée à se battre…

La jeune femme se leva d'un bond et prit une profonde inspiration. Elle songea à tout ce qu'elle avait vu à la télévision sur l'univers carcéral, la violence, le désespoir, les sévices.

Redressant fièrement la tête, elle gagna la chambre, où Paul faisait ses bagages.

— Vous croyez que votre ami m'en voudra de lui emprunter d'autres vêtements ? s'enquit-elle, sans dissimuler le tremblement de sa voix.

8

— Je ne sais pas. Je ne sais plus, gémit Fiona en se prenant la tête entre les mains. Je vous ai tout dit. Je n'en sais pas davantage…

— Mais nous n'avons découvert aucun lien qui nous unisse, répondit Paul. Il doit bien y avoir un détail auquel vous n'avez pas pensé.

— Peut-être Roy m'a-t-il choisie pour une raison, et vous pour une autre.

— Dans ce cas, quel rapport existe-t-il entre lui et vous, d'une part, et entre lui et moi d'autre part ?

— Je l'ignore, avoua Fiona.

— Roy devait se sentir coupable d'un préjudice qu'il avait infligé soit à nous, soit à l'un de nos proches. Il suffit de trouver de qui il s'agit…

Pourtant, malgré leurs efforts conjugués, ils ne purent établir le moindre début de piste.

Dans la matinée, ils quittèrent la maison où ils avaient passé la nuit, pour une autre cachette. Fiona s'en réjouit, car elle trouvait la demeure de ce mystérieux ami lugubre et déprimante.

Paul comptait l'emmener dans la maison de son enfance, là où il avait grandi.

En fourrant dans un sac les effets d'un homme qu'elle ne connaissait même pas, Fiona ne se doutait pas de ce qui l'attendait…

— Comment allons-nous manger ? demanda-t-elle en glissant encore trois chemises en coton dans le sac.

— Oh, nous trouverons ce qu'il faut au large.

Fiona s'efforça de ne pas céder à la panique. Dans sa jeunesse, n'avait-elle pas lu *Robinson Crusoé* ?

— Vous ne voulez tout de même pas dire que nous allons devoir… pêcher ?

Paul s'interrompit pour la foudroyer du regard.

— Les deux personnes les plus recherchées d'Amérique ne peuvent entrer dans une épicerie pour faire tranquillement leurs courses !

Il la toisa avec mépris de la tête aux pieds.

— Surtout vous. On vous reconnaîtrait au premier coup d'œil.

Fiona devait admettre qu'il n'avait pas tort. Soudain, elle ressentit sa grande taille comme un handicap. Elle dut se mordre les lèvres pour ne pas répliquer que toutes les femmes n'étaient pas des petites créatures frêles, comme il semblait les apprécier. Cependant, le moment était mal choisi pour laisser éclater sa rancœur. Mieux valait garder la tête froide.

— Allez ! Finissez vos bagages au lieu de rêvasser ! fit-il avec impatience.

— Je réfléchissais, répondit-elle doucement. Il y a deux ans, Kimberly était dans une telle situation qu'elle devait se déguiser pour sortir. Elle était obligée de porter une fausse moustache et des vêtements d'homme afin de ne pas être reconnue.

— Vous avez décidément des amis très étranges, grommela Paul.

Ignorant son sarcasme, Fiona se tourna vers la commode. Elle fouilla le premier tiroir et en sortit un foulard.

— Quoi encore ? gronda-t-il. Nous n'avons pas de temps…

Il se tut en voyant Fiona dissimuler son visage derrière le foulard, telle une Orientale.

Paul cligna les yeux, puis disparut dans la salle de bains. Il en revint avec un tube d'autobronzant, dont il s'enduisit le visage et les mains.

— Vous n'êtes pas bête, vous ! commenta-t-il.

Fiona se félicita qu'il ne puisse voir son sourire. Jamais un compliment ne l'avait touchée à ce point.

Paul réfléchit à son tour.

— Nous prendrons la voiture de mon ami, annonça-t-il.

Fiona le suivit dans la cuisine. Ils fourrèrent des provisions dans un grand sac.

— Emportons le maximum de vivres. Nous allons devoir économiser notre argent. Combien avez-vous sur vous ?

Il rafla les produits d'entretien rangés sous l'évier.

— Une cinquantaine de dollars. Je comptais utiliser ma carte de crédit, mais je n'en ai pas eu l'occasion.

— J'ai environ vingt dollars. Nous allons devoir tenir pendant… le plus longtemps possible. Vous êtes prête ?

— Je crois, répondit-elle.

Pourtant, la jeune femme s'écroula sur un tabouret.

— Je dois admettre que je suis…

Elle faillit avouer qu'elle avait une peur bleue, mais Paul ne lui en laissa pas le temps. Sans crier gare, il posa une main possessive sur sa nuque et l'embrassa brusquement. Ce ne fut pas un baiser passionné, loin de là, mais un baiser d'encouragement et de soutien, qui témoignait qu'il avait aussi peur qu'elle, mais qu'ils devaient se serrer les coudes.

L'effet fut radical. Paul s'écarta enfin et la dévisagea. Il attendit sa décision. Au lieu de la forcer à le suivre, il la laissait libre de son choix.

Fiona se leva, redressa fièrement le torse et respira profondément.

— Je suis prête, *sahib,* plaisanta-t-elle, faisant allusion à son foulard.

— Je crois que c'est du hindi, pas de l'arabe, lança-t-il en riant.

— Qu'importe ! Allons-y.

Leurs déguisements firent merveille. Paul prit le volant de la Chevrolet bleu foncé de son ami, abandonnant la Jeep sur place. Fiona resta drapée dans son foulard, qu'elle attacha à l'aide d'une épingle à nourrice.

— Zut ! J'ai failli oublier de remettre de l'autobronzant ! s'exclama Paul en démarrant. Je tiens à être aussi basané que possible.

Fiona le regarda se débattre avec le tube, tout en conduisant. Redoutant une fausse manœuvre, elle lui prit le tube des mains pour enduire elle-même son visage. Il avait une belle peau. La chaleur qu'il dégageait irradia la main de la jeune femme, pour se propager dans tout son être.

Au bout d'un moment, il lui lança un regard de biais.

— Cela vous excite ? demanda-t-elle d'un ton badin.

— Pas vraiment… Attention, vous me faites mal avec vos ongles !

— Désolée.

Soudain, le visage de Paul se figea. Fiona suivit son regard.

Un barrage routier. Six voitures de police ! Une douzaine d'hommes en uniforme, arme au poing, filtraient la circulation, en quête des fugitifs.

Fiona se plaqua sur son siège.

— Que ferait votre amie Kimberly dans une telle situation ? s'enquit Paul.

— Elle ferait preuve de culot. À moins que vous ne préfériez ouvrir la portière et sauter en marche.

Il la dévisagea comme si elle avait perdu la raison. Autour d'eux, le paysage était plat et désert. S'ils s'enfuyaient à pied, ils seraient abattus comme des lapins…

— Tant pis, on tente notre chance ! déclara-t-il en ralentissant tranquillement.

Un jeune policier corpulent, aux cheveux blonds, lui fit signe de s'arrêter et examina la voiture avec attention.

— Bonjour, monsieur. Contrôle de police. Vous êtes de passage ?

— Moi pas parler très bien, répondit Paul, imitant très mal l'accent italien, à défaut d'autre chose.

— Ahhhh, gémit soudain Fiona, attirant l'attention des deux hommes.

Paul constata que le ventre de la jeune femme avait enflé en l'espace d'une seconde. Manifestement, elle venait de glisser son sac sous ses vêtements.

— Ma femme, pas bien du tout. Elle attendre bébé. Elle accoucher.

Après un nouveau gémissement de douleur, Fiona se pencha en avant et battit les cils.

— Dans mon pays, on raconte que les policiers américains sont formés pour accoucher les futures mamans en détresse, dit-elle. C'est vrai ?

Stupéfait, le jeune homme recula si vivement qu'il faillit trébucher.

— C'est bon, circulez ! ordonna-t-il en donnant un coup sur le toit de la voiture.

Paul ne se le fit pas dire deux fois...

Dix minutes plus tard, il quitta l'autoroute et s'arrêta devant une petite épicerie. Fiona l'attendit dans la voiture.

Elle profita de ces quelques minutes de solitude pour retrouver ses esprits, à l'ombre d'un grand chêne. Elle devait se l'avouer : Paul n'était pas le goujat méprisant qu'elle avait cru.

Depuis plusieurs semaines, elle subissait une telle pression dans son travail que ses sens semblaient s'être endormis. Elle ne voyait plus rien, ne ressentait plus rien. À présent, en regardant Paul choisir des fruits sur l'étal, elle se disait que cet homme avait une personnalité intéressante.

Au départ, elle n'avait vu en lui qu'un aventurier, une sorte d'ours mal léché, reclus dans une misérable bicoque, en pleine nature, passant le plus clair de son temps à observer les oiseaux. Peu à peu, elle se rendait compte qu'il y avait autre chose derrière cette façade d'ermite.

D'abord, son instruction. Paul était docteur en ornithologie. Rares étaient les gens qui aimaient les oiseaux, surtout dans cette région. Ils leur tiraient plutôt dessus.

Ensuite, il y avait son élocution. Il ne parvenait pas à dissimuler son accent distingué. Peut-être était-il originaire de Boston ou de Rhode Island ? En tout cas, il n'avait pas passé toute sa vie en Floride.

Il y avait aussi sa prestance, son élégance naturelle. Il était visiblement de ces hommes qui pouvaient dormir tout habillés et se réveiller le lendemain sans le moindre faux pli…

Paul choisit une tomate qu'il glissa dans un sac en papier. Tout à coup, il leva les yeux vers le sommet d'un arbre. Sans doute a-t-il reconnu le chant d'un oiseau, se dit Fiona.

Qui était donc cet être mystérieux et complexe à qui elle avait confié son destin ? Certes, il n'était pas fortuné, mais il avait une famille capable de mener une enquête. Il conduisait comme un pilote de course, mais sa chambre était tapissée de livres.

Paul ne lui disait pas toute la vérité. En y réfléchissant bien, il n'avait presque rien divulgué sur lui-même. Il s'attendait à ce que la jeune femme lui raconte sa vie en détail, mais ne lui confiait rien en retour.

À malin, malin et demi, songea Fiona tandis qu'il entrait dans la boutique pour régler ses achats. Elle aussi pouvait entretenir le mystère. D'abord, elle ne lui expliquerait rien au sujet de Kimberly. Ensuite, elle allait essayer par tous les moyens d'en apprendre davantage sur lui. La connaissance de l'adversaire était une arme redoutable.

Il ressortit enfin avec trois sacs de produits frais, et d'autres dont elle ignorait le contenu. En la rejoignant dans la voiture, il lui apprit que la police était passée par là. Personne ne pensait que les deux fugitifs parviendraient à franchir les barrages routiers.

— Ils sont persuadés que nous sommes partis vers le sud, vers Miami, déclara Paul en démarrant. Les autorités ont reçu des appels anonymes nous situant là-bas.

— Alors ils ne nous cherchent plus dans la région ?

— Pas dans l'immédiat. Mais je suis prêt à parier que ces informateurs avaient pour nom Taggert.

— Ce sont des parents à vous, ou des oiseaux ?

— Des cousins, répondit Paul avec un sourire.

Il s'engagea sur l'autoroute, revenant sur ses pas. Elle fronça les sourcils.

— Ne me dites pas que nous suivons cet oiseau que vous avez aperçu devant la boutique !

— Une aigrette. J'aimerais voir son nid. Il est fait de toiles d'araignée… Non, en réalité, je veux m'assurer que nous ne sommes pas suivis. Si ce policier a raconté à ses collègues l'anecdote de la femme enceinte sur le point d'accoucher, l'un d'eux a pu avoir des soupçons.

— C'est vrai, admit Fiona.

Elle retint son souffle quelques minutes, puis se détendit, ne voyant personne dans le rétroviseur.

En découvrant ce que Paul appelait la maison de son enfance, la jeune femme faillit toutefois se rendre à la police sur-le-champ. Même une cellule de prison devait être plus confortable que cette bicoque délabrée !

La toiture de tôle rouillée était trouée en de nombreux endroits. Par chance, une épaisse couche de mousse empêchait la pluie de ruisseler à l'intérieur.

Il y avait bien un semblant de porche, mais l'une des colonnes était brisée, de sorte que l'auvent pendait lamentablement sur le côté. Deux fenêtres n'avaient plus de vitres. Les murs de l'édifice étaient en bois grisâtre, couvert de moisissure.

Pas étonnant qu'il aime tant le parc de Kendrick, songea Fiona. Son bungalow a tout d'un palace, comparé à cette cabane...

Paul sortit les bagages de la voiture. Il s'immobilisa en voyant la stupeur de sa compagne.

— D'accord, c'est un peu rustique, admit-il.

Que mijotait-il ? Fiona avait l'impression que tout cela était irréel, qu'il cherchait à lui faire croire qu'il était pauvre. Son instinct lui disait qu'il agissait ainsi à des fins précises. Mais lesquelles ?

Elle ignorait la réponse, mais refusait de se laisser manipuler. S'il voulait passer pour un plouc, tant pis pour lui ! Elle aussi était capable de jouer la comédie.

— Ces Taggert, vos cousins... portent-ils des chaussures ? Se curent-ils les ongles à l'aide d'un coupe-coupe ? Et les Montgomery ? Ont-ils déjà vu une baignoire ?

Paul éclata de rire et tourna la clé dans la serrure. D'ailleurs, la serrure ne servait pas à grand-chose, car le panneau de bois était sorti de ses gonds.

— Entrez. Nous avons même l'électricité, annonça-t-il.

— Laissez-moi deviner... Vos parents connaissaient personnellement Thomas Edison ?

— Naturellement. C'est lui qui a construit cette maison. Et vous n'avez pas encore vu le poêle.

Fiona dut fermer les yeux quelques instants pour se ressaisir. Lorsque toute cette histoire serait terminée, elle se promit de donner davantage aux associations s'occupant des sans-abri. Il était inconcevable qu'un être humain vive dans de telles conditions.

La maison était envahie de bestioles diverses, du sol au plafond. Le vieux canapé, infesté d'insectes, était bon pour la décharge municipale.

À l'autre extrémité de la pièce était installée une cuisine, dotée de quelques placards branlants et d'un énorme poêle à bois. Au centre trônait une table bancale.

— Vous avez une seule pièce ?

— C'est un deux-pièces, corrigea Paul avec entrain en posant les provisions sur la table. Nous avons aussi une chambre à coucher.

— Quand on parle des horreurs de la vie carcérale… fit-elle en vérifiant la solidité d'une chaise.

Étrangement, celle-ci ne s'écroula pas.

— La différence, c'est que vous pourrez toujours sortir d'ici, mais jamais de prison.

— Je vais méditer la question, promit Fiona en balayant la pièce du regard.

— Tenez, reprit-il, enfilez ceci et mettons-nous au travail !

Il lui tendit une paire de gants en caoutchouc. La jeune femme leva vers lui un regard incrédule.

— Cette maison n'a pas été habitée depuis longtemps, expliqua-t-il avec un sourire. Des années, même. La Floride est un pays chaud et humide. Ici, la nature reprend vite ses droits sur la civilisation. Alors…

Paul semblait persuadé qu'elle savait où il voulait en venir. Mais elle ignorait tout de ce qu'il avait en tête.

Il posa les mains sur la table et se pencha vers elle.

— Nous allons faire le ménage tout en bavardant, expliqua-t-il.

— Le ménage ? répéta Fiona comme si elle n'avait jamais entendu ce mot.

Derrière Paul, une boule de poils détala hors de la pièce sans demander son reste.

— Ce qu'il faudrait, ici, c'est tout raser, ajouta-t-elle.

— Debout ! s'exclama-t-il en lui prenant le poignet pour la faire lever.

La chaise choisit cet instant précis pour se disloquer. La jeune femme se rattrapa de justesse en s'accrochant à Paul, qui l'accueillit dans ses bras.

— Désolée, je...

Plaquée contre son corps, elle se tut. Dans le regard de son compagnon, se lisait le désir. Elle refusait toutefois d'admettre son propre trouble. Ce n'était pas en se laissant charmer par ce séducteur, qu'elle allait parvenir à en savoir davantage sur son compte. Pourquoi fallait-il qu'il soit grand et mince... et follement attirant ?

— Ne vous méprenez pas, dit-elle en se dégageant, sans le quitter des yeux.

— Je crois que c'est vous qui...

Il s'interrompit face au regard noir de Fiona.

— Bon, faisons la paix, proposa-t-il en lui tendant la main.

Elle se détourna, refusant de le toucher.

— Écoutez, les circonstances exceptionnelles engendrent toujours des rapports étranges entre les êtres, déclara-t-elle. Pensons plutôt à l'avenir et à démêler cette affaire. Et ne laissons pas les...

Elle le regarda. Il affichait un sourire narquois.

— Quoi ? lança-t-elle.

— Je me demande quelle est votre vie à New York. Vous donnez l'impression de vivre dans un conte de fées.

— Donnez-moi ça ! ordonna-t-elle en lui arrachant le balai des mains.

— Ne me dites pas que vous savez manier le balai, ironisa Paul. Pas vous, miss Gravure de Mode ! Dites-moi, dans quelle institution pour jeunes filles êtes-vous allée à l'école ? Au couvent ?

— Assez, fit Fiona en soulevant un nuage de poussière dans sa direction. Vous comptez perdre encore beaucoup de temps à raconter des bêtises ? Allez plutôt me remplir ce seau. J'espère que vous avez l'eau courante, au moins ?

— Avec ou sans alligator ?

Elle grimaça un sourire.

— Avec, de préférence, si c'est vous qui allez la chercher.

Paul s'esclaffa et sortit, pour revenir quelques minutes plus tard, le seau plein d'eau.

— Bon. Passons aux choses sérieuses, décréta-t-il. Je veux tout savoir sur vous. Il existe un lien entre nous, et nous devons le découvrir à tout prix. Alors vous allez me raconter votre vie pendant que nous faisons le ménage. Ensuite, je vous parlerai de moi.

Fiona hésita.

— Je vous écoute, insista-t-il. Ce ne peut être aussi terrible. Commencez donc par vos date et lieu de naissance. C'est un point de départ.

Les mains plongées dans l'eau froide, il s'attaqua aux placards de la cuisine.

Voyant que Fiona ne disait rien, il l'encouragea :

— Allez ! Pensez à Kimberly. Songez combien vous êtes impatiente de la retrouver, de déjeuner avec elle. J'imagine très bien quels loisirs vous partagez.

Fiona se mordit la lèvre. New York, Kimberly, son travail, Jeremy, ses amies… Comment avait-elle pu perdre tout ce qui faisait son bonheur, en l'espace de quelques jours ?

— Vous sombrez dans la nostalgie ? demanda doucement Paul, les sourcils levés. N'oubliez pas que, plus vite nous trouverons la clé du mystère, plus vite nous pourrons rentrer chez nous.

Fiona se remit à balayer furieusement.

— Ma mère est morte peu après ma naissance, commença-t-elle. C'est mon père qui m'a élevée. Il était cartographe et se déplaçait beaucoup pour son travail…

Une fois sur sa lancée, elle se mit à raconter sa vie. Paul l'écouta avec attention.

La jeune femme avait mené une existence un peu chaotique, mais celle-ci ne l'avait certainement pas préparée à se réveiller avec dans les bras un cadavre ensanglanté, ni à se réfugier dans une cabane pour échapper à la police.

Elle lui raconta que, après la mort de sa mère, on l'avait confiée à une tante et un oncle âgés, très ennuyeux, qui ne la laissaient guère s'amuser et qui voulaient faire d'elle une enfant modèle.

Paul saisit un marteau et quelques clous rouillés pour réparer le placard.

— Je jouais beaucoup à la poupée, expliqua-t-elle.

Sans la regarder, il hocha la tête.

Fiona l'observa un instant. Perché sur une chaise, il avait posé un genou sur le placard. Il s'étira de tout son long pour atteindre l'étagère du haut. Sous sa chemise saillaient les muscles de son dos. La jeune femme en eut la gorge nouée. Ses mains agrippèrent nerveusement le manche à balai.

— À la poupée, répéta-t-il, l'encourageant à poursuivre.

— Oui, dit-elle, se ressaisissant.

À l'âge de six ans, son père l'avait envoyée en pension. Elle avait adoré cette période de sa vie. Dès le premier jour, elle avait rencontré quatre fillettes de son âge.

— Nous sommes restées amies jusqu'à aujourd'hui, raconta-t-elle.

Fiona n'osait imaginer les tourments de ses amies, la sachant accusée de meurtre.

— Et votre père ? s'enquit Paul en redescendant de son perchoir. Vous le voyez souvent ?

— Oh, oui ! répondit-elle, enthousiaste. Un psychiatre dirait sans doute qu'il m'a négligée, mais je n'ai jamais eu cette impression. Il a toujours été parfait.

Son débit s'emballa. Elle évoquait toujours son père avec fierté. L'espace de quelques minutes, Fiona oublia où elle se trouvait, racontant les exploits de John Finlay Burkenhalter. Il venait la voir trois fois par an. Chaque visite était plus exaltante que la précédente. Il arrivait toujours les bras chargés de cadeaux pour elle et ses amies.

— Il nous emmenait au cirque, à la fête foraine, nous offrait des glaces. Un jour, il nous a accompagnées dans un grand magasin. Une vendeuse nous a maquillées, alors que nous n'avions que douze ans. Ensuite, il nous a acheté des produits de beauté.

Voyant que Paul ne semblait aucunement impressionné, elle soupira.

— Il faut être une fille pour comprendre. Les pères de toutes mes amies leur interdisaient de se maquiller. Comme s'ils ne voulaient pas qu'elles grandissent. Pas de rouge à lèvres, pas de minijupe, rien.

Paul lui adressa un regard impatient. D'accord, songea-t-elle, je m'en tiens aux faits. Inutile d'en rajouter...

— C'est tout, conclut-elle. Ensuite, je suis allée à l'université, j'ai obtenu un diplôme de droit des affaires. Puis j'ai exercé plusieurs emplois à New York. Enfin, il y a huit ans, je suis entrée chez Davidson, le créateur de jouets.

— Avec Kimberly, fit Paul.

— Je n'ai trouvé Kimberly qu'au bout d'un an et demi chez Davidson.

— Kimberly pourrait-elle être le lien entre vous et Roy ?

— Pas vraiment, répondit Fiona, qui recula pour inspecter la pièce.

Elle avait balayé assez de débris pour remplir une benne à ordures !

Manifestement, elle n'avait aucun compliment à attendre de Paul, qui semblait perdu dans ses pensées.

— Vous n'êtes jamais allée au Texas ? demanda-t-il. Même autrefois ?

— Jamais. Pourriez-vous m'indiquer où sont les... enfin, vous voyez...

— À l'arrière, répondit-il distraitement. Mais attention où vous mettez les pieds.

Fiona préférait ne pas savoir quels dangers elle allait affronter après avoir franchi le seuil. Elle emprunta un chemin envahi par les mauvaises herbes, s'attendant à tout moment à voir surgir quelque créature monstrueuse.

Pourtant, il ne se passa rien. En regagnant la maison, la jeune femme constata que Paul avait sorti un grille-pain de l'arrière de la voiture.

— Votre ami va vous détester lorsqu'il récupérera sa maison et constatera qu'il manque la moitié de ses affaires… Vous n'auriez pas, par hasard, dérobé des draps et des serviettes, par la même occasion ?

— Naturellement. Pour deux personnes, répondit-il, croisant son regard.

La jeune femme ignorait encore où elle allait dormir.

— Je meurs de faim. Que mangeons-nous ?

— Des crevettes. Vous n'aurez qu'à les éplucher pendant que je parlerai.

Fiona masqua son impatience. Enfin, elle allait peut-être en apprendre davantage sur la comédie qu'il jouait !

Toutefois, Paul ne dévoila pas grand-chose. Il était issu d'une famille de quatre enfants, très unie. Lorsqu'il avait eu sept ans, un frère de sa mère, un personnage un peu excentrique, était venu s'installer chez eux après s'être fracturé la jambe.

— Nous étions très proches, expliqua-t-il. À huit ans, j'ai passé mes premières vacances avec mon oncle, ici même. À dix ans, je me suis installé chez lui pour de bon.

Il balaya la pièce d'un regard plein de tendresse.

Fiona fronça les sourcils. Paul avait peut-être vécu ici, mais il y avait eu autre chose, dans sa vie, que cette vieille bicoque !

— Et vos études ? s'enquit-elle en examinant une crevette, circonspecte.

— Attendez, je vais vous montrer…

Il glissa les bras autour d'elle pour lui enseigner l'art de décortiquer les crevettes.

La jeune femme retint son souffle. Il avait posé le menton sur son épaule. Ses grandes mains viriles couvraient les siennes. Elle était seule avec lui, dans cette nature sauvage et paradisiaque… enfin, peut-être pas paradisiaque, mais ils étaient bien seuls…

Et Paul était un homme extrêmement séduisant. Il était normal qu'elle se sente attirée par lui.

Cherchant à se ressaisir, elle ferma les yeux l'espace d'une seconde et pensa à New York, à son bureau, à son appartement impeccable. Elle avait fait appel à un décorateur. Le résultat était magnifique. Elle en revoyait les moindres détails. Quand pourrait-elle y retourner ?

Soudain, les mains de Paul s'immobilisèrent sur les siennes. Manifestement, il était aussi troublé qu'elle.

Le cœur battant, elle se tourna vers lui, sachant ses lèvres proches des siennes...

Mais il ne s'intéressait plus à elle. Affichant un air distant, il semblait avoir perçu un bruit. Avait-il entendu une voiture ? Une sirène ? Quel danger les menaçait ?

C'est alors qu'elle reconnut le chant d'un oiseau, au loin.

— Aïe ! fit-il en sentant la lame du couteau sur son pouce.

— Faites voir, grommela Fiona en lui prenant la main. Bah ! Ce n'est rien. La peau n'est même pas éraflée.

Il s'éloigna en se suçant le pouce.

— Je me rappellerai à l'avenir qu'il ne faut jamais vous confier un couteau, plaisanta-t-il.

Elle haussa les épaules.

— Quand vous aurez surmonté cette douleur atroce, vous accepterez peut-être de continuer votre histoire ? fit-elle, cherchant à dissimuler son agacement.

Elle était attirée par lui, alors qu'il ne s'intéressait qu'aux oiseaux...

Il s'essuya la main et se tourna vers l'évier de la cuisine.

— Mon oncle Gil était docteur en ornithologie. Il m'a tout appris jusqu'à mes treize ans. Puis nous avons déménagé, afin que je puisse fréquenter le lycée.

— C'est là que vous avez joué au basket et que vous êtes tombé amoureux de la délicieuse Lisa.

— En fait, je l'ai rencontrée plus tard, alors que j'enseignais à l'université.

Ainsi, Lisa est plus jeune que lui, songea Fiona.

— J'ai financé mes études en emmenant de riches touristes en excursion sur un bateau, poursuivit-il. À la mort de mon oncle, j'ai hérité du parc de Kendrick. J'ai voulu en faire une activité plus lucrative. Tout allait bien… jusqu'à ce que mon bel alligator soit détruit.

Il s'exprimait sans animosité.

— Je vous rembourserai votre bestiole en plastique, déclara-t-elle posément. J'ai des économies et je peux hypothéquer mon appartement. Combien coûtait ce monstre ? demanda-t-elle d'un ton qui se voulait enjoué.

— Chez moi, une femme ne paie pas, déclara Paul en se détournant.

— Comment ? s'exclama Fiona, certaine d'avoir mal entendu.

Il fit volte-face.

— J'ai dit que, chez moi, une femme ne paie pas… Tout ceci ne nous mène nulle part. Vous avez fini d'éplucher les crevettes ? Pourriez-vous préparer une salade ? Et quel est le rapport entre nous deux ?

Elle leva les mains en signe de reddition.

— Vous êtes vraiment un homme de Cro-Magnon, grommela-t-elle. Oui, j'ai fini d'éplucher les crevettes. Et le seul rapport que je vois entre nous est le fait que nous ayons tous deux été élevés par d'autres personnes que nos parents.

— Et la salade ?

Elle ne prit même pas la peine de lui répondre. Elle tendit les mains pour qu'il lui donne les ingrédients. Puis elle se mit à découper les légumes. Pendant quelques minutes, ils ne prononcèrent pas un mot.

— Très bien, dit-il enfin. Comparons nos déplacements, à présent. Lors du journal télévisé, le présentateur a dit que nous avions séjourné par trois fois dans le même hôtel. Où êtes-vous allée, l'an dernier ?

Fiona mit un certain temps à se rappeler tous les endroits qu'elle avait visités, car elle voyageait beaucoup, toujours pour son travail en rapport avec Kimberly.

— Voilà pourquoi ce déplacement en Floride était si incongru, expliqua-t-elle. Je n'ai rien à voir avec Davidson, à part ce qui concerne Kimberly. Alors pourquoi cet homme a-t-il exigé ma présence ?

— Vous êtes certaine qu'il s'agissait de vous et de personne d'autre ? Il vous a réclamée nommément ?

— Oui. Et vous ?

— Pareil. Mais dans mon cas, il y avait une logique, car Roy avait affirmé qu'il pensait faire une donation pour le parc de Kendrick.

— Il aurait dû préciser que vous toucheriez l'argent après sa mort, commenta Fiona.

— Quant aux voyages, j'ai effectué cinq brefs séjours au cours des dix-huit derniers mois. Trois visaient à trouver des fonds. Je déteste ces maudits déplacements, car ils m'éloignent du parc. Les oiseaux ont besoin de moi.

— Pourquoi ne pas engager un assistant chargé des relations publiques ?

Ne recevant aucune réponse de la part de Paul, Fiona leva les yeux de la carotte qu'elle était en train de découper. Il lui tournait le dos, la tête baissée, et mélangeait consciencieusement le contenu d'un saladier.

Soudain, elle eut un éclair de génie.

— Ce sont des femmes ! dit-elle. Les gens qui vous donnent de l'argent sont des femmes, et elles exigent que vous et vous seul leur parliez argent.

Il ne répondit pas. Elle se leva et alla le rejoindre, pour le regarder dans les yeux. Il était écarlate.

Fiona émit un petit rire taquin, puis elle rit à gorge déployée.

— Ce qui vous trouble, chez Roy, n'est pas qu'il ait exigé votre présence, mais qu'il ait été un homme !

Paul lui adressa un regard de biais.

— C'est un peu inhabituel, en effet...

Riant toujours, la jeune femme se rassit et se remit à la tâche.

— Alors dites-moi, vous êtes venu vous réfugier en pleine campagne avec votre oncle pour fuir les filles ?

— Vous avez la langue bien pendue, commenta-t-il en souriant. Ceci ne nous mène à rien, et le temps passe. Regardez sous la troisième latte du parquet en partant du mur situé derrière vous, et sortez les bougies.

— Bien sûr, déclara-t-elle. Et où rangez-vous le tabac à chiquer ?

— Si je me souviens bien, il se trouve près de la bouteille de bordeaux cachée sous la sixième latte. À moins que ce ne soit le porto.

— Bien, chef ! railla-t-elle.

— Et ensuite asseyez-vous. Nous avons encore du pain sur la planche pour débrouiller cette affaire.

Dix minutes plus tard, ils étaient installés sur les deux seules chaises intactes, à déguster des crevettes marinées dans du jus d'orange, puis grillées, ainsi qu'une salade gigantesque. Le millésime indiqué sur l'étiquette de la bouteille témoignait du temps écoulé depuis que l'oncle de Paul l'avait cachée sous le plancher. Le vin était en tout cas délicieux.

Tandis que Fiona et Paul dînaient aux chandelles, cherchant toujours un lien entre eux, une explication à cet héritage inattendu, quelqu'un les épiait derrière la fenêtre…

9

La nuit était tombée. Les deux fugitifs terminaient tranquillement leur bouteille de vin. Ils devaient admettre leur échec à trouver la moindre réponse valable. Ils avaient pourtant retourné la question dans tous les sens, sans dégager une piste quelconque.

— Pourquoi ? s'enquit Fiona en vidant son verre. Je n'y comprends vraiment rien… Pourquoi Roy Hudson me léguerait-il sa fortune ?

— Ainsi qu'à moi, renchérit Paul, pensif.

Il avait acheté un journal et l'avait lu à haute voix à sa compagne, à la lueur d'une bougie. Ils avaient été sidérés d'apprendre que Roy avait rédigé son testament quatre ans auparavant. Quatre longues années !

Paul était persuadé que le lien qui les unissait devait être encore plus ancien. Il pria donc la jeune femme de lui raconter son enfance en détail.

Elle lui confia tous les souvenirs qui lui semblaient pertinents. Malgré les longues séparations, dues aux fréquents déplacements de son père pour son travail, ils s'écrivaient chaque semaine.

— Jusqu'à l'été dernier, je possédais encore toutes ces lettres. Mais j'ai été victime d'un cambriolage. Un voleur s'est introduit dans mon immeuble par le toit et a visité trois appartements, dont le mien. Ce vaurien m'a dérobé un coffret renfermant les lettres de mon père ! J'ignore ce qu'il croyait trouver dans ce coffret, mais il n'a eu qu'un paquet de lettres écrites par un père à sa fille de onze ans. Elles n'avaient de valeur que pour moi.

Paul fixait son verre vide.

— Nous savons quelque chose, bon sang ! Nous savons quelque chose d'important, mais nous ignorons quoi.

— Comment allons-nous le découvrir ?... Et si nous ne le découvrons jamais ? Nous n'allons pas finir nos jours terrés dans cette bicoque sordide ! La police nous retrouvera, tôt ou tard. Et nous serons jugés pour meurtre !

Elle s'était juré de ne pas trop penser à leur situation, mais...

— Silence ! lança Paul en éteignant les bougies, les plongeant soudain dans le noir le plus complet.

— Qu'est-ce qui vous prend ? souffla-t-elle.

— J'ai entendu quelqu'un.

— Comment pouvez-vous entendre quoi que ce soit au milieu de ce vacarme ? fit-elle, évoquant les chants des oiseaux nocturnes et les cris des autres créatures, qui grouillaient dans la nature environnante.

Paul ne répondit pas. Dressant l'oreille, la jeune femme l'entendit se mouvoir dans la pièce. Elle eut la chair de poule.

Le cœur battant, elle écouta à son tour. À tout moment, elle s'attendait à entendre la sirène d'une voiture de police, une voix autoritaire leur intimant de se rendre aux autorités sans faire d'histoires, les mains en l'air.

— Je refuse de jouer ce jeu stupide plus longtemps, grommela-t-elle.

— Chut ! fit Paul, près de la fenêtre.

Elle sentit alors quelque chose lui effleurer l'épaule. Au moment où elle allait crier, une grande main s'abattit sur sa bouche. D'instinct, elle se débattit tandis qu'on l'entraînait au loin.

— Tenez-vous donc tranquille ! ordonna Paul à son oreille. Cessez de gigoter ainsi.

Furieuse d'être bâillonnée, Fiona rua brutalement. Avec un grognement de douleur, il la libéra enfin.

— Jamais je n'avais rencontré une femme aussi agressive que vous, murmura-t-il. Si je vous prends par la main pour vous emmener dans la chambre, me frapperez-vous ?

— Cela dépend de ce que vous comptez faire dans cette chambre, répondit-elle.

Paul se tut, comme s'il cherchait à déchiffrer le sens de ses paroles. Puis il émit un petit rire.

— Voilà qui est mieux, dit-il. Tant que vous serez d'humeur à plaisanter, tout ira bien.

Il posa une main sur son épaule et la glissa à tâtons le long de son bras, jusqu'à son poignet. Lorsqu'il lui prit la main, Fiona ne put s'empêcher d'ironiser :

— Dieu merci, vous n'avez pas demandé à me prendre par le pied !

— Silence ! ordonna-t-il. Et ne vous éloignez surtout pas de moi.

Obéissante, elle suivit Paul vers la chambre. Leurs semelles de caoutchouc ne faisaient presque aucun bruit sur le vieux parquet usé.

Une fois dans la pièce, il lui souffla de nouveau à l'oreille :

— Écoutez, j'aimerais être un héros et monter la garde toute la nuit, mais il faut que je dorme un peu...

Fiona ne comprenait pas très bien où il voulait en venir. Dans l'après-midi, elle l'avait aidé à faire les deux lits bancals de la petite chambre.

— Nous dormirons ensemble, précisa-t-il. Nous ne pouvons prendre le risque d'être séparés au cas où... où il y aurait quelqu'un dehors.

— Vous voulez dire la police ? On les aurait entendus ! En général, ils arrivent avec plusieurs voitures, sirènes hurlantes, et le...

Il l'interrompit.

— Avez-vous tué Hudson ?

— Bien sûr que non !

— Moi non plus. Cela signifie que l'assassin est en liberté, quelque part dans la nature... Demain matin, nous partirons d'ici, mais pour l'instant, nous avons besoin de repos. Et nous devons rester ensemble à tout prix. Ainsi, chacun servira d'alibi à l'autre.

Elle eut un rire amer.

— Formidable ! J'ai hâte de passer au tribunal pour raconter au juge que je n'ai pas pu tuer Roy, puisque j'étais au lit avec l'autre héritier de la victime !

— Et si vous gardiez vos commentaires acerbes pour vous, pour une fois ? À présent, au lit. Dormons le plus longtemps possible. Qui sait ce que demain nous réservera...

— Ce ne pourra être pire que les deux derniers jours, déclara Fiona en s'asseyant au bord de la couchette.

Elle se retourna et s'allongea, telle une poupée de porcelaine, les membres raides, pétrifiée.

Lorsque Paul vint s'étendre à son côté, la jeune femme ne se détendit pas, au contraire. Le lit était étroit et le matelas s'affaissait en son milieu. Malgré eux, leurs corps se retrouvèrent plaqués l'un contre l'autre.

— J'ai un aveu à vous faire, murmura doucement Paul.

— Lequel ? demanda-t-elle, sans parvenir à dissimuler sa tension.

— J'ai tué Roy Hudson.

Fiona retint son souffle.

— Je l'ai tué uniquement pour pouvoir partager votre lit.

— Comment ? s'enquit-elle, abasourdie. Vous... vous avez fait quoi ?

— J'ai tout planifié. Le motel, la maison, puis le bungalow de mon oncle, tout ! Rien que pour vous attraper dans mes filets.

— Vous êtes complètement cinglé... grommela Fiona.

C'était une plaisanterie, bien sûr. Mais cela ne parvint pas à la décontracter.

— Dès que cette mésaventure sera terminée, j'enverrai un message d'encouragement à votre pauvre Lisa, ajouta-t-elle.

— Et moi, j'adresserai à votre Jeremy mes félicitations pour avoir trouvé la dernière vierge du pays.

— Vierge ? Sachez que...

Elle s'interrompit en sentant son compagnon sur le point d'éclater de rire.

— Si vous croyez pouvoir me soutirer des informations sur cet aspect de ma vie, vous vous trompez. Donnez-moi un oreiller.

Paul s'écarta un instant et se leva. Fiona se demanda s'il allait revenir. Quelques secondes plus tard, il réapparut avec un coussin.

— Bon, mettons-nous à l'aise. Dans quelle position dormez-vous, d'ordinaire ?

Il s'exprimait presque comme un scientifique.

— Sur le côté gauche, répondit-elle.

— Parfait. Moi aussi. Tournez-vous.

Elle s'exécuta. Aussitôt, Paul se blottit dans son dos et l'entoura de ses bras puissants. Fiona se demanda si elle devait s'en inquiéter ou s'en réjouir. Pour la première fois de la journée, elle se sentait en sécurité. Avec un soupir d'aise, elle se blottit à son tour contre lui, la tête sur son bras, et ferma les yeux.

— Ne gigotez pas ainsi, s'il vous plaît, murmura-t-il dans ses cheveux. Je suis un homme, et vous avez beau être trop grande et maigrichonne...

Sa voix s'éteignit.

— Mais j'ai d'autres atouts, assura Fiona en souriant, avant de sombrer dans le sommeil.

À son réveil, il faisait jour. D'abord, elle ne sut dire s'il était très tôt, ou s'il s'agissait simplement d'une journée nuageuse. Elle ne se souvint pas tout de suite de l'endroit où elle se trouvait. Allongée sur le flanc, elle cligna les paupières et perçut un mouvement sur le sol. Un énorme insecte rampait lentement.

À sa grande surprise, elle ne sursauta même pas. Deux jours auparavant, elle se serait mise à hurler d'épouvante, avant de prendre ses jambes à son cou. Cette fois, elle se contenta de se retourner, espérant se rendormir sans tarder... Or il y avait un second oreiller, empreint d'un parfum viril...

Soudain, elle ouvrit grand les yeux. Levant la tête, elle balaya la chambre du regard. À la lumière du matin, le spectacle était encore plus navrant. La chambre était pleine de poussière, de fissures et de moisissure, et...

Où donc est passé Paul ? se demanda-t-elle en fronçant les sourcils. Son sort était entre les mains de cet homme, qu'elle connaissait à peine.

Fiona sauta du lit et traversa vivement le séjour. Elle sortit dans le jardin, parmi la végétation luxuriante. Autour d'elle se dressaient palmiers, vigne vierge et autres plantes qui semblaient lui barrer la route.

— Ces gens ne connaissent donc pas le béton ? grommela-t-elle en regardant autour d'elle.

S'il avait existé un chemin, il avait disparu sous la verdure. La jeune femme n'osa pénétrer dans cette jungle, de peur d'être engloutie et de se perdre.

— Psst !... Par ici, et ne faites pas de bruit, entendit-elle murmurer.

Se retournant, elle discerna avec difficulté une forme humaine.

Pas question de me précipiter vers lui et de lui sauter au cou, se dit-elle, en se dirigeant d'un pas tranquille vers Paul. À New York, elle avait dû par trois fois affronter des situations délicates. Elle avait même vu un malfaiteur brandir un couteau en pleine rue. Mais cette nature hostile l'effrayait davantage.

— Vous parlez toute seule, maintenant ? s'enquit Paul.

Assis sur un tronc d'arbre, de profil, il observait quelque chose que Fiona ne distinguait pas, à travers une petite brèche entre les arbres.

— Bonjour ! lança-t-elle avec sarcasme. J'ai bien dormi, merci de me le demander.

Sourcils froncés, il ne prit même pas la peine de la regarder.

— Asseyez-vous et ne dites rien. Ne cédez pas à la frayeur. J'ai apporté des fruits et du pain. Si vous souhaitez satisfaire un besoin naturel, cachez-vous derrière un buisson.

— La frayeur ? répéta-t-elle, agacée. Figurez-vous que je vis à New York, alors...

— Silence ! coupa-t-il en portant ses jumelles à ses yeux.

Fiona mit plusieurs minutes à se détendre, à surmonter cette sensation de panique qui l'avait étreinte après son réveil, seule, au milieu de nulle part. Elle s'installa à côté de Paul.

Ainsi, nous avons dormi ensemble, songea-t-elle en prenant une tranche de melon sur une assiette. Et alors ? Cela ne voulait rien dire...

Pourquoi se sentait-elle si bien, si confiante près de lui ? Elle n'avait pas aussi bien dormi depuis des années.

Elle avait lu dans un ouvrage que les femmes préféraient la tendresse au sexe, mais elle n'y croyait pas. Fiona était une femme sensuelle qui assumait ses désirs.

Certes, Jeremy n'était pas le plus tendre des hommes. C'était un amant plutôt fougueux, toujours pressé. Comme elle, il était éternellement débordé de travail...

— Vous avez bien dormi ? demanda-t-elle en faisant mine de ne pas le regarder.

— Oui, bien sûr, grommela-t-il.

— Alors pourquoi êtes-vous d'aussi mauvaise humeur ?

Il posa ses jumelles et la foudroya du regard.

— Vous avez peut-être oublié pourquoi nous sommes ici. Nous sommes recherchés par toutes les polices, accusés de meurtre. J'espérais trouver le détail qui nous relie, la raison pour laquelle Roy nous a légué sa fortune. Mais pour l'instant, je ne possède aucune piste.

En réalité, Fiona ne saisissait vraiment pas la portée des événements. Elle avait l'impression d'être dans un rêve. La découverte du cadavre de Roy ressemblait trop à une scène de film d'horreur.

— Que regardez-vous ainsi ? reprit-elle en saisissant une tranche de pain.

Près de Paul était posé un verre de jus d'orange. Elle but une gorgée. Après tout, s'ils avaient partagé le même lit, ils pouvaient boire dans le même verre.

— Des oiseaux, répondit-il, impassible. N'oubliez pas que je suis ornithologue. J'essayais de vivre de cet endroit, avant que vous ne détruisiez ma principale attraction.

Fiona ignora cette réflexion perfide. Pas question de se disputer avec lui.

— Cet endroit ? répéta-t-elle. Vous voulez dire que nous sommes dans votre parc ?

— Bien sûr. Où pensiez-vous être ?

— Je n'en avais aucune idée, avoua-t-elle, la bouche pleine. Mon père était un brillant cartographe, mais je n'ai aucun sens de l'orientation. Je me perdrais dans un placard.

Comme son compagnon ne disait rien, elle poursuivit :

— Quel est donc cet oiseau étrange ? Le petit vert et jaune, là-bas ?

Elle pointait le doigt au-dessus de sa tête. Paul daigna poser ses jumelles.

— Une perruche, répondit-il sèchement.

— Comme celles que l'on achète dans les magasins ? Une perruche ordinaire ?

— Exactement.

— J'ignorais que les perruches venaient de Floride. Je les croyais originaires de quelque contrée exotique... Bornéo, par exemple.

— Cet oiseau s'est peut-être échappé de sa cage. L'espèce est originaire d'Australie.

Fiona réfléchit à ses paroles. Il semblait incollable sur les oiseaux.

— Vous voulez dire que cette pauvre bête s'est envolée de sa cage et qu'elle vit dans la nature ?

Il la dévisagea comme si elle était demeurée.

— C'est quand elle était enfermée qu'elle était à plaindre. Il y a des perruches par milliers, dans la région. Elles se reproduisent parfaitement et vivent très bien.

Sur ces mots, il reprit ses jumelles. Elle esquissa une grimace.

— Vous avez l'intention de me battre froid toute la journée ?

— Je serai de mauvaise humeur tant que je ne saurai pas pourquoi Roy nous a légué son argent.

— Peut-être n'existe-t-il aucun lien entre nous ? Roy nous aimait bien, c'est tout.

— Quand l'avez-vous rencontré ? rétorqua Paul d'un ton chargé de sarcasme.

Fiona poussa un soupir. Mieux valait détourner la conversation.

— Mon père est mort en Floride, avoua-t-elle. C'est pour cela que je ne voulais pas venir ici. La veille de mon départ, je me suis soûlée en compagnie de mes amies pour trouver le courage de monter dans l'avion.

Paul ne réagit pas.

— Juste avant la mort de mon père, nous avions prévu que je viendrais lui rendre visite en Floride. Cela n'était jamais arrivé. En général, c'était lui qui venait me voir. Il disait que ses conditions de travail étaient difficiles, que j'étais une enfant de la ville et que je n'apprécierais pas de crapahuter dans la jungle, au pays des alligators.

— De quoi est-il mort ? s'enquit Paul d'un ton plus aimable, presque doux.

— D'une crise cardiaque. Il était en pleine nature, lorsque son cœur a lâché. On m'a rapporté qu'il est parti très vite.

Elle se tut quelques instants, fixant le point que Paul semblait observer.

— Il était tout, pour moi, expliqua-t-elle avec un soupir. Mon père était un bon vivant, il n'aimerait pas me voir mélancolique…

Elle ferma les yeux.

— C'était un très bel homme, reprit-elle. Très distingué. Il portait toujours des costumes élégants gris anthracite, car cette couleur mettait en valeur ses cheveux.

Fiona sourit, oubliant totalement le présent.

— Jamais je n'ai vu d'aussi beaux cheveux. Ils étaient gris et très épais. Il me disait souvent que ses cheveux ressemblaient à de la fumée. Vous savez, comme Smokey l'ourson, ce personnage pour les enfants…

Paul posa ses jumelles et se tourna vers elle.

— Qu'est-ce que vous venez de dire ?

Elle fut étonnée par ses yeux écarquillés.

— Rien. J'évoquais mon père, qui est mort en Floride…

— Non, la suite. Vous avez parlé de ses vêtements, puis de ses cheveux.

— On peut dire que vous savez écouter les gens, vous, rétorqua-t-elle, agacée. Je disais qu'il avait de très beaux cheveux gris.

— Et l'ourson ?

Fiona le fixa sans comprendre.

— Il y a des ours, ici ? En plus des alligators et des millions d'horribles bestioles rampantes et…

Il la prit par les épaules, crispant les doigts sur sa peau.

— L'ourson ! Que disiez-vous sur cet ourson ?

Elle se dégagea brusquement.

— Mon père disait toujours qu'il ressemblait à Smokey l'ourson. Mais c'était une boutade.

Paul s'exprima d'un ton très posé :

— Votre père avait-il par hasard une cicatrice sur le bras gauche ?

Il tendit son propre bras et traça une ligne avec son doigt, descendant du coude jusqu'aux premières phalanges.

— Oui, répondit la jeune femme, plissant les yeux. Du moins, il avait une cicatrice sur le dos de la main. Je ne le voyais jamais sans chemise, alors je ne sais pas si son bras était meurtri. Il s'était blessé en travaillant en Amérique du Sud, où il dessinait une carte des Andes. Attendez une minute… Vous connaissiez mon père ?

Paul ne répondit pas tout de suite. Puis il leva les mains vers le ciel.

— J'ai trouvé ! s'exclama-t-il. Le voilà, le fameux lien. C'est votre père !

Fiona n'en revenait pas.

— Alors vous connaissiez mon père ?

— Smokey ? Vous plaisantez ! Tout le monde connaissait Smokey.

Fiona esquissa un sourire attendri. Il poursuivit :

— Tous les habitants de Floride, ainsi que pas mal d'habitants d'autres États, connaissaient Smokey. Quiconque avait un revers de fortune ou trempait dans une magouille avait affaire à ce vieux Smokey. Je l'ai rencontré lorsque j'ai hérité du parc.

J'ai découvert que mon oncle avait eu toutes les peines du monde à maintenir son patrimoine au sein de la famille. J'ignore pourquoi il n'est jamais allé demander une aide financière à mon père. Au lieu de cela, il a contacté Smokey, qui l'a mis en relation avec… Attendez ! Où allez-vous comme ça ? Nous devons parler. Maintenant que nous avons trouvé ce fameux lien, nous allons comprendre ce qui nous relie à Hudson.

Paul rattrapa Fiona par le bras, au moment où elle atteignait le bungalow. Il la fit pivoter pour la regarder droit dans les yeux, stupéfait par sa rage soudaine.

— Qu'est-ce qui vous prend ?

— Ce qui me prend ? répliqua-t-elle d'une voix emplie d'amertume. Vous venez tout bonnement d'accuser mon père… cet homme éminemment respectable, d'être un… un… Je ne sais même pas de quoi vous l'accusez, mais je ne veux rien entendre, vous avez compris ?

Sur ces mots, elle tourna les talons et rentra dans le bungalow, où elle se mit à jeter ses affaires pêle-mêle dans son sac.

— Qu'est-ce que vous faites ? s'étonna Paul.

— Je m'en vais. Je vais faire ce que j'aurais fait dès le départ, si vous ne m'aviez pas convaincue de mettre mon sort entre vos mains. J'ai survécu trente-deux ans sans vous, et vous croyez pouvoir décider de mon avenir ?

Paul lui prit le bras et la fit de nouveau pivoter.

— Je ne comprends rien à ce que vous me racontez. Vous ne saisissez donc pas que nous avons trouvé le lien ? Ce détail crucial que nous cherchions depuis deux jours ? À présent, il faut approfondir…

— Ôtez-vous de mon chemin ! ordonna-t-elle en le frappant de son sac.

Mais il ne broncha pas.

— Vous devriez plutôt vous asseoir. Nous allons discuter sérieusement.

— Non ! répliqua-t-elle, la mâchoire crispée. Je ne veux pas entendre un mot de plus. C'est vous qui m'avez entraînée dans ce pétrin et…

— Moi ? répéta-t-il, abasourdi. Moi ? Ce n'est pas moi qui me suis réveillé sous un cadavre.

— Non. Vous m'avez simplement éloignée du lieu du crime, suggérant à la police que j'étais coupable.

— Quelle ingratitude ! Quelqu'un a assassiné Roy Hudson, un geste horrible dont je ne vous ai jamais soupçonnée. Étant donné que ce n'est pas moi le coupable, il y a un meurtrier en liberté. Je vous ai sauvé la vie !

Elle le fusillait du regard.

— Vous avez terminé ? fit-elle d'un ton sardonique. Je peux m'en aller ?

— Pour aller où ? Il y a quelques minutes, vous ne saviez même pas où vous étiez. Comment pourriez-vous partir ? Vous comptez utiliser les cartes de votre père ?

N'y tenant plus, Fiona le frappa. Elle lui assena une droite bien sentie. Paul encaissa le coup en pleine mâchoire. Sa tête bascula en arrière sous la violence du choc.

Tandis qu'il se remettait de sa surprise, la jeune femme quitta le bungalow.

À peine avait-elle descendu les marches du perron qu'une balle fusa à quelques centimètres de sa tête.

10

Aveuglée par la colère, Fiona ne réalisa pas qu'une balle venait de la manquer de peu. Elle crut d'abord au bourdonnement d'un énorme moustique.

Paul, lui, connaissait fort bien ce sifflement sinistre. Du haut des marches, il plongea vers la jeune femme et la plaqua à terre, la protégeant de son corps.

Fiona en eut le souffle coupé.

— Ne bougez pas, ordonna Paul tout bas, lui maintenant la tête au sol. Dès que je vous le dirai, vous vous mettrez à courir aussi vite que possible. Il faut gagner la voiture et filer d'ici. C'est compris ?

Abasourdie, elle ne put lui répondre.

— C'est compris ? insista-t-il.

Voyant qu'elle ne disait toujours rien, il glissa un bras autour de sa taille, comme s'il voulait la porter.

— Debout ! ordonna-t-il en la redressant pour l'entraîner loin de la maison. Allez, dépêchez-vous !... Heureusement que le pauvre Smokey n'est plus là. Il serait mortifié d'avoir une fille aussi mollassonne !

Cette provocation eut l'effet escompté. La rage qui saisit Fiona décupla son énergie. Elle prit ses jambes à son cou.

Il fallait qu'elle s'éloigne de cet homme.

— Nom de Dieu ! s'exclama Paul en se lançant à sa poursuite.

Il la rattrapa au moment où elle allait s'enfoncer dans la jungle. Une fois encore, il tenta de la neutraliser, mais la jeune femme fut plus prompte que lui. Elle avait conservé d'excellents réflexes. Aussi esquiva-t-elle son plaquage de rugbyman pour disparaître dans la verdure luxuriante.

Refusant de lâcher prise, Paul s'accrocha à sa cheville comme un beau diable.

Fiona se mit à agiter vigoureusement le pied et le frappa à l'épaule.

— Lâchez-moi ! hurla-t-elle. Si vous continuez, je vous ferai arrêter par la police !

Ignorant ses protestations, Paul s'efforçait de l'immobiliser.

— J'essaie simplement de vous sauver la vie, expliqua-t-il à voix basse. Vous ne comprenez donc pas que vous venez d'échapper à un coup de feu ?

À ces mots, Fiona se figea. Elle scruta les alentours, songeuse. Quel mystérieux tireur avait pu s'approcher du bungalow à leur insu ?

— Vous mentez ! Vous me mentez depuis le début ! déclara-t-elle, faisant allusion à ce qu'il avait affirmé sur son père.

Alors qu'elle allait lui assener un nouveau coup de pied, une détonation retentit. Cette fois, Fiona sentit la balle lui frôler la tempe. Elle plongea au sol.

— Vous voyez ! C'est après vous qu'il en a, déclara Paul.

Ces paroles glacèrent la jeune femme d'effroi. Il avait raison. Elle eut soudain l'impression que son esprit s'embrumait. Rien dans sa vie ne l'avait préparée à affronter une telle épreuve.

Il n'hésita pas une seconde.

— Partons, déclara-t-il en lui prenant la main.

Fiona le suivit d'un pas vif, sans trébucher. Le souffle court, ils sautèrent par-dessus un tronc d'arbre abattu. Il dut la lâcher ensuite, pour s'agripper à une branche et franchir une mare d'eau boueuse. Elle se garda de lui demander s'il s'agissait de sables mouvants.

— À votre tour, dit-il.

— Je…

— Ne réfléchissez surtout pas. Accrochez-vous à cette branche et jetez-vous de l'autre côté. Je vous rattraperai.

Sans protester, Fiona agrippa la branche. Puis elle prit son élan et sauta, pour atterrir loin derrière Paul.

— Votre adorable petite Lisa n'est certainement pas capable d'en faire autant ! lança-t-elle par-dessus son épaule, très fière d'elle-même.

Paul esquissa un sourire. Puis il prit la main de la jeune femme et se remit à courir.

Ils fuyaient depuis près de quarante minutes, en pleine nature hostile, quand il plongea soudain dans un buisson pour soulever une grosse feuille de palmier. Fiona reconnut leur voiture, dissimulée sous les feuillages.

— Nous avons tourné en rond ! s'exclama-t-elle, éberluée et agacée à la fois.

— Bien sûr. Il fallait d'abord semer notre poursuivant.

Paul mit le moteur en marche. La voiture s'ébranlait déjà lorsque Fiona ouvrit enfin la portière et monta à bord.

— Vous n'alliez tout de même pas m'abandonner ici, dans la jungle ?

— Jetez vite votre sac à l'arrière, ordonna-t-il. Et plaquez-vous sur le sol.

Obéissante, elle se plia en deux. Elle eut quelque difficulté à glisser son grand corps dans un si petit espace, mais la peur la stimula.

Recroquevillée sur elle-même, elle sentit la voiture passer sur une bosse. Elle se cogna la tête contre le tableau de bord.

— Aïe ! s'exclama-t-elle.

Paul slalomait entre les trous et les pierres qui jonchaient la piste.

— Il nous suit ? demanda-t-elle, assez fort pour couvrir le vacarme du moteur.

— Oui, répondit-il d'un ton sec, suggérant qu'il valait mieux le laisser conduire tranquille.

Par trois fois, Fiona crut entendre une détonation. Mais peut-être s'agissait-il d'une hallucination, songea-t-elle en se faisant toute petite. Qu'avait voulu dire son compagnon en affirmant que c'était elle que le tireur visait ?

Elle eut soudain l'impression qu'il décrivait des cercles sur la piste. Elle se sentit étourdie comme sur un manège.

Le trajet chaotique lui parut interminable. Au bout d'une éternité, Paul appuya enfin sur l'accélérateur et lança la voiture à vive allure. La jeune femme sentit l'asphalte de la route. Enfin, un terrain praticable ! Il heurta un objet dur, mais ne réduisit pas sa vitesse pour autant.

— On l'a semé, annonça-t-il posément.

Le calme revint dans la voiture. Il tendit la main et aida Fiona à se rasseoir sur le siège.

Elle s'installa, un peu hésitante, en regardant par la fenêtre, s'attendant à voir surgir un bataillon de tireurs d'élite armés jusqu'aux dents.

— Je veux savoir ce qui se passe, déclara-t-elle, s'efforçant de paraître courageuse et forte, malgré le léger tremblement de sa voix.

— Vous n'auriez pas quelque chose à boire, dans votre sac ? s'enquit-il. Je meurs de soif.

Elle se pencha pour récupérer ses affaires.

— Je ne sors jamais sans une bouteille d'eau quand je vais au bureau, expliqua-t-elle.

Ce bureau new-yorkais lui semblait à présent bien terne, par rapport à l'aventure qu'elle vivait.

— Excellente idée, approuva Paul en saisissant la bouteille. Écoutez, je suis désolé de ce que j'ai dit à propos de votre père. J'ai eu une matinée difficile. Je me suis vengé en défoulant ma colère sur vous.

Fiona respira profondément, tout en regardant par la fenêtre. Ils étaient sur une autoroute. Laquelle ? La jeune femme l'ignorait. Tout comme elle ignorait où ils se rendaient. Tout ce qu'elle savait, c'était qu'ils se retrouvaient en mauvaise posture.

— Très bien, racontez-moi, fit-elle en lui prenant la bouteille pour boire à son tour. Que s'est-il passé ?

— J'ai appelé mon frère. Eric a été tué.

Elle n'y comprenait rien.

— N'est-ce pas une bonne nouvelle pour nous ? répliqua-t-elle. Eric était le seul à nous accuser d'avoir tué Roy. Si Eric est mort, il n'y a plus de témoin oculaire.

Paul gardait les yeux rivés sur la route.

— Il a été assassiné à l'hôpital, alors que sa chambre était sous surveillance policière. Deux témoins affirment nous avoir vus sur les lieux.

Elle tressaillit.

— Comment ? Mais... nous étions en pleine nature ! Très loin de l'hôpital.

— Vous croyez que le flic du barrage routier nous identifierait, pour nous aider à prouver que nous ne pouvions être à l'hôpital ? J'étais maquillé, et vous ne montriez que vos yeux. Votre unique signe particulier est votre taille. N'importe quelle grande brune peut être confondue avec vous.

Elle esquissa une grimace.

— Merci beaucoup, je suis très flattée. À vous entendre, je suis un monstre...

— Non, mais vous êtes facile à confondre avec une autre. Beaucoup de femmes vous ressemblent.

Il sortit de sa poche de chemise un objet rond en plastique et le lui tendit.

— Qu'est-ce que c'est ? demanda-t-elle, avant de reconnaître l'objet. C'est un micro ?

— En effet. On en trouve sans difficulté dans toutes les boutiques vendant des alarmes ou des systèmes de sécurité.

Fiona prit le micro entre ses doigts.

— Où l'avez-vous trouvé ?

— Après ma conversation avec mon frère, lorsque j'ai appris la mort d'Eric, j'ai eu des soupçons. J'étais persuadé avoir entendu quelqu'un dehors, hier soir. Alors j'ai commencé à fouiller le bungalow de fond en comble. Ce micro était dans la cuisine, scotché sous la table.

— Il a l'air neuf. Il ne devait pas être là depuis longtemps... Comment le tueur a-t-il deviné que nous irions là-bas ? demanda la jeune femme.

Soudain, elle écarquilla les yeux.

— Ce micro n'a pas été placé *avant* notre arrivée. Il a été placé...

— Cette nuit, compléta-t-il, pendant que nous dormions du sommeil du juste. Même un tremblement de terre ne m'aurait pas réveillé.

— Merci du compliment ! Mon charme irrésistible en prend un coup, marmonna Fiona, faisant naître un sourire sur les lèvres de son compagnon.

— Je vous reconnais bien là...

— Où allons-nous, à présent ?

— Smokey possédait une maison autrefois, à trente kilomètres d'ici, et...

À la mention du surnom de son père, Fiona détourna vivement la tête. Elle ne prononça pas un mot, mais son corps était tendu, ses poings crispés.

— Je veux que vous m'écoutiez, reprit Paul d'une voix douce. J'ai affirmé que Smokey avait de nombreuses relations. C'est vrai. Il connaissait des gens dans tous les milieux : des sénateurs aux trafiquants de drogue. Il avait le don de pouvoir travailler avec n'importe qui. Je ne sais rien de la cartographie, mais je sais qu'il servait d'agent de liaison entre…

— La pègre et les autorités, coupa-t-elle.

— Je n'ai pas dit cela. Pour autant que je sache, Smokey n'a jamais touché à la drogue et n'en a jamais vendu. Simplement… je ne sais pas vraiment ce qu'il fabriquait. Il racontait qu'il avait un…

Soudain, il se tourna vers la jeune femme :

— Il disait qu'il avait un ange à protéger.

Fiona leva les mains au ciel.

— Formidable ! À présent, c'est de ma faute si mon père a fricoté avec des malfrats ! C'est sans doute un ancien taulard qui a tué Roy, puis Eric. Je me demande ce qu'il pouvait reprocher à mon père.

— Vous croyez donc que votre père était capable d'actes répréhensibles ? gronda Paul sans masquer son agacement.

Puis il se radoucit, face à l'air interrogateur de Fiona.

— Très bien. Je l'admets, je ne m'exprime pas très clairement. En vérité, je ne sais rien de votre père. Je ne l'ai rencontré qu'une fois. J'avais un problème, après la mort de mon oncle, avec les prêts qu'il avait souscrits pour le parc. Franchement, j'avais peur que ces types ne l'aient tué, car il n'avait pas payé ses traites à temps. J'ai demandé à quelqu'un ce que je devais faire. On m'a adressé à Smokey. Il a été d'excellent conseil. Je lui ai glissé un billet de cent dollars en remerciement, et c'est tout.

Fiona pencha la tête de côté.

— Et que vous a-t-il dit ?

Paul hésita. Elle crut le voir s'empourprer légèrement.

— Euh... il m'a suggéré de solliciter un crédit bancaire et de payer les types.

Elle plissa les yeux.

— N'importe qui vous aurait conseillé la même chose. Pourquoi n'y avoir pas songé tout seul ?

— J'étais jeune. J'étais sous le choc de la mort de mon oncle. J'avais vu trop de films de gangsters. Quand j'y repense, je me demande pourquoi je n'ai pas eu cette idée moi-même, effectivement.

— Mais pourquoi votre oncle n'est-il pas allé voir les banquiers, au lieu de s'adresser à ces types ?

Paul lui adressa un regard de biais. Fiona comprit aussitôt qu'il lui cachait quelque chose. Elle venait de toucher un point sensible, un détail de sa vie qu'il ne souhaitait pas divulguer.

— Mon oncle était très endetté, à la suite d'un divorce difficile. Aucune banque ne voulait lui prêter de l'argent.

— Alors des malfrats lui ont accordé un prêt, conclut Fiona avant de regarder au loin.

La réponse de Paul était simple, crédible, mais il ne lui disait pas tout. Elle sentait chez lui une certaine retenue.

— Comment vous sentez-vous ? demanda-t-il d'un ton faux, cherchant à changer de sujet.

— Répugnante, répondit-elle machinalement. J'ai les cheveux sales, les ongles cassés. Quant à mes jambes, elles ne sont pas présentables et...

— Si nous écoutions un peu de musique ? suggéra-t-il en allumant la radio.

Pourtant, ce ne fut pas de la musique qui leur parvint aux oreilles.

— ... célèbre John Burkenhalter, surnommé Smokey...

La jeune femme éteignit aussitôt le poste.

Puis elle ferma les yeux et pencha la tête en arrière avec un soupir.

— J'ai sali le nom de mon père. Avant, tout le monde le prenait pour un homme merveilleux. Moi aussi, d'ailleurs.

— Et si nous…

Elle ouvrit les yeux.

— Quoi ? s'écria-t-elle, presque hystérique. Que pourrions-nous faire ? Nous sommes coincés de tout côté, par la police et par ce tueur.

Elle se pencha pour rallumer la radio.

La voix du présentateur retentit :

— Nous avons appris aujourd'hui que Fiona Burkenhalter vient d'être licenciée de son poste chez Davidson Toys. James Garrett, son responsable, a déclaré avoir eu des soupçons lorsque sa collaboratrice a refusé de quitter New York pour se rendre en Floride en plein hiver. « J'ai dû la menacer pour l'obliger à partir », a-t-il déclaré lors d'une conférence de presse. Il a précisé que la jeune femme était relevée de toutes ses fonctions. Comme le savent toutes les petites filles de ce pays, Fiona Burkenhalter n'est autre que la créatrice de Kimberly…

Cette fois, ce fut Paul qui éteignit la radio. Puis il quitta l'autoroute pour s'engager sur une route secondaire. Pendant ce temps, Fiona demeura immobile, comme pétrifiée, se contentant de regarder par la fenêtre. Chaque fois que son compagnon l'observait, elle semblait détendue. Son visage n'exprimait pas la colère à laquelle il s'attendait.

Cependant, des larmes commencèrent à couler sur ses joues. Elle ne chercha pas à les essuyer. En fait, elle ne semblait même pas se rendre compte qu'elle pleurait.

Il arrêta la voiture et se pencha vers elle.

— Ça va ?

— Oui. Très bien. Pourquoi cela n'irait-il pas ? Ce n'était qu'un emploi, après tout. J'en trouverai un autre... Quoi de plus normal que de renvoyer un employé accusé de meurtre ? Surtout lorsqu'il s'agit d'un fabricant de jouets. Nous devons servir d'exemple. À la place de Garrett, j'en aurais fait autant. Je n'aurais pas hésité. Nous avons une responsabilité envers les enfants. C'est important, pour un fabricant de jouets. Nous...

— Chut, taisez-vous, fit Paul en écartant quelques mèches de son front. Tout va bien se terminer. Je m'en occupe, faites-moi confiance.

Il descendit de voiture et fit le tour du véhicule, pour aider la jeune femme à descendre. Puis il l'installa sur le siège arrière et lui sourit.

— Allongez-vous, dit-il doucement. Reposez-vous, pendant que je passe un coup de fil.

Elle essaya de lui rendre son sourire.

— Vous savez, c'est plutôt comique. La nouvelle Kimberly doit travailler avec un cartographe. Je lui ai même attribué les plans de mon père comme accessoires... N'est-ce pas une bonne blague ? Vous croyez que je serai condamnée pour avoir utilisé les plans d'un criminel ? D'ailleurs, je suis une criminelle, moi aussi. Tel père, telle fille... N'est-ce pas la meilleure plaisanterie que vous ayez jamais entendue ?

Paul sortit une couverture du coffre de la voiture et en couvrit sa compagne. Puis il fouilla dans son sac, à la recherche du téléphone portable.

— Taisez-vous, maintenant. Reposez-vous cinq minutes.

— De toute façon, je n'ai nulle part où aller. Plus de travail. Plus personne n'a besoin de moi...

Paul s'éloigna de la voiture et composa un numéro qu'il connaissait par cœur.

— Où en est-on ? demanda-t-il dès qu'il reconnut la voix de son cousin Michael Taggert.

— Mon Dieu, Paul, je suis content d'avoir de tes nouvelles ! Ça se présente très mal, mais Frank a mis un bataillon d'avocats sur le coup. Ils sont tous d'accord pour dire que vous devriez vous rendre à la police. Ils seront à vos côtés.

— Formidable, railla Paul. Et tes avocats seront là aussi, quand on prendra les empreintes digitales de Fiona ? Et lorsqu'elle passera à la fouille ?

Michael se tut quelques instants.

— Et toi ? Toi aussi, tu seras arrêté.

— Ne te fais aucun souci pour moi. Je m'en remettrai. Mais elle commence à craquer.

Paul lança un regard en direction de la voiture, où Fiona était recroquevillée sous la couverture. Elle ressemblait à une enfant terrorisée.

Il revint à sa conversation.

— Nous sommes allés chez oncle Gil et...

— Tout le monde est au courant ! coupa Michael. Tu n'écoutes donc pas les nouvelles ?

— Non. Chaque fois qu'on allume la radio, un journaliste annonce une nouvelle catastrophique, et Fiona le vit très mal. Elle n'a pas eu la vie facile, tu sais. Son seul parent était son père, et c'était un...

— Un mafioso.

— Pas du tout ! s'insurgea Paul.

— Je ne fais que répéter ce que racontent les médias. En tout cas, vous avez contre vous un adversaire très puissant, quelqu'un qui en sait long sur vous deux.

— Et qui a mis plusieurs années à élaborer ce plan machiavélique.

Michael hésita.

— En fait, ce n'est pas toi qui es en cause. Nous pensons que c'est elle l'unique cible… Tu ne réponds pas ? Tu n'es pas d'accord avec moi ?

— Ce sont les avocats qui t'ont dit cela, n'est-ce pas ? Ils peuvent me sauver, grâce à mon nom de famille.

La voix de Paul trahissait sa colère et son amertume.

— En effet, ils peuvent te tirer de là sans trop de difficultés. Ton père prouvera…

Paul l'interrompit.

— Et je suis censé faire quoi ? Laisser tomber Fiona ? L'abandonner à son triste sort ? Lui dire « merci, c'était sympa, mais je m'en vais » ?

— Calme-toi, Paul. Je ne suis pas ton ennemi. Je veux simplement savoir ce que tu comptes faire.

— Je veux découvrir qui est derrière tout cela. Qui a avantage à éliminer Fiona.

— L'éliminer ?

— Quelqu'un lui a tiré dessus, ce matin. C'était elle qu'on visait, pas moi.

— Tu crois qu'il pourrait s'agir de la police ? suggéra Michael. À moins que ce ne soit quelqu'un qui a envie de devenir un héros national en capturant deux fugitifs…

Il marqua une pause.

— Qu'en penses-tu ? reprit-il.

Paul soupira.

— Je n'en ai aucune idée. Mais je suis certain que ce type cherchait à la tuer. Je veux savoir pourquoi. Il y a du nouveau, du côté des détectives ?

— Non. Les indices sont minces. Ils n'avaient même pas découvert qui était le père de Fiona. Toutefois, la police a reçu un tuyau à ce sujet. Apparemment, les informations proviennent toujours de la même voix masculine.

— Oui. Ce type a collé un micro sous la table de la cuisine. Et j'ai la certitude que quelqu'un rôdait autour du bungalow, cette nuit. Les oiseaux chantaient étrangement.

Silence.

— Paul, tu es vraiment dans de sales draps... Cette histoire a été très bien planifiée. Tu vas devoir te battre bec et ongles pour t'en sortir.

— Je sais.

— Tu auras besoin de beaucoup d'argent et de beaucoup d'avocats, précisa Michael.

Paul respira profondément pour se calmer. Fiona semblait endormie.

— Mike, qui est cette fameuse Kimberly ?

— Kimberly ? Seigneur, Paul, sur quelle planète vis-tu donc ? Je sais que tu planes dans le ciel, avec tes fichus oiseaux, mais si tu ouvrais un peu les yeux sur le monde, tu saurais que Kimberly est une poupée !

— Une poupée ? répéta Paul, surpris.

— Oui. L'une de ces petites... Comment les appelle-t-on, déjà ? Une poupée mannequin. Mes filles l'adorent, sans compter les adultes qui les collectionnent.

— Tu veux dire une poupée comme l'autre, la poupée Bar...

— Ne prononce pas ce nom ! se moqua Mike. La guerre fait rage entre les deux poupées. Quand on aime Kimberly, on n'achète pas de Bar...

Il éclata de rire, puis ajouta :

— C'est Mlle Burkenhalter qui a créé Kimberly. Cette poupée a fait le tour du monde. Elle a un métier. Deux fois par an, ils sortent un nouveau modèle, avec d'autres vêtements, d'autres amis, une mission à accomplir. Et, deux fois pas an, je dois débourser une fortune pour mes filles ! Je peux te dire une chose : c'est l'idée la plus géniale pour détrousser les malheureux parents. À chaque anniversaire, il faut que Sam…

— Très bien, j'ai compris.

— Bon, conclut Michael d'une voix plus sérieuse. Où se retrouve-t-on ?

Paul inspira profondément.

— Tu veux dire, pour aller nous rendre à la police ?

— C'est cela. Vous ne pouvez fuir toute votre vie. Il faut que votre cavale s'arrête un jour.

Paul réfléchit.

— Pas question de se rendre comme cela. Fiona a les cheveux sales et…

— Très bien, coupa Michael. J'ai compris. Dis-moi où vous êtes, et je vous envoie une voiture. Vous pourrez passer la nuit chez Frank. Je dirai à Sam d'apporter des affaires pour… Fiona, c'est cela ?

— N'envoie pas de voiture. J'irai chez Frank avec la mienne. J'aurai besoin d'un accès à l'ascenseur privé. Fais préparer la chambre. Corbeille de fruits, bouquets de fleurs et boîtes de chocolats. Quand nous arriverons, je veux qu'on nous serve un festin et du champagne… En effet, elle s'appelle Fiona, comme les journaux ne cessent de le répéter.

— Tu sais, son visage me rappelle quelqu'un…

— Ava Gardner, la grande star des années 1950. Fiona lui ressemble à s'y tromper. Elle a la même fossette au menton.

— Ah oui ?

— Ne prends pas ce ton ironique… Dis à Sam de lui apporter des vêtements. Elle en a assez d'être déguisée en homme. Il lui faut de la soie, des chaussures, pointure 40. Et des bijoux. Quelque chose de raffiné. Des vrais.

— Elle va devoir tout abandonner en se rendant à la police, prévint Michael.

— Je sais, mais il y aura les photographes et…

Sa voix s'éteignit, comme si cette perspective lui était insupportable.

— Au fait, Paul, Lisa est arrivée par avion hier soir. Elle a dit que tu l'avais appelée une fois, mais que depuis, elle n'avait plus de nouvelles. Elle est folle d'angoisse. Elle a d'ailleurs pris le même avion que le fiancé de Fiona.

— Son petit ami, corrigea Paul.

— Ah, je vois…

— Non, tu ne vois rien du tout. J'appellerai Lisa très bientôt. Pour l'instant, le reste passe avant tout.

Silence.

— Le reste… c'est Fiona, n'est-ce pas ?

— C'est nous deux. Nous sommes accusés de meurtre, je te le rappelle.

— Paul, si je me souviens bien, tu possédais la cassette d'un vieux film avec Ava…

— Ferme-la, Mike ! coupa Paul avant de raccrocher.

Le cœur lourd, il retourna à la voiture. La jeune femme ne dormait pas. Elle était simplement allongée, le regard empli d'effroi.

— Je n'en peux plus, gémit-elle. Je veux partir…

— Très bien, répondit-il.

Lorsqu'il prit place au volant, Fiona s'exclama, au bord de la panique :

— Ne me quittez pas !

Il l'installa à son côté.

Durant le trajet, elle expliqua à Paul pourquoi elle baissait les bras, pourquoi elle pensait qu'ils devaient cesser de fuir, pourquoi ils devaient se rendre à la police.

11

Fiona se sentait incapable de réfléchir clairement. Elle pensait devoir se souvenir d'un détail, mais elle ignorait lequel. Elle eut vaguement l'impression que Paul ouvrait la portière et l'aidait à descendre de voiture. Puis ils pénétrèrent dans un ascenseur, dont les portes se refermèrent.

Celles-ci se rouvrirent sur un somptueux sol en marbre. Paul l'entraîna vers le petit salon d'une suite élégante. La lumière l'éblouit. Comme dans un rêve, elle crut discerner des couleurs vives et gaies.

Tandis que la jeune femme clignait les yeux, ébahie par tant de luxe, son compagnon s'éloigna et revint avec une assiette bien garnie. Il la lui tendit, comme il l'aurait fait face à un pauvre animal craintif. Fiona le suivit aveuglément. Ce fumet appétissant lui mettait l'eau à la bouche.

Peut-être était-elle enfin de retour à New York ? se dit-elle, l'espace d'un instant. Elle avait quitté une vieille bicoque infestée d'insectes pour atterrir dans ce palais. Cela paraissait irréel.

Lorsqu'elle se retrouva devant la table, Paul prit une fourchette et entreprit de la faire manger. Machinalement, elle entrouvrit les lèvres.

— C'est bon, n'est-ce pas ? fit-il en lui donnant une autre bouchée.

Il s'agissait d'un suprême de poulet, accompagné d'une sauce aux morilles.

— Asseyez-vous, ordonna-t-il doucement. Et mangez. Je vais vous servir à boire.

Elle émergea soudain de sa torpeur.

— Cessez donc de me traiter comme si j'étais une demeurée ! Passez-moi plutôt un petit pain, répondit-elle, les sourcils froncés.

En lui tendant la corbeille, Paul l'embrassa furtivement sur le front.

— Et ne m'embrassez pas, reprit-elle en mordant dans un morceau de pain.

— Très bien. La prochaine fois, je vous giflerai pour vous faire redescendre sur terre.

Elle ignora cette remarque pleine de sarcasme.

— Il y a une salle de bains, ici ? demanda-t-elle d'un ton ironique en regardant autour d'elle. Une *vraie* salle de bains ?

— Suivez-moi, dit-il.

Ils traversèrent une chambre à coucher somptueuse, jusqu'à une vaste salle de bains aux tons pêche et vert amande. Les deux lavabos, en forme de coquillage, étaient surmontés de robinets en or. Sur un petit meuble étaient disposés divers produits de toilette à l'effigie d'un hôtel de luxe.

Fiona dévisagea son compagnon, perplexe.

— Où sommes-nous, et qui va payer la note ?

— Ne vous en faites pas. Cet hôtel appartient à une personne de ma connaissance. Pour nous, c'est gratuit.

— Mais...

— Si vous préférez retourner à...

— Je n'ai rien dit de tel. Puis-je rester seule quelques instants ?

— Bien sûr. Mais ne laissez pas votre repas refroidir.

Cinq minutes plus tard, Fiona se demandait encore si elle préférait prendre une douche revigorante ou paresser dans un bon bain chaud et parfumé. Considérant ses cheveux sales, elle ouvrit le robinet de la douche. Comme la vapeur montait en volutes autour d'elle, elle ferma les yeux et soupira d'aise. C'est fou ce que le confort avait pu lui manquer...

— Vous n'avez pas faim ? cria Paul depuis le salon.

— Je mangerai plus tard, répondit-elle en ôtant ses vêtements crottés.

Elle les repoussa du pied avec dégoût.

Elle se glissa sous le jet d'eau chaude et se frictionna énergiquement le cuir chevelu. Une fois rafraîchie, elle s'enveloppa dans un drap de bain moelleux et parfumé, et emplit la baignoire. Elle prit soin d'y ajouter des sels et regarda monter les bulles. Puis elle s'immergea dans le bain.

Jamais elle n'avait éprouvé de sensation plus délicieuse que le contact de la mousse sur ses muscles fourbus. Elle avait envie de se laisser flotter doucement, d'oublier tout le reste…

— Vous êtes visible ? appela Paul.

— Non ! répondit-elle vivement.

Elle entendit tout de même la porte s'ouvrir. Il tenait une assiette d'une main et une coupe de champagne de l'autre. Il faisait mine de marcher les yeux fermés.

— Sortez d'ici ! lança-t-elle, feignant la colère.

En vérité, elle se réjouissait de sa présence. Après ces épreuves, elle redoutait de rester seule.

Paul s'assit au bord de la baignoire en marbre.

— Que de mousse ! Il y en a même un peu trop à mon goût, commenta-t-il.

— Très drôle. Je peux en avoir ?

Elle tendit une main pour saisir la fourchette, mais Paul la fit manger lui-même, lui offrant une bouchée de coquille Saint-Jacques marinée au citron vert.

— Comment vous sentez-vous, à présent ?

— Mieux. Du moins en surface…

Elle le dévisagea au-dessus d'un océan de mousse.

— Alors, qu'est-ce qui nous attend, maintenant ? reprit-elle. Les menottes aux poignets dès l'aube ?

Elle commençait à connaître Paul suffisamment pour voir qu'un grave problème le tourmentait.

Quant à elle, elle avait l'impression que rien ne pouvait lui arriver de pire que de perdre Kimberly. Pour l'heure, elle ne parvenait pas encore à envisager les conséquences de cette catastrophe. D'une certaine façon, sa vie était finie.

À quoi bon se battre ?

Paul observa longuement la jeune femme. Soudain, elle eut de plus en plus chaud. Depuis le départ, ils étaient en cavale. Chaque seconde était emplie de crainte, d'incertitude. C'était sans doute leur dernière nuit de liberté. Demain, ils se rendraient à la police. Elle passerait la nuit derrière les barreaux...

Il posa l'assiette et s'approcha du lavabo d'un pas nonchalant.

— Nous n'avons pas une minute à perdre, annonça-t-il. Il faut élaborer un plan très vite.

— Cela ne peut pas...

Elle s'arrêta, en constatant qu'il commençait à se raser.

— Vous pourriez au moins attendre que je sois sortie de la baignoire ! s'indigna-t-elle.

Mais son ton offusqué ne produisit aucun effet sur Paul. Le souffle court, elle le vit ôter lentement sa chemise.

Pendant un long moment, elle demeura immobile. Il avait les épaules larges, le dos puissant, la taille mince. Jeremy passait un temps fou à son club de gymnastique, mais il ne ressemblait en rien à cet homme. Sous sa peau dorée comme le miel, ses muscles saillaient à chacun de ses gestes.

Tout à coup, Fiona se rendit compte que Paul l'observait dans le miroir. Très vite, elle détourna les yeux.

Il continua de se raser.

— Nous devons réfléchir à la façon dont nous allons nous rendre, déclara-t-il. Nous aurons les avocats que mon cousin Frank a engagés. Du moins, tant qu'ils nous seront d'une quelconque utilité dans la procédure.

Il trempa son rasoir mécanique dans l'eau, puis scruta la jeune femme dans le miroir.

— Qu'est-ce qui ne va pas ?

— Rien, assura-t-elle.

Ayant terminé son assiette, elle entreprit de se savonner langoureusement une jambe, constatant avec satisfaction que Paul ne manquait pas une miette du spectacle. Elle aussi était capable de jouer à ce petit jeu de la séduction...

— Que disiez-vous ? s'enquit-elle d'un ton innocent.

— Je parlais de notre reddition, répondit-il sans la quitter des yeux. Aïe !

Fiona sourit. Il avait failli se couper...

— À mon avis, reprit-il, nous devrions attendre demain matin. Mais, si vous préférez vous rendre ce soir, cela peut s'arranger.

— Non, fit-elle, hésitante. J'attendrai.

Voyant que Paul ne disait plus rien, elle baissa la jambe pour s'occuper de l'autre.

— Vous croyez que ce sera une épreuve pénible ? demanda-t-elle.

— Je n'ai aucune expérience en la matière, mais je doute que nous trouvions le moindre plaisir à donner nos empreintes digitales, à nous faire prendre en photo, avant d'être enfermés en cellule.

Jamais elle n'avait commis le moindre acte criminel, jamais elle n'avait même fraudé. Or, elle allait se retrouver derrière les barreaux...

— Ce ne sera pas long, n'est-ce pas ? Je veux dire, les avocats peuvent être très habiles. Ils pourront nous tirer de ce mauvais pas...

Il laissa passer un silence avant de répondre.

— En vérité, je ne le pense pas. Ma famille a mis des détectives privés sur le coup, et ils n'ont rien trouvé... Nous avons découvert que c'est votre père qui constitue le lien entre nous deux. Mais nul ne sait quel rapport il existe entre Smokey et Roy, ni pourquoi nous nous retrouvons héritiers de Roy... Vous comptez rester dans l'eau encore longtemps ? J'aimerais prendre un bain, moi aussi.

— D'accord, répliqua Fiona, en le regardant distraitement quitter la pièce.

Réfléchissant toujours, elle sortit de l'eau et enfila un peignoir moelleux. Puis elle gagna la chambre. Sur une tablette était posé un sac en plastique blanc portant l'inscription : *Fiona*. Elle y découvrit divers produits de beauté. Elle faillit fondre en larmes de bonheur.

Tout en étalant une crème hydratante sur son visage, elle ouvrit le placard. Il était plein de vêtements féminins à sa taille. Dans les tiroirs, elle découvrit de la lingerie, ainsi qu'une chemise de nuit blanche, toute simple mais absolument splendide. Elle plaça le vêtement contre elle. Il devait coûter au moins huit cents dollars...

La jeune femme jeta le peignoir sur une chaise et essaya la chemise de nuit, puis un déshabillé de soie pêche.

Manifestement, quelqu'un avait pris la peine d'aménager cette suite à son intention, sans lésiner sur les frais.

— Encore une facette du mystérieux M. Montgomery, dit-elle à voix haute.

Fraîche et pimpante, Fiona gagna le salon. Toujours vêtu de son seul pantalon, Paul lisait le journal, installé dans un fauteuil de cuir.

En la voyant approcher, il ne sembla guère troublé par le déshabillé de soie. Il posa son journal et déclara :

— Je crois que vous devriez lire ceci, histoire de savoir de quoi on nous accuse.

Sur ces mots, il se dirigea vers la salle de bains.

Une fois seule, elle prit l'un des journaux.

Les tueurs de Nounours, annonçait la une. « *Il ressemblait à un gros nounours, déclarait hier une ancienne collaboratrice de Roy Hudson à la presse. Il était aimable, plaisantait sans cesse. Comment on a pu assassiner froidement un homme aussi attachant, je l'ignore...* »

Fiona s'assit tout en poursuivant sa lecture. Ses mains se mirent soudain à trembler. Les journalistes racontaient des choses horribles sur son compte. Selon eux, elle avait grandi sans amour, abandonnée à son triste sort dans divers internats pour jeunes filles. Un magazine publiait un entretien avec un psychiatre, expliquant comment l'éducation de Fiona en avait fait une adulte froide et indifférente, un être incapable de sentiments. On la traitait de sociopathe.

— Une sociopathe, murmura-t-elle, abasourdie.

Gerald, son collaborateur, déclarait quant à lui dans une interview que, selon lui, Kimberly était pour Fiona une façon de vivre l'enfance heureuse qu'elle n'avait jamais connue.

En parcourant le cinquième journal, elle se rendit compte que l'on parlait à peine de Paul. La presse semblait persuadée que c'était elle l'instigatrice, et que Paul avait été manipulé par la jeune femme. On suggérait même qu'elle le gardait en otage...

Il réapparut enfin, drapé dans un peignoir, se séchant les cheveux à l'aide d'une serviette.

— C'est affreux, n'est-ce pas ? fit-il. Je pense que nous avons eu tort de nous enfuir. La presse ne nous épargne pas.

— En tout cas, pas moi, chuchota Fiona. Ni mon père. On vous cite très peu.

Paul se détourna. Encore une fois, elle comprit qu'il lui cachait quelque chose. Avait-il des relations qui lui évitaient d'être critiqué dans les journaux ?

Il poussa un soupir.

— Écoutez, je vous jure de tout faire pour arranger la situation et…

— Comment ? s'écria Fiona. Comment peut-on arranger les choses, quand personne ne cherche la vérité ? Tous les journaux me condamnent. Ils se demandent pourquoi j'ai tué, et non pas si j'ai tué cet homme. Ou ces hommes.

— Mais vous étiez employée par la société qui devait reprendre les droits de l'émission télévisée de Roy. Et vous héritez de son argent.

— Je l'ignorais !

Il leva les bras, en signe d'apaisement.

— Vous prêchez un convaincu. Je vous rappelle que j'étais là.

— Pas vraiment. Vous n'avez pas assisté à la scène. Vous n'avez pas vu le meurtrier.

— Non, admit-il. Malheureusement. Je dormais sur le pont quand j'ai entendu un bruit.

Fiona détourna les yeux. Elle n'aimait pas se remémorer cette nuit de cauchemar.

Devinant son angoisse, il changea de sujet :

— Concluons un pacte. Ne parlons plus de tout cela pour ce soir. Notre décision est prise. Il nous reste une nuit, dont nous devons profiter. Nous sommes coincés dans cette chambre, mais nous pouvons nous faire livrer tout ce qui nous chante. Vous n'avez qu'à essayer vos nouveaux vêtements et...

— Et quoi ? Les emporter avec moi en prison ? La police me les gardera, le temps que je purge une peine à perpétuité pour un meurtre que je n'ai pas commis ?

— Deux, corrigea Paul. Nous serons sans doute accusés de deux meurtres.

Il saisit la télécommande du téléviseur.

— Vous voulez regarder un film ? suggéra-t-il. Je peux demander à mon cousin de nous apporter une vidéocassette de votre choix.

— Non ! s'écria-t-elle. Je n'ai pas envie de regarder un film. Je veux...

— Vous devriez vous calmer, dit Paul avec patience.

Il alla lui servir une coupe de champagne.

— Tenez, buvez ceci. Mangez l'un de ces délicieux chocolats. Il y a aussi un gâteau aux framboises... Il faut vous calmer. Il n'y a pas d'autre solution que de se rendre. Vous l'avez constaté vous-même. Quelqu'un a tenté de vous tuer. C'est sur vous qu'il tirait, pas sur moi. Au moins, en prison, vous serez à l'abri du meurtrier.

Elle vida sa coupe d'une traite. Paul la resservit. À la troisième coupe, elle commença à se détendre.

— Tenez, dit-il en soulevant un somptueux plat de desserts. Maintenant, allons nous allonger. Nous devons reprendre des forces pour demain.

— Vous cherchez à me séduire, fit-elle, avant de glousser bêtement, à son grand désarroi.

— Cela vous plairait ? demanda-t-il le plus sérieusement du monde.

— Je suis sûre que vous êtes un vrai charmeur !

Elle le suivit dans la chambre.

— Pourquoi vous surnomme-t-on l'As ?

— J'étais le premier de ma classe, répondit-il sans sourire, en déposant le plat sur le grand lit qui trônait au centre de la pièce. J'aurais dû demander des lits jumeaux…

— Pourquoi ? Nous avons déjà dormi ensemble, dans un lit bien plus étroit que celui-ci.

— Vous avez peut-être dormi, marmonna Paul en prenant la télécommande.

Il s'allongea aussi loin que possible de Fiona.

La jeune femme dégusta une grosse part de gâteau aux framboises. Le champagne avait éveillé un sentiment troublant, tout au fond d'elle-même.

— Apparemment, l'opinion publique m'a déclarée coupable. Alors, même si je suis jugée et acquittée, je serai toujours considérée comme coupable. Je devrais peut-être essayer de me battre, ne pas me rendre tout de suite.

Paul changea de chaîne.

— Vous risquez de recevoir une balle dans la tête. N'oubliez pas que quelqu'un vous poursuit.

Elle respira profondément.

— Je ne voudrais pas sembler mélodramatique, mais je préfère mourir d'une balle que de passer pour une criminelle.

Paul garda le silence. Elle avait presque l'impression qu'il ne l'écoutait pas.

— Vous ne comprenez donc pas ? Je ne pourrai plus jamais vivre, si je ne lave pas ma réputation. Même si je gagne le procès, je serai toujours salie et je ne trouverai plus jamais de travail dans le domaine du jouet.

Elle guetta la réaction de Paul, mais il regardait droit devant lui. Il semblait lutter pour garder son calme, comme s'il restait volontairement silencieux pour la laisser parler.

— Mais si je parviens à laver ma réputation, il en sera autrement, continua-t-elle en se penchant vers lui.

— Et comment comptez-vous vous y prendre ? demanda-t-il doucement.

Le volume du téléviseur était si bas qu'elle l'entendait à peine.

— Vous et moi devons identifier ce que nous savons de si important, dit-elle. Si on nous sépare, nous ne trouverons jamais la clé de l'énigme.

Paul se tourna vers elle, le regard intense.

— Et si nous déterrons des détails immondes sur votre père ?

— Et si nous déterrons des détails horribles sur votre oncle ? rétorqua-t-elle. Je crois qu'il est impliqué, lui aussi.

Fiona plissa les yeux et ajouta :

— Et si je découvrais certains des secrets que vous tentez de me cacher ?

— Comme vous m'avez caché le fait que Kimberly est une poupée ?

Fiona leva les mains au ciel et s'allongea sur le dos.

— Ce qui est étonnant, c'est que vous ignoriez qui est Kimberly. Vous ne connaissez rien, à part les oiseaux ? Je parie que, si j'avais créé une Kimberly ornithologue, vous sauriez tout sur elle. À moins que je ne lui ajoute des ailes…

— Ce n'est pas une mauvaise idée. Vous pourriez fabriquer une poupée oiseau, pour remplacer l'alligator que vous avez détruit.

La colère de la jeune femme retomba immédiatement. Elle s'esclaffa.

— Vous ne pouvez imaginer combien cela coûte de fabriquer une poupée mannequin de qualité, puis de la lancer sur le marché. Il faut être très riche.

Paul ne répondit pas tout de suite, comme s'il réfléchissait à ses paroles.

— Vous voulez dire, aussi riche que pour acquérir les quelques dessins de Walt Disney dont on a vendu les droits de reproduction ?

— Disney, *La Guerre des étoiles...* et *Raphael* ! s'exclama-t-elle.

— Nous voilà revenus au point de départ. C'est ce qui nous a mis dans ce pétrin.

— Mais comment en sortir ? demanda-t-elle. C'est la vraie question.

— Les avocats s'en chargent. Ils mèneront une enquête. Et mon cousin...

Fiona ne tenait plus en place. Elle se leva et vint se planter entre Paul et le téléviseur.

— Pourquoi faites-vous tant confiance à ces gens ? Votre vie aussi est en jeu. Les journaux semblent vous avoir ignoré dans cette affaire. Après tout, vous n'êtes pas célèbre. Vous n'êtes pas le créateur d'une poupée comme Kimberly. Mais vous êtes tout de même impliqué.

— Vous envisagez sérieusement une autre solution ? fit-il en se penchant pour voir l'écran de télévision. Nous ne pouvons continuer comme ça. Vous ne supportez pas de vivre dans une bicoque qui n'a pas l'eau courante, et vous vous effondrez à la moindre révélation. Vous êtes trop fragile.

Fiona refoula les insultes qui se bousculaient dans sa bouche.

— Fragile ? répéta-t-elle. Je suis fragile ? Je me suis éduquée toute seule. J'ai tout réussi par moi-même, sans l'aide de personne !

Les mains sur les hanches, elle se mit à faire les cent pas.

— Savez-vous comment a démarré Kimberly ? Je l'ai créée. En sortant de l'université, je n'avais pas de relations. On m'appelait la pauvre petite Burkenhalter. Mais rien n'aurait pu m'arrêter.

Elle fit volte-face et foudroya Paul du regard. Il était toujours allongé sur le lit, un bras derrière la tête, la télécommande en main. Il la considéra d'un air impassible. Fragile! songea Fiona. Le mufle!

Elle se remit à arpenter la pièce.

— Au bout de quelques années de galère, je suis entrée comme assistante chez Davidson Toys. Je croyais pouvoir participer à la création des jouets, mais j'étais surtout là pour servir le café et aller chercher les vêtements au pressing. J'étais une vraie bonniche, pour un salaire de misère.

Elle pointa un index rageur vers Paul.

— Mais je n'allais pas me laisser abattre, reprit-elle. Je me suis tue, j'ai ouvert grand mes oreilles, et un jour j'ai entendu...

Elle dut reprendre son souffle pour prononcer le nom de cet homme. Elle baissa le ton.

— J'ai entendu que James Garrett donnerait sa chemise pour un clone de la fameuse poupée, connue dans le monde entier. J'espère que vous voyez à quoi je fais allusion.

Paul opina, sans trahir la moindre émotion.

— Pendant trois jours et trois nuits, je n'ai pas dormi, raconta-t-elle. Je voulais faire... non seulement un nouveau jouet, mais un tout nouveau concept dans le monde de la poupée. J'ai créé une poupée ayant une histoire, une histoire qui changeait deux fois par an, à mesure qu'elle évoluait dans la vie.

Elle se tourna de nouveau vers Paul.

— J'ai fait appel à un dessinateur pour mettre mes idées sur le papier, puis je me suis imposée dans le bureau de Garrett, un lundi matin, et je lui ai présenté mon concept.

Pendant quelques secondes, Paul se contenta de la regarder.

— Je vois, fit-il enfin. Vous êtes une championne dans le monde des affaires. Tant que le cadre est propre et que vous avez l'eau courante, vous vous sentez bien.

— Allez au diable ! lança-t-elle, les poings crispés. Vous ne voyez rien du tout ! Rien. New York est une jungle impitoyable, infestée de crocodiles, comme ici.

— Des alligators, corrigea-t-il. Il n'y a que très peu de crocodiles.

— Qu'importe ! Je voulais dire que...

— Oui ? Que voulez-vous dire, au juste ? Vous voulez retourner à New York pour jouer à la poupée ? C'est impossible. Ce qui nous arrive n'est pas notre faute, mais c'est arrivé et vous n'y pouvez rien. Alors, que voulez-vous dire ?

Fiona s'assit au pied du lit.

— Je refuse d'aller en prison.

— Pour l'heure, nous n'avons guère le choix. Quelqu'un, peut-être une bande de malfrats, est à nos trousses. Nous ignorons ce qu'ils nous veulent, mais nous devons laisser les détectives et la police le découvrir. Ils...

— Ils ne savent rien, coupa-t-elle en désignant les journaux et magazines. Vous ne m'avez donc pas écoutée ? Personne ne cherche la vérité. Ce qu'ils cherchent, c'est nous. Nous sommes des tueurs en cavale et...

— Les tueurs de Nounours.

— Exact. Nous avons déjà été jugés et déclarés coupables. Pour moi, vous savez, Roy Hudson n'avait rien d'un nounours. Ce n'était qu'un vieux bonhomme doucereux et libidineux, aux mains baladeuses.

Paul se pencha vers la table de chevet. Du tiroir, il sortit un crayon et un bloc.

— Très bien. Je vais charger les détectives d'enquêter sur les mœurs de Roy.

— La femme citée dans le journal a une réputation irréprochable. Elle ne va pas revenir sur ses déclarations et risquer le ridicule.

— En effet, concéda-t-il en rangeant son bloc dans le tiroir.

Fiona contourna le lit et rouvrit le tiroir. Elle jeta le bloc et le crayon sur le lit.

— Il y a d'autres éléments à vérifier.

— Lesquels ? fit Paul, prêt à noter.

— Je l'ignore. Si le lien entre nous est mon père, le lien entre nous et Roy est peut-être aussi mon père.

— Il peut exister deux liens distincts. La raison pour laquelle Roy vous a choisie n'a peut-être rien à voir avec la raison pour laquelle il m'a choisi.

— C'est vrai, admit-elle. Mais il serait plus logique que mon père constitue le lien entre nous tous. Aurait-il aidé Roy d'une façon ou d'une autre ?

— À moins que Roy n'ait fait du tort à votre père, suggéra Paul. Roy aurait pu heurter votre père et mon oncle. Dans ce cas, il avait une dette envers eux.

Fiona se tourna vers son compagnon, puis elle s'assit près de lui sur le lit.

— Vous y avez longuement réfléchi, n'est-ce pas ?

— Pas mal, en effet.

— Si nous nous rendons, nous ne trouverons jamais rien.

Il hocha la tête.

— C'est plus que probable…

La jeune femme plongea dans son regard. Les yeux de Paul pétillaient, malgré son allure nonchalante.

— Vous ne voulez plus que nous nous rendions, c'est cela ?

— Je ne l'ai jamais voulu. En apprenant que votre père n'était pas l'homme que vous pensiez, vous avez failli devenir folle. Ensuite, en apprenant la perte de votre emploi, vous avez encore craqué.

— C'est vrai, admit-elle.

— Et vous détestiez le bungalow. Des fugitifs ne peuvent séjourner dans des palaces, surtout s'ils cherchent à résoudre un mystère.

— En effet, ce bungalow était horrible.

— Et on cherche à vous tuer.

— Il semble qu'on ait réussi, déclara Fiona. D'une certaine manière, je suis déjà morte. Mon travail, ma vie, on m'a tout pris. Un soir, je suis allée me coucher, pour me réveiller coincée sous un cadavre. Et depuis...

Sa voix s'éteignit.

— Depuis, vous êtes en compagnie d'un homme que vous détestez cordialement, et vous devez supporter un manque de confort intolérable.

— Je ne...

— Quoi ? coupa-t-il. Cela ne vous dérange pas de ne pas avoir de salle de bains ? De vous passer des services d'un traiteur ? De vous...

— Je ne vous déteste pas, lança-t-elle. Vous êtes... enfin, vous êtes devenu... enfin, vous...

En baissant les yeux vers lui, Fiona décela une lueur étrange dans son regard. Puis il leva la tête, et elle écarquilla les yeux.

— Espèce de monstre ! murmura-t-elle. Vous aviez tout prévu, n'est-ce pas ? Vous n'avez jamais souhaité vous rendre à la police ! Vous m'avez manipulée, pour que je vous pousse à continuer les recherches.

— Je veux que vous preniez vos décisions en toute liberté, répondit-il, cherchant à demeurer impassible.

Il ne put s'empêcher d'esquisser un sourire.

— À présent, je vous déteste vraiment, fit-elle en se levant, les mains sur les hanches. Je vous déteste, et je vous méprise ! J'espère que vous serez reconnu coupable et que vous finirez sur la chaise électrique et...

Paul éclata de rire.

— Allons ! Vous n'en pensez pas un mot. Il y a une minute à peine, vous affirmiez ne pas me détester.

— Je mentais.

Elle voulut s'éloigner, mais il attrapa un pan de son déshabillé.

— Je ne vous crois pas, dit-il doucement.

— C'est pourtant vrai !

Elle chercha à lui faire lâcher prise.

— Vous êtes l'homme le plus froid, le plus insensible que j'aie jamais rencontré. Et ennuyeux, en plus ! Vous passez votre temps à regarder des documentaires sur les oiseaux, à écouter les oiseaux, à les observer, à écrire des articles sur eux, à penser à eux !

Elle avait fait mouche, car elle eut la satisfaction de voir disparaître son air arrogant.

Avec un sourire narquois, elle continua :

— Vous semblez persuadé que toutes les femmes sont à vos pieds. Vous gardez jalousement tous vos secrets et vous vous repliez sur vous-même. J'éprouve de la pitié pour la femme qui acceptera de passer sa vie avec vous. Elle va mourir de froid, rien qu'en partageant votre lit !

— Vraiment ? gronda Paul.

Il tira un coup sec sur le déshabillé, si bien que la jeune femme s'écroula sur lui. Aussitôt, il l'enlaça et l'attira contre lui.

Peut-être étaient-ce les épreuves qu'ils avaient traversées, tout ce danger... à moins que ce ne soit cette promiscuité qu'ils partageaient depuis plusieurs jours. Lorsqu'ils se touchèrent, cela fit des étincelles.

Les mains de Paul explorèrent son corps frémissant. Fiona enroula les jambes autour de sa taille et entrouvrit les lèvres pour accueillir sa langue fébrile.

Elle ressentait plus que de la passion. Avait-elle pensé à lui, pendant tout ce temps ? L'avait-elle désiré ? Ou était-elle simplement en manque d'affection ?

Ils roulèrent sur le lit, échangeant caresses et baisers. La bouche de Paul glissa dans le cou de Fiona, qui l'enserrait entre ses cuisses. Ouvrant le peignoir, elle sentit son torse puissant contre ses seins, à travers le fin tissu de la chemise de nuit.

Tout à leur ivresse, ils se retrouvèrent sur la télécommande : soudain, le son monta et le téléviseur se mit à hurler.

— Paul, mon chéri, disait une voix, si tu m'entends, je veux que tu saches que je fais mon possible pour t'aider.

Couché sous la jeune femme, Paul arracha sa bouche à la sienne et fixa l'écran. Lisa, sa fiancée, semblait le regarder. Il tressaillit.

Fiona, qui ne connaissait pas la voix de Lisa, ne réagit pas tout de suite. Mais elle devina que quelque chose clochait.

— Que se passe-t-il ? bredouilla-t-elle.

Elle se figea à son tour en entendant la voix de Jeremy :

— Fiona chérie, je t'en conjure, rends-toi à la police...

Lentement, elle tourna la tête vers l'écran. Jeremy apparaissait en gros plan. L'image était si claire que la jeune femme eut l'impression qu'il se trouvait au pied du lit.

— Fiona, je t'en prie, rends-toi à la police, répéta-t-il face à la caméra. Si tu entends ce message, si tu tiens à moi, livre-toi. Je sais que tu es incapable de tuer, et je jouerai ma carrière sur cette certitude. Je travaille jour et nuit pour faire la lumière sur cette affaire. En fuyant, tu ne nous rends pas service.

— Voilà, intervint le présentateur en revenant à l'antenne. Les fiancés respectifs des deux assassins présumés sont arrivés en Floride, pour participer à cette gigantesque chasse à l'homme. Il faut admettre qu'ils ont tous deux été très coopératifs avec les médias et la police. Mlle Honeycutt subit une telle pression qu'elle est actuellement sous contrôle médical. On raconte que Jeremy Winthrop souffre d'insomnies.

Il marqua une pause.

— On peut parler d'amour sincère, reprit-il avec un regard théâtral. Même un tueur sanguinaire ne pourrait y rester insensible.

Le journaliste pivota sur son fauteuil et s'adressa à une autre caméra :

— À présent, voyons les derniers développements de l'affaire dite des tueurs de Nounours. On prétend que les fugitifs ont quitté la Floride pour gagner la Louisiane. La police de l'État a…

Paul saisit la télécommande et éteignit le poste.

— Ce n'est pas le moment de faire une bêtise, dit-il à Fiona en voyant son air interrogateur.

Elle s'écarta de lui.

— Vous êtes vraiment une ordure ! s'exclama-t-elle.

— Écoutez, j'ai des engagements personnels, dit-il en désignant le lit. Je ne puis me livrer à cette... j'ai...

Elle le foudroya du regard.

— Qu'est-ce que vous voulez dire ? Que tel n'est pas mon cas ?

— Je veux dire que je suis un homme, et que je suis sensible à de longues jambes dévoilées sous mes yeux.

Fiona n'avait jamais ressenti une telle colère.

— Sous vos yeux ? répéta-t-elle. Sous vos yeux ! C'est vous qui êtes entré dans la salle de bains pendant que je m'y trouvais. Je prenais un bain et vous êtes entré, vous avez enlevé votre chemise et... Qu'est-ce que cela veut dire ? Vous avez voulu me provoquer ? C'est ça ? Vous croyez...

— Je ne crois rien, coupa-t-il avec un regard furibond. C'est vrai, j'étais dans la salle de bains en même temps que vous, mais j'avais peur que vous ne cherchiez à vous suicider. Rappelez-vous, votre moral était au plus bas.

— Qu'en savez-vous ? Cela vous regarde-t-il, d'ailleurs ?

— Il se trouve que cela me regarde. Si vous mouriez, je serais toujours accusé d'un crime que je n'ai pas commis. N'oubliez pas que Roy a fait de moi son héritier.

Fiona alla s'asseoir près du lit, dans un fauteuil.

— Je vois, fit-elle doucement. Je vois... Vous ne voudriez pas apparaître seul devant le juge.

— Ce n'est pas ce que je voulais dire...

— Ce n'est rien, l'interrompit-elle. Je préfère savoir ce qu'il en est exactement. Après tout, j'ai détruit votre alligator et...

— Allez-vous cesser ce baratin ? s'écria-t-il. Nous avons une tâche à accomplir, et nous ne pouvons nous en sortir l'un sans l'autre.

Il tendit la main, pour ne pas être interrompu une nouvelle fois.

— Puisque nous nous plaisons, mieux vaut éviter tout contact physique, à l'avenir.

— Oh, parce que c'est moi qui vous ai attiré sur ce lit ? Pauvre créature innocente ! railla Fiona. Vous devriez le noter sur votre bloc, pour tout raconter à votre avocat. « Fiona a tenté de me séduire et… »

Paul contourna le lit et saisit la jeune femme par les épaules.

— Nom de Dieu ! Vous n'avez pas *cherché* à me séduire ! Vous n'avez pas besoin de cela. Vous êtes une femme superbe, vous êtes intéressante, intelligente. Vous êtes…

Il la relâcha et respira profondément.

— Très bien. Je suis peut-être un imbécile. Mais ce que nous traversons en ce moment est irréel, déstabilisant. Nous sommes isolés. Il est naturel que nous soyons attirés l'un par l'autre. Physiquement, bien sûr… Par ailleurs, nous sommes très mal assortis.

Il la regardait intensément.

— Continuez, dit-elle. Je tiens à entendre ce que vous avez sur le cœur.

— Vous et moi sommes issus de deux mondes différents. Vous êtes une citadine, et moi je n'aime que la campagne. Je… (Il esquissa un léger sourire.) Je suis le plus macho des hommes.

— C'est vrai, admit-elle.

— Voilà ce qui nous sépare… Vous savez pourquoi j'épouse Lisa Honeycutt ?

— Non, mais vous allez me le dire. Je suis fascinée par votre histoire, fit-elle d'un ton chargé de sarcasme.

— Parce qu'elle souhaite mener la même vie que moi. Et parce qu'elle est tout mon contraire. Elle est aussi exubérante que je suis réservé. Elle est aussi chaleureuse que je suis...

— Taciturne ?

— Exact. Elle n'a d'autre ambition que d'être ma femme et la mère de mes enfants. J'aime la perspective de rentrer chez moi pour retrouver la douceur d'un foyer.

Elle le considéra avec dégoût.

— Vous repoussez toute femme ambitieuse, c'est cela ? Une femme qui passerait sa journée au bureau et qui confierait les enfants à une crèche ?

— En effet.

— On dirait que vous vous préparez une vie très ennuyeuse...

— J'imagine que Jeremy et vous connaîtrez une existence parfaite.

— Nous ne sommes pas fiancés, mais...

— Mais vous accepteriez de l'épouser, s'il vous le proposait.

— Bien sûr. Il attend plus d'une femme que d'être une potiche.

Paul s'assit au bord du lit, la dévisageant.

— Nous venons d'établir que, à part une attirance physique tout à fait naturelle entre deux personnes normalement constituées, nous n'avons rien en commun. Vous ne supportez pas les hommes tels que moi, et je crois dur comme fer que la place d'une femme est à la maison. Nous sommes d'accord sur ce point ?

Elle poussa un soupir.

— Vous savez, au cours des derniers jours, j'ai voulu en apprendre davantage sur vous. Finalement, ce que je découvre ne me plaît pas beaucoup.

— C'est bien ce que je disais, fit-il en respirant profondément. Réglons cette affaire au plus vite, afin de nous séparer dès que possible. Vous retournerez à votre vie et…

— Et, vous, vous regagnerez votre caverne.

— Qu'importe, puisque cela me convient. Alors nous sommes d'accord ? Plus de contacts physiques. Je veux pouvoir regarder Lisa dans les yeux, quand nous serons tirés de ce pétrin.

— D'accord, répondit Fiona. Mais ce soir ? Il n'y a qu'un seul lit.

— Je vais faire monter un autre lit, que nous installerons dans le salon… Bon. Il faut nous reposer. Demain, je veux que vous preniez une décision. Peut-être devriez-vous considérer cette histoire avec un peu de recul.

— Cela me va. Vous voulez bien quitter ma chambre ?

— Bien sûr, fit-il en se levant.

Paul referma la porte derrière lui. Une fois dans le salon, il s'appuya sur le panneau de bois et ferma les yeux. Fiona avait tout gobé. Il n'y croyait pas lui-même, mais elle avait tout gobé…

12

Paul alla ouvrir le mini-bar. Il se servit un triple bourbon et alla regarder par la fenêtre, son verre à la main.

Fiona avait cru aux sornettes qu'il lui avait racontées…

Jusque-là, rien n'expliquait pourquoi Roy Hudson leur avait légué tous ses biens. Les frères et cousins de Paul faisaient travailler les détectives d'arrache-pied. Ils vérifiaient les archives, interrogeaient les témoins, en vain. Ils ne trouvaient aucune explication valable.

Paul savait que s'ils se rendaient à la police, ils n'avaient aucune chance de rester en liberté. Les déclarations d'Eric, et le fait que Fiona et lui aient séjourné plusieurs fois dans le même hôtel, tendaient à prouver qu'ils avaient prémédité le meurtre de Roy, dans le but d'empocher ses millions.

Le seul moyen d'en réchapper était de découvrir ce détail qui se cachait certainement dans l'esprit de Fiona, dans ses souvenirs enfouis. Paul avait l'intime conviction qu'il s'agissait d'un élément concernant le père de la jeune femme.

Par bonheur, celle-ci avait repris le dessus. L'unique remède contre le désespoir était la colère. C'est la colère qui lui avait permis d'échapper au tireur en s'enfuyant dans la jungle. La peur, au contraire, paralysait. Les mauvaises nouvelles l'avaient pétrifiée et elle s'était renfermée dans sa coquille. Seule la fureur pouvait la secouer de sa léthargie : voilà pourquoi il avait tenté de l'attiser...

Paul but une rasade de bourbon.

Dommage que cette colère soit dirigée contre lui... En vérité, il commençait à s'attacher à Fiona. Il baissa les yeux vers son verre et sourit. La jeune femme lui plaisait plus qu'il ne voulait l'admettre. Elle savait mieux que quiconque le faire rire – ce qui était très rare. En fait, elle avait un humour assez décapant, même dans l'adversité.

Et elle ne manquait pas de courage. Elle mettait peut-être un certain temps à prendre conscience du danger, mais elle savait affronter les épreuves avec bravoure.

Il sourit encore. Fiona possédait même une certaine candeur. À cette pensée, il eut un petit rire, puis se tourna vers la porte, craignant qu'elle ne l'entende.

Elle aimait se considérer comme une citadine, une femme moderne et libérée, mais elle était innocente. D'abord, elle n'avait pas conscience de sa beauté. Pour elle, sa ressemblance avec une star de cinéma n'était qu'une plaisanterie. Mais dès qu'il l'avait vue, avec ses cheveux bruns, sa bouche sensuelle…

Bon sang ! Il tenta de se ressaisir.

— Tu la désires, murmura-t-il.

Il but encore. *Désirer* n'était pas le terme idéal. Quel homme ne désirerait pas une déesse aux jambes sublimes ?

Il y avait plus qu'un simple désir charnel. Fiona avait détesté le bungalow rustique de son oncle, où il n'avait pas mis les pieds depuis des années. L'endroit était vraiment délabré, il devait l'admettre.

Pourtant, elle avait retroussé ses manches et fait le ménage. Ayant surmonté le choc initial, elle s'était mise à plaisanter de la situation. Finalement, ils avaient passé une bonne soirée… Combien de femmes auraient réagi de la sorte ? Lisa, elle, n'aurait cessé de se plaindre d'avoir écaillé son vernis à ongles.

À cette pensée, il vida son verre. Il comptait épouser sa fiancée quelques semaines plus tard. S'il ne se retrouvait pas en prison d'ici là…

Se détournant de la fenêtre, il considéra le canapé d'un œil critique. Celui-ci était bien assez grand pour y dormir confortablement. Inutile de réclamer un lit. Il décida de s'allonger. Le lendemain, ils devraient continuer leurs recherches. Que cherchaient-ils, au juste ? Il l'ignorait. Tout comme il se demandait par où commencer.

Paul ne savait qu'une chose : ils devaient réussir. C'était une course contre la montre.

Il s'allongea sur le canapé et ferma les yeux. L'image de Fiona dans son bain lui apparut. Elle levait une longue jambe exquise, recouverte de mousse...

Décidément, il allait devoir se maîtriser.

13

— Bonjour ! lança Fiona d'un ton enjoué lorsque Paul ouvrit la porte de la chambre.

Elle était déjà prête, assise devant le petit secrétaire.

Un peu plus tard, quand Paul surgit de la salle de bains, elle lui sourit.

— Très bien, ronchonna-t-il. Dites-moi ce qui vous met en joie.

— Rien, répondit-elle, souriant toujours.

Il plissa les yeux.

— Qu'est-ce que vous mijotez ?

S'approchant du secrétaire, il constata qu'elle avait griffonné sur toutes les feuilles disponibles dans le tiroir. En plus du papier à lettres, elle avait écrit sur le menu du restaurant et sur l'annuaire téléphonique !

— J'ai décidé que vous aviez raison, dit-elle.

— Lorsqu'une femme parle ainsi, cela n'annonce rien de bon, grommela Paul.

Les yeux de Fiona se mirent à pétiller de colère.

— J'ai passé une grande partie de la nuit debout, me répétant que vous ne pouviez être aussi immonde que vous cherchez à me le faire croire. Mais vous venez de me prouver que j'avais tort!

— Je suis ravi de vous faire plaisir, rétorqua-t-il avant de s'asseoir au pied du lit. Alors, vous avez pris une décision?

— Je n'aime pas la façon dont vous avez agi, mais vous avez raison. Nous ne pouvons nous rendre aux autorités. Sinon, nous croupirons à jamais dans une cellule... Vous êtes bien de cet avis, n'est-ce pas?

— Absolument. Qu'est-ce que vous avez noté sur toutes ces feuilles?

— J'ai dressé un inventaire de ce que nous savons, et de ce que nous voulons savoir.

— Et alors?

Avant qu'elle puisse s'expliquer, quelqu'un frappa à la porte du salon. Rapide comme l'éclair, Paul saisit la jeune femme par le bras et l'entraîna vers le petit balcon.

— Quoi qu'il arrive, ne dites pas un mot, ordonna-t-il avant de refermer la porte-fenêtre.

Fiona resta dehors, partagée entre rage et terreur, écoutant les voix masculines qui résonnaient dans la suite. Allait-elle entendre un coup de feu? Devait-elle chercher un moyen de s'enfuir par les toits?

— Tout va bien, assura Paul en rouvrant la porte-fenêtre, un instant plus tard. C'est mon cousin.

— Enchantée, déclara Fiona en serrant la main de l'homme qui l'accueillit dans le salon.

Une grosse mallette en cuir était posée à ses pieds. C'était un homme séduisant, plus petit que Paul, plus corpulent. Fiona se dit qu'il ressemblait à un docker.

— Qu'avez-vous découvert ? demanda-t-elle en s'asseyant en face de lui.

Le regard curieux de l'homme passa de l'un à l'autre, tandis que Paul s'installait près de la jeune femme.

— Au fait, je m'appelle Michael Taggert.

Tout en parlant, il posa une liasse de feuilles sur la table basse.

— J'ai mené une enquête approfondie sur Roy Hudson – du moins, dans la mesure du possible, vu le manque de temps. Hudson et votre père, John, sont allés à la pêche ensemble, il y a quelques années.

— En Alaska, précisa Fiona. Oui, il m'a envoyé une lettre à ce sujet. Un voyage qui s'est plutôt mal déroulé, car il a plu sans cesse et ils n'ont pas pu pêcher.

— En effet, approuva Michael. Selon nous, au cours de ce temps passé ensemble, votre père lui a parlé de vous. Hudson a peut-être ressenti de la peine pour la fille esseulée de son ami Smo… euh… de John.

La jeune femme haussa les épaules.

— Vous pouvez l'appeler Smokey, comme tout le monde, on dirait.

Michael prit sa mallette.

— Pour être certains que nous parlons du même homme, je vais vous demander de l'identifier… Il s'agit bien de votre père ?

Avant même de toucher le cliché qu'il lui tendait, Fiona sentit ses mains trembler. C'était un portrait qu'elle n'avait jamais vu. D'ailleurs, elle n'avait vu que très peu de photos de son père. Elle n'en possédait que quatre.

John était debout devant une tente, en compagnie de Roy Hudson. Ils brandissaient leurs cannes à pêche en riant.

Observant le cliché, Fiona se rendit compte que ce qu'elle avait refusé de croire était vrai : il existait une facette de son père dont elle ignorait tout. Cet homme-là, cet amateur de pêche, elle ne l'avait jamais connu. Ce baroudeur mal rasé et rieur n'avait rien de l'homme élégant qui l'emmenait dans les meilleurs restaurants de New York.

— Oui, c'est bien mon père, répondit-elle posément avant de rendre la photo à Michael. Mais cela prouve simplement qu'il connaissait Roy Hudson. Je doute qu'il ait décrit sa fille comme une pauvre petite orpheline, au point que Roy se sente obligé de me léguer la moitié de sa fortune.

— Surtout une orpheline de votre âge, ajouta Paul.

— Tout le monde ne peut pas être une majorette blonde de dix-huit ans, rétorqua-t-elle sèchement.

Michael ne parut pas comprendre cette remarque.

— Lisa, expliqua Paul.

— Ah oui, bien sûr ! fit Michael en détournant les yeux. En fait, nous n'avons rien trouvé de commun entre votre père et Hudson, à part cette partie de pêche. Et rien ne semble vous relier à Paul, ni Paul à Hudson, ou même Paul à Smokey. C'est pourquoi nous en avons conclu qu'il était préférable que vous vous rendiez tous les deux à la police.

Fiona ignora cette dernière réflexion.

— Quelqu'un devait connaître mon père, affirma-t-elle avec force. Quelqu'un doit savoir ce que mon père a fait pour cet homme immonde !

— Elle parle de Hudson, précisa Paul. Tout le monde prétend toujours qu'il était adorable, un merveilleux gros nounours ?

— Un nounours bienveillant, acquiesça son cousin. Il a mené une vie plutôt monotone. Jusqu'à ce qu'il ait l'idée de la série télévisée *Raphael*. Quand il a écrit cette série et qu'il a fait connaître sa petite chaîne locale à l'échelon national, tout le monde l'a soudain adoré.

— Pas moi ! s'exclama Fiona.

Voyant que les deux hommes échangeaient un regard, elle se leva.

— Attendez, Michael ! Ne croyez surtout pas que je le détestais au point de le tuer ! Je n'apprécie pas du tout votre cher cousin, encore moins que ce pauvre Roy Hudson, pourtant je le supporte.

Michael se tourna vers Paul, confortablement installé sur le canapé, souriant.

— Les femmes détestent souvent Paul, déclara-t-il gravement. Dites-moi, est-ce à cause de son obsession pour les oiseaux ou de son sale caractère ?

Fiona haussa les épaules.

— Les deux, répondit-elle. Il me manipule pour me faire agir selon ses désirs.

— Cela lui ressemble bien. Ma femme affirme...

— Avant que vous ne commenciez à échanger des recettes de cuisine et à parler chiffons, intervint Paul, nous devons décider de la suite des événements.

— Il n'y a guère d'alternative que la reddition, déclara Michael. Nous n'avons aucun indice. C'est ce que je me tue à te dire.

— Cela signifie que, selon toi, notre seule possibilité est de nous rendre à la police ?

— Je suis désolé. Nous avons fait tout ce que les Montgomery...

Michael s'interrompit face au regard éloquent de Paul.

— Enfin, nous avons fait de notre mieux... Voici les différents rapports. Vous n'aurez qu'à les lire. Peut-être y trouverez-vous quelque chose d'intéressant.

Il s'adressa à Fiona :

— Ah, j'ai failli oublier. J'ai des cassettes des épisodes de *Raphael* diffusés au Texas. Je ne les ai pas encore vus, mais j'ai entendu de très mauvaises critiques sur cette série.

— Des mauvaises critiques ? Alors pourquoi tant d'histoires ? demanda Paul.

Michael haussa les épaules.

— Cela me dépasse. Mais Frank a visionné les cassettes. Il a trouvé ça affligeant. Un ramassis de bêtise et de vulgarité. Une vague histoire de pirates et de music-hall, d'après lui.

— Il serait amusant que la série soit un échec en passant sur les chaînes nationales, commenta Paul.

— Ce fameux héritage n'aurait aucune importance, car il n'en resterait plus un sou, renchérit Fiona.

— Exactement, dit Paul en la regardant fixement.

Michael s'éclaircit la gorge pour attirer leur attention.

— Alors ? Que comptez-vous faire ?

— On te tiendra au courant, répondit Paul, mettant fin à la conversation. Si tu as du nouveau, préviens-nous.

— Bien sûr, fit Michael, regardant dans sa mallette pour s'assurer qu'il n'avait rien oublié. Je t'appelle dans quelques heures.

— Parfait.

Paul raccompagna son cousin jusqu'à la porte. À son retour, il trouva Fiona plongée dans la biographie de Roy Hudson.

— Rien ! lança Paul en jetant rageusement une cinquantaine de feuillets sur la table basse.

Fiona comprit que c'était à son tour de faire preuve de sang-froid.

— Nous n'avancerons pas si vous ne cessez de détruire les pièces à conviction.

Elle se mit à rassembler les feuillets épars, puis se rassit sur le canapé. Pourquoi cette suite magnifique avait-elle soudain des airs de prison dorée ? La perspective d'aller en prison la poussa à se replonger dans les documents. Ils lisaient depuis des heures, mais n'avaient toujours rien relevé d'important. La vie de Roy Hudson était d'une banalité affligeante. À moins que l'on considère trois mariages comme un exploit... Chacune de ses ex-épouses avait divorcé à cause de l'attirance de Roy pour le sexe dit faible.

— C'est le gros nounours que tout le monde décrit, commenta amèrement Fiona. Vous n'avez rien trouvé ?

— Rien.

Les documents que lisait Paul concernaient Smokey, et recelaient peu d'informations. Il préférait les examiner avant Fiona, de peur qu'ils ne contiennent des éléments délicats. Toutefois, Smokey était un personnage très secret, et il ne restait aucune trace de ses activités.

À treize heures, Fiona bâilla et annonça qu'elle allait prendre une douche.

— Encore ?

— J'ai l'impression que la poussière du bungalow s'est incrustée dans mes pores.

— Ensuite, nous parlerons des notes que vous avez prises cette nuit. Il y a peut-être des idées intéressantes.

— D'accord, dit-elle en s'éloignant.

— Je vais regarder la cassette, pendant ce temps, précisa Paul.

— Très bien, marmonna-t-elle distraitement en fermant la porte de la salle de bains.

En réalité, la jeune femme avait besoin d'intimité, pour laisser libre cours aux sanglots qu'elle refoulait depuis trop longtemps. Elle avait consacré une partie de la nuit à chercher désespérément un lien entre elle et Paul. Elle avait tenté de se rappeler tout ce que son père lui avait raconté sur sa vie. Mais, à son grand désarroi, elle avait compris qu'elle ignorait presque tout de lui.

Sous la douche, elle pleura toutes les larmes de son corps. Fiona était avant tout une femme d'action, et cette oisiveté forcée la rendait folle. Au moins, s'ils possédaient un indice, ils pourraient agir…

Au bout d'un long moment, elle regagna la chambre pour s'habiller. Elle enfila un superbe chemisier en soie, élégant et féminin, et un pantalon de toile. En prison, il ne sera plus question de porter de la soie, songea-t-elle amèrement.

Dès qu'elle ouvrit la porte du salon, Paul baissa le son de la télévision.

— Frank a raison, déclara-t-il. C'est le spectacle le plus lamentable que j'aie jamais vu. Je me demande d'ailleurs pourquoi la série s'intitule *Raphael*.

Elle évita de se tourner vers lui, de peur de montrer qu'elle avait pleuré. Elle s'était maquillée avec soin, mais avait toujours les yeux rouges et gonflés.

— C'est mauvais à ce point ? demanda-t-elle.

— Mike nous a fourni des critiques parues au Texas et à New York, où l'émission a déjà été diffusée. Écoutez ça : « *Raphael*, un mélange de *Maman, j'ai raté l'avion* et de *L'Île au trésor*, est une horreur. Six hommes parmi les plus dégénérés de la planète cherchent un trésor et sont prêts à tout pour le récupérer. Est-ce vraiment ce que nous voulons enseigner à nos enfants ? »

Paul leva les yeux vers Fiona, qui ne dit rien.

— En voici une autre : « On prétend que *Raphael* est une série pour enfants, mais elle est truffée de connotations sexuelles explicites, et notamment d'homosexualité. Il y est question de vol, de trahison... On ne trouve aucun personnage positif ou honorable. Mills est manifestement une tenancière de maison close et Ludlow, avec son zozotement et son canif à manche en nacre, est méprisable. Craddock, lui, est affligé d'un... »

— Un tic nerveux, compléta Fiona, les yeux écarquillés d'effroi.

— Un tic nerveux, acquiesça Paul. « Et Hazen a... »

Il s'interrompit, pour interroger la jeune femme du regard.

— Je croyais que vous n'aviez jamais vu cette émission.

— Donnez-moi ce journal, dit-elle.

Elle le lui arracha des mains.

— « Hazen, avec ses... » (Elle leva les yeux vers Paul.) « Hazen, avec l'horrible balafre qui lui barre la main et remonte le long de son bras, comme s'il avait affronté quelque monstre... »

Elle s'affala sur le canapé, laissant échapper le journal.

Consterné, son compagnon la dévisagea.

— Avez-vous déjà vu cette série ? Quel est le problème ? Hudson connaissait peut-être...

— C'est l'histoire de mon père, murmura Fiona. Et elle ne s'intitule pas *Raphael*, mais *Raffles*. Cette ordure de Hudson a plagié l'histoire de mon père !

Pendant un long moment, Paul se contenta de la regarder fixement. Puis il sourit. Son sourire s'élargit peu à peu. Soudain, il bondit de son siège et prit la jeune femme par la taille, pour la soulever dans les airs.

— Nous avons trouvé ! s'écria-t-il, enthousiaste. Nous avons trouvé !

Fiona était toujours sous le choc. Elle avait entendu cette histoire durant son enfance.

Tout à sa joie, Paul la reposa et appuya sur une touche de la télécommande. Une musique assourdissante retentit dans la pièce. Un morceau de hard rock, qu'elle aimait beaucoup.

Enlacés, ils dansèrent un moment. La jeune femme se laissa aller contre lui.

— Le voyage en Alaska ! cria Paul.

Il se mit à onduler sensuellement. Fiona le suivit comme malgré elle.

— Hudson se sentait coupable ! continua-t-il. Alors il a tout légué à la fille de Smokey, comme pour se racheter de l'avoir trahi.

Il la fit virevolter.

— On a réussi ! On a réussi !

Fiona s'écarta de lui en souriant.

— Jeremy déteste cet air, hurla-t-elle.

— Lisa aussi, répondit Paul.

— Je n'aurais jamais cru que vous aimeriez ce style de musique. Vous, l'amateur d'oiseaux et de paysages verdoyants.

— Il y a beaucoup de choses que vous ignorez de moi, lui confia-t-il d'un ton suggestif.

Comme par magie, ils se retrouvèrent dans les bras l'un de l'autre, et leurs lèvres s'unirent. Fiona posa un pied sur la cheville de Paul, qui s'empara de sa cuisse fuselée. Puis il se plaqua contre elle.

Le morceau arriva à son terme. Soudain, un silence absolu s'installa.

C'est Fiona qui chercha la première à se dégager de son étreinte.

— Euh… je… balbutia-t-elle.

— D'accord… fit-il en la relâchant.

Elle recula de quelques pas, pantelante après cette danse et ce baiser torride.

— Jeremy ! dit-elle avec conviction, comme s'il s'agissait d'un cri de guerre. Il faut penser à eux, à Jeremy et à Lisa. Ils prennent des risques pour nous défendre, ils se démènent jour et nuit et…

— Bien sûr, déclara Paul. Veuillez m'excuser un instant…

Il se dirigea vers la chambre.

Fiona s'assit sur le canapé, cherchant à se calmer. Surtout, ne plus le toucher ! Cette situation était irréelle. Elle avait l'impression de se retrouver sur une île déserte, avec un unique compagnon. En temps normal, jamais elle n'aurait été attirée par Paul, cet homme sur qui l'on pouvait compter, qui savait garder son sang-froid en toutes circonstances, qui savait la protéger…

Elle saisit la télécommande et mit la cassette en marche. Mieux valait éviter de penser à un amour impossible.

14

— Alors, qu'avez-vous découvert d'intéressant ? s'enquit Paul, une demi-heure plus tard.

Malgré la chaleur qui régnait, il arborait une tenue de sport molletonnée avec un peignoir, et portait une serviette autour du cou.

— Vous allez bien ?

— Bien sûr, répondit-il d'un ton cassant. Je vous ai demandé si vous aviez trouvé quelque chose.

— Pas la peine de me parler aussi sèchement. Qu'est-ce qui vous prend, tout à coup ? Il y a quelques minutes, vous étiez dans mes bras, plein d'ardeur. À présent, vous frisez l'impolitesse. Et pourquoi êtes-vous couvert comme pour partir en expédition au pôle Nord ?

Il ne répondit pas, mais saisit le combiné téléphonique sur une tablette.

— Que souhaitez-vous manger ? Mon cousin nous apportera tout ce que vous voudrez.

Fiona s'interrogeait encore sur l'accoutrement de Paul, quand une idée la frappa.

— Vous avez pris une douche froide, n'est-ce pas ? Une douche bien glacée, histoire de vous calmer ?

Il fronça les sourcils.

— Alors ? Un sandwich au thon ? À moins que vous ne préfériez un plat chaud ?

La jeune femme esquissa un sourire charmeur.

— Je prendrai la même chose que vous, minauda-t-elle. Mais je vous conseille de commander du café brûlant, pour vous réchauffer.

Un peu gêné, Paul défit la ceinture de son peignoir.

— J'en ai bien besoin, admit-il, malicieux.

En riant, Fiona ralluma le téléviseur. Cet homme était décidément plein d'humour. Jeremy, lui, détestait être taquiné de la sorte.

— Bon, ça suffit, dit Fiona pour elle-même.

— Vous vous rendez compte que vous parlez toute seule ?

— Et vous, vous ronflez la nuit. Nous sommes quittes.

— Puisqu'on en est à échanger quelques vérités,

cela vous ennuierait de reboucher le tube de dentifrice ? Et ne touchez plus à mon rasoir.

— D'accord, si vous cessez d'abandonner vos serviettes humides sur le sol de la salle de bains en attendant que je les ramasse. De plus, ce matin, vous avez dévoré toutes les fraises du petit déjeuner. C'est ce que je préfère.

— Il se trouve que moi aussi, rétorqua-t-il. Lisa, elle, préfère les bananes.

— Comme Jeremy ! s'exclama Fiona, étonnée.

Tous deux se regardèrent longuement.

— Les bananes et les fraises vont très bien ensemble, décréta-t-elle d'un air décidé.

— En effet, renchérit Paul en se tournant vers l'écran. À présent, dites-moi ce que vous avez trouvé.

— Rien que je ne sache déjà.

— Allons, il doit bien y avoir autre chose !

— Autre chose ? répéta-t-elle, narquoise. Ah oui, bien sûr ! Je crois que j'ai tué Roy pour le punir d'avoir plagié l'histoire de mon père.

— Justement. Dites-moi tout ce que vous savez de cette histoire.

— D'accord. (Elle rembobina la cassette.) Vous voyez cet homme ?

— Le personnage s'appelle Darsey.

— Très bien. Je pense qu'il s'agit de l'homme soupçonné d'homosexualité, non ?

Paul hocha la tête.

— Il est en effet attiré par les hommes.

— Non ! *Elle* est attirée. Darsey est une femme. Mon père le révélait plus loin dans son histoire.

— Très bien, donnez-moi un aperçu de cette histoire.

— Il s'agit d'un trésor – deux lions d'or – qu'un dénommé Raffles, et non Raphael, a voulu emporter aux États-Unis, au siècle dernier. Mais le navire a coulé et tout a disparu.

— Sauf les lions d'or.

— Un plongeur les a retrouvés. Lui et plusieurs compagnons les ont sortis de l'eau et les ont cachés. Puis ils ont dessiné une carte indiquant leur emplacement. Par la suite, ils sont tous décédés dans des conditions très mystérieuses. Mon père me décrivait toutes ces morts avec une foule de détails horribles.

— Quand vous a-t-il raconté cette histoire ?

— Il me l'a écrite, quand j'étais petite. J'étais alitée car je m'étais fracturé la jambe. À l'époque, il m'envoyait une lettre par jour, avec un épisode à chaque fois.

— Très bien, fit Paul, songeur. Continuez. Que s'est-il passé après la mort de ces hommes ?

— Le dernier survivant a péri lors d'un sinistre accident. Il est...

— Ah ! Sauvé par le gong.

Il se leva pour ouvrir la porte à l'employé du service d'étages.

Fiona se retourna pour voir qui apportait le chariot, mais la personne resta hors de sa vue. Paul s'entretint avec celle-ci quelques instants, puis revint, manipulant lui-même le chariot.

— Continuez, dit-il en lui faisant signe.

— L'homme est mort, mais la carte est restée. Elle faisait partie de ses effets personnels, et nul n'a su de quoi il s'agissait pendant des années. Sa logeuse la trouvait décorative, alors elle l'a fait encadrer et l'a exposée dans son salon. Lorsque cette femme est décédée à son tour, la carte a été vendue avec les meubles pour régler ses dettes.

— Poulet ou poisson ?

— Un peu des deux. Et ne prenez pas toute la salade, ajouta Fiona en saisissant un petit pain croustillant. Voyons... j'ai trente-deux ans. J'avais onze ans au moment de mon accident, alors...

— Cela fait vingt et un ans, calcula Paul. Je voulais ce petit pain. Pourquoi ne prenez-vous pas celui qui contient des raisins ?

— Trop sucré, déclara-t-elle en coupant le pain en deux pour lui en offrir une moitié. Passez-moi le beurre... Merci. Bon, selon l'histoire – et mon père se donnait beaucoup de mal pour la rendre crédible –, il y a environ vingt-trois ans, quelqu'un a examiné la carte et s'est rendu compte qu'elle était authentique. Cet homme a réuni cinq compagnons pour entamer les recherches. Mais ils ignoraient que les lions d'or constituaient le trésor. Au début, ils ignoraient où menait la carte.

— Attendez une minute. Où votre père a-t-il entendu cette histoire ?

La bouche pleine, elle faillit rétorquer qu'il ne l'avait volée à personne, lui. Au lieu de s'énerver, elle relata ces fameuses vacances de Noël où elle s'était fracturé la jambe et où elle avait tant souffert de solitude et d'isolement. À cause de son plâtre, elle n'avait pu rentrer chez elle, comme ses amies. De plus, retenu ailleurs, son père avait dû renoncer à lui rendre visite. Elle avait failli devenir folle d'ennui.

— J'étais l'enfant la plus mélancolique de la terre. Mais mon père m'a écrit et a promis de me distraire pendant ma convalescence en me racontant son travail.

Fiona sourit à ce souvenir.

— Cette première lettre m'a beaucoup peinée. Que pouvait-il bien raconter sur la cartographie ? Des détails inintéressants tels que la longueur d'un terrain, l'altitude d'une colline, le relief, le sol... Voilà ce à quoi je m'attendais.

— Au lieu de cela, vous avez reçu l'histoire de *Raffles*.

— Exactement. Je savais que mon père avait beaucoup d'humour. Tous les ans, pour mon anniversaire, il m'envoyait une carte fantaisiste, décrivant des contrées lointaines et exotiques, avec des noms enchanteurs comme le lac Caramel ou la montagne du Chocolat.

— Très exotique, en effet, commenta Paul en lui servant du thé glacé.

— Pour une enfant, c'était merveilleux ! rétorqua Fiona, agacée.

— Je voulais simplement dire…

Il se tut et sourit.

— Qu'importe… Continuez. Comment a-t-il créé *Raffles* ?

— C'est arrivé petit à petit, sans doute. Mais il écrivait comme s'il effectuait lui-même le périple, comme s'il vivait vraiment cette grande aventure avec cinq compagnons, que tout se passait réellement et…

Sa voix s'éteignit. Elle se tourna vers Paul, qui ne disait mot. Il la dévisageait d'un drôle d'air.

— Arrêtez, dit-elle.

— Arrêter quoi ?

— Ne me regardez pas ainsi, Montgomery. J'ai déjà croisé ce regard. Je sens que vous mijotez quelque chose.

Il sourit à nouveau.

— Et si cette histoire n'était pas inventée ? Si tout s'était déroulé comme l'a relaté votre père ?

Fiona esquissa une moue.

— Je n'y crois pas. S'il s'agissait d'une histoire vraie, mon père aurait fait partie des chercheurs de trésor. Je doute que ce soit possible.

Paul alla chercher les articles de journaux fournis par son cousin. Il lut à haute voix :

— « Hazen, avec l'horrible balafre qui lui barre la main et remonte le long de son bras, comme s'il avait affronté quelque monstre... »

— Oh, non ! s'exclama Fiona. Ne me faites pas cela. Cette histoire est une création de toutes pièces. Roy Hudson s'en est emparé, et c'est pourquoi on l'a tué.

— Dans ce cas, vous seriez la seule à avoir une bonne raison de le supprimer, puisque cette histoire appartenait à votre père. Vous auriez voulu empêcher Hudson de gagner de l'argent sur son dos.

— Puisque j'allais hériter de Roy, j'avais tout intérêt à ce que la série rapporte beaucoup d'argent.

— Alors vous avez attendu que *Raphael* soit diffusé sur les chaînes nationales, puis vous avez éliminé Roy Hudson pour empocher l'héritage.

— Mais pourquoi l'aurais-je assassiné devant témoins ? s'écria-t-elle.

La logique implacable de Paul la mettait hors d'elle.

— Je n'ai jamais affirmé que vous étiez intelligente. J'ai dit que vous étiez cupide.

Fiona brandit une cuillère pour la lui lancer au visage, mais il eut un sourire narquois.

— Je savais que vous le prendriez mal... Vous voulez appeler la police et vous rendre ?

La jeune femme allait de nouveau l'agresser, quand elle s'arrêta net.

— J'espère que vous vous rendez compte que nous sommes revenus au point de départ, dit-elle. Roy Hudson a plagié le récit inventé par mon père, à moins que mon père ait vraiment vécu cette aventure rocambolesque...

— S'il s'agit d'une histoire vraie, je doute que les personnes impliquées aient envie de voir la série diffusée sur une chaîne nationale. N'importe qui pourrait les reconnaître aisément.

— Formidable. J'espère que ces hommes seront identifiés avant que nous ne soyons exécutés !

— Ne m'avez-vous pas dit que votre appartement avait été cambriolé, et que les lettres de votre père avaient disparu ?

— Vous êtes vraiment très intelligent pour vous rappeler ce détail ! railla Fiona.

— Les lettres racontant l'histoire de *Raffles* ?

Elle acquiesça, songeuse.

— En effet...

La sonnerie du téléphone retentit.

— Oui, bien sûr, déclara Paul après avoir décroché. Pourquoi pas ?

Puis il raccrocha et se tourna vers la jeune femme :

— C'était mon cousin Frank. Il nous envoie quelque chose qui risque de nous intéresser.

Quelqu'un frappa à la porte. Paul se précipita. Il réapparut très vite, avec un petit paquet.

— Je préfère ne pas savoir combien de personnes connaissent notre cachette, déclara Fiona en grimaçant, tandis qu'il ouvrait le paquet.

— Uniquement des membres de la famille Montgomery ou Taggert, assura-t-il. Des passeports... fit-il en brandissant deux livrets bleus.

— Et un trousseau de clés, ajouta Fiona en lui prenant le tout. Et une lettre. « Chère mademoiselle Burkenhalter, lut-elle. Autrefois, votre père m'a rendu un grand service. Je lui dois la vie. Je sais ce que vous cherchez. Je sais qui vous cherchez. Vous trouverez ce que vous convoitez à l'Orchidée bleue. »

Elle leva les yeux vers son compagnon.

— C'est tout. Pas de signature, ni de nom... Vous croyez que l'Orchidée bleue est une boîte de nuit ? Devons-nous y rencontrer quelqu'un ?

Paul referma les passeports et la considéra sans un mot.

— Oh non, gémit-elle en reculant. Je n'aime pas ce regard. La dernière fois que vous m'avez regardée ainsi, nous nous sommes retrouvés à ramper dans les marécages !

Il esquissa un sourire.

— L'Orchidée bleue est une superbe résidence, située à environ soixante-quinze kilomètres d'ici.

— Vraiment ? fit-elle en plissant les yeux. Quel est le piège ? Des alligators dans la piscine ? Des serpents ? Un troupeau de mygales sous les meubles ?

— Rien de tout cela. C'est un cadre idyllique. Naturellement, je ne l'ai jamais vue, mais j'ai entendu dire que...

Lorsque sa voix s'éteignit, Fiona comprit que quelque chose clochait. Elle lui arracha les passeports des mains et les examina. Ils étaient aux noms de Gerri et Reid Hazlett.

— Qui sont ces personnes ? s'enquit-elle. Devons-nous les rencontrer à l'Orchidée bleue ?

— Observez bien la photo de la femme, conseilla doucement Paul.

D'abord, Fiona ne comprit pas le rapport avec elle. C'était un portrait d'Ava Gardner dans les années 1950. Elle était très différente de ce à quoi elle ressemblait dans ses films.

— Qui est cette Gerri Hazlett ? demanda-t-elle.

Devinant la réponse, elle s'assit sur le canapé, ébahie.

— Nous allons devoir nous faire passer pour ces gens, c'est cela ? Et nous déguiser en personnes âgées ?

— Je le crains, répondit Paul. Nous aurons une nouvelle identité et quelques années de plus. L'Orchidée bleue est une résidence pour retraités, comme il en existe beaucoup dans la région. En Floride, les moins de cinquante ans sont presque bannis.

Fiona semblait au bord des larmes.

— Dans les films, une femme qui se déguise se retrouve généralement en minijupe, avec des anneaux dans les oreilles. Moi, je vais devoir me munir d'aiguilles à tricoter !

— Ce n'est pas si mal. Vous aurez à peu près l'âge de ma mère. Et elle ne sait pas tricoter.

— Très drôle ! D'où sort ce prénom étrange de Gerri ?

— Je me demande ce que votre père a pu faire à la personne qui nous a fait parvenir ces passeports. Ce sont des faux parfaits.

Fiona releva la tête.

— Quand passe le premier épisode de *Raphael* sur le réseau national ?

— Dans une semaine, je crois. Pourquoi ?

— Parce qu'un tas de gens vont se reconnaître à l'écran.

Paul prit place à côté de la jeune femme.

— Et alors, ils sauront qu'il n'existe qu'une seule personne innocente sur terre qui connaisse toute l'histoire. Une seule personne qui puisse les dénoncer, sans être impliquée dans cette sale affaire.

— Une personne qui n'est plus innocente, objecta Fiona. Elle est recherchée pour meurtre. Et si elle est condamnée, qui ira l'écouter en prison ?

— Dans le mille, lança Paul, qui se pencha pour prendre le trousseau de clés posé sur la table basse. Alors, madame Hazlett, vous êtes prête à vous joindre à vos compagnes du troisième âge pour une partie de bridge ?

— Que Roy Hudson brûle en enfer ! grommela la jeune femme.

— Tout cela parce qu'il a plu au cours d'une partie de pêche en Alaska, conclut-il en se levant. Allez, viens, maman. On s'en va.

— N'oublie pas mes gouttes pour mes rhumatismes, papy. Et ma tisane...

— Commençons par teindre ces cheveux. Moi, je vais me les raser et...

— Je vais avoir les cheveux gris, alors que vous n'aurez que le crâne rasé ?

— Bon, disons que vous aurez les cheveux poivre et sel.

Le soleil se couchait. Ils commandèrent un dîner et discutèrent longuement, riant des nouvelles vies qu'ils s'inventaient. Ces plaisanteries apaisèrent la tension des jours précédents.

Tard dans la soirée, ils se séparèrent. Paul demeura au salon tandis que Fiona gagnait la chambre. La jeune femme songea qu'elle en savait bien peu sur son compagnon. Ce soir, ils avaient créé deux nouveaux personnages et concocté une histoire de jeunes mariés du troisième âge.

— Cela expliquera pourquoi nous nous connaissons si mal, avait précisé Paul.

— Nous nous connaîtrions bien mieux, si vous ne quittiez pas la pièce chaque fois que je vous pose une question un peu personnelle.

— Je croyais que les femmes détestaient les hommes qui ne parlent que d'eux-mêmes.

— Les femmes détestent les hommes qui ne savent rien partager, qu'ils soient de vrais moulins à paroles ou muets comme des carpes, avait-elle répliqué.

Cette remarque n'avait toutefois pas poussé Paul à se dévoiler davantage…

En allant se coucher, Fiona se sentit plus seule que jamais. Que lui arrivait-il ? Elle devait penser à se tirer au plus vite de ce pétrin, au lieu de se préoccuper sans cesse de ce que Paul était en train de faire.

Avec un soupir, elle posa son oreiller sur son visage et se mit à chantonner :

— Jeremy, Jeremy…

Avant de sombrer dans un profond sommeil.

15

— Si je mange un petit pain de plus, je vais être malade, déclara Fiona. C'est fou ce qu'ils sont lourds… Quelle est donc cette recette ? J'ai l'impression que si j'en fais tomber un par terre, il risque de traverser le plancher.

— Le sol est en briques, répliqua Paul, debout près du comptoir de la cuisine.

C'était un dimanche matin, de bonne heure. Cela faisait trois jours qu'ils étaient installés dans la coquette résidence de l'Orchidée bleue. Pourtant, malgré le cadre enchanteur, jamais ils n'avaient été aussi épuisés.

Depuis la seconde où ils avaient franchi le seuil de leur maison, ils avaient croulé sous les invitations.

— Nous allons être rapidement renseignés sur notre contact, avait dit Fiona, le premier soir.

Paul lui avait répondu d'un sourire. Tous deux pensaient se retrouver entourés de pensionnaires souffrant de tous les maux, mais ce n'était pas le cas.

Interrompant son jogging, une voisine avait déclaré sans préambule à Fiona :

— Vous avez une mine superbe, ma chère. Qui est votre chirurgien esthétique ?

Fiona en était restée bouche bée, incapable de prononcer un mot, car cette femme avait la silhouette d'une jeune fille. Elle portait un minuscule short rouge et un tee-shirt moulant, sur des seins fermes et généreux. Ses cheveux blonds étaient tirés en arrière, en queue de cheval. On ne décelait pas la moindre ride sur sa peau de pêche.

— Si vous voulez faire de la gymnastique avec moi, n'hésitez pas, avait-elle proposé.

— Volontiers, avait balbutié Fiona. La semaine prochaine, peut-être...

Derrière elle, Paul s'était esclaffé. Leurs longues discussions sur la crédibilité de leurs déguisements n'avaient servi à rien. Grâce aux miracles de la chirurgie esthétique et au sport, certains pensionnaires de l'Orchidée bleue paraissaient presque plus jeunes qu'eux !

Il leur restait une semaine avant la diffusion nationale de la série *Raphael*. Durant ces quelques jours, ils allaient devoir en apprendre le plus possible sur les événements de 1978, l'année des onze ans de Fiona.

Trois jours après leur installation, ils n'avaient cependant rien trouvé qui puisse les aider à résoudre le mystère...

— Vous croyez qu'ils sont tous allés au fameux concert de Woodstock ? s'enquit Fiona tandis que Paul préparait une omelette.

Leur maison était si lumineuse et gaie que la jeune femme s'y sentait comme chez elle. Cette ancienne maison témoin de la résidence, meublée avec goût par des décorateurs professionnels, était entièrement équipée. L'ensemble était plutôt dépouillé et neutre, mais très confortable.

Fiona préparait le café, la préparation favorite de Paul : un mélange de grains de trois origines différentes, une cuillerée de chaque.

— Selon eux, ils étaient tous à Woodstock, répliqua-t-il avec un soupir en déposant l'omelette sur un plat.

Elle était juste comme Fiona l'aimait, avec des poivrons et des oignons, et pas trop poivrée.

— Vous croyez que ce sont des menteurs ? s'enquit-elle en s'occupant du pain grillé.

Elle prenait peu de beurre, alors que Paul préférait son pain généreusement tartiné.

— En vérité, je crois qu'ils ont oublié. Ils étaient tous dans un état second à l'époque, si vous voyez ce que je veux dire.

En posant les assiettes sur la table, Paul lui adressa un regard de biais.

— Qu'est-ce que vous mijotez ? grommela-t-elle. Allez, dites-moi tout.

— Rien, répondit-il, taquin.

En le voyant reculer d'un pas, elle comprit qu'il cachait quelque chose dans son dos.

— Qu'est-ce que c'est ? demanda-t-elle en s'approchant.

— Rien, répéta-t-il, s'éloignant davantage. Rien du tout...

— Mais si !

— Que cherchiez-vous donc, à l'épicerie, sans le trouver ?

— Ils ont tout ! répliqua-t-elle, perplexe.

Juste en dehors de l'enceinte de la résidence, était installée une petite épicerie qui regorgeait de produits. On y trouvait les ingrédients nécessaires pour toutes les cuisines du monde. Toutefois, ils ne vendaient pas la marmelade préférée de Fiona…

Soudain, elle écarquilla les yeux.

— Non ! Ce n'est pas possible ! Ils m'ont affirmé que cette marque ne se faisait plus.

— C'est vrai, mais j'ai des relations, répondit Paul qui recula encore vers le comptoir.

— Faites voir ! s'exclama-t-elle en essayant d'attraper le pot que Paul tenait au-dessus de sa tête. Mais oui, c'est bien cela !

Elle faillit s'en saisir, mais il changea de main.

— Si vous le cassez, je vous tue ! menaça la jeune femme en tendant les bras.

Lors de leur première soirée à la résidence, une voisine leur avait apporté des petits pains accompagnés de cette délicieuse marmelade de citrons. Fiona l'avait tant appréciée qu'elle avait fini le pot. La voisine leur avait assuré que l'on pouvait s'en procurer à l'épicerie. Cependant, en s'y rendant, Fiona avait appris que cette variété particulière n'existait plus dans le commerce.

Elle saisit Paul par le poignet et tira de toutes ses forces. Puis elle s'agrippa à lui et chercha à se hisser pour attraper le pot.

Tandis qu'elle se démenait comme un beau diable, son compagnon riait à gorge déployée.

— Eh bien, on voit bien que vous êtes jeunes mariés ! fit une voix sur le seuil de la cuisine, devant la porte vitrée qui menait à la piscine.

Tels deux enfants pris en faute, Paul et Fiona se calmèrent aussitôt et se tournèrent vers Rose Childers. Avec son mari, elle vivait quatre maisons plus loin. Dès le premier soir, ils leur avaient proposé sans vergogne de faire de l'échangisme !

— Nous sommes les derniers représentants d'une espèce en voie de disparition, celle des épicuriens, avait affirmé Rose.

— C'est à espérer, avait marmonné Paul.

Fiona lui avait assené un coup de pied sous la table.

À présent, Rose se retrouvait dans leur cuisine. Elle était entrée sans frapper, sans se gêner le moins du monde.

— Ne faites pas attention à moi, dit-elle. J'ai vécu des années en communauté. Les portes n'avaient pas de serrures. Quand je tombais sur une scène... disons, intime, je me joignais à la fête, voilà tout.

Après cette phrase maintes fois prononcée dans sa vie, Rose éclata de rire.

— Je suis venue vous demander si Lennie et moi pouvions nous baigner dans votre piscine, aujourd'hui, ajouta-t-elle. La nôtre a besoin d'une vidange, et le service d'entretien ne peut venir avant demain.

S'écartant de Fiona, Paul posa le pot de marmelade sur le comptoir. La jeune femme alla se mettre à table. Elle mourait d'envie de dire à cette sans-gêne de déguerpir. Mais Paul et elle ne pouvaient se permettre de se brouiller avec quiconque, vu la situation.

Ils devraient donc supporter une journée en compagnie de Rose et Lennie. Ce ne serait peut-être pas trop désagréable, si les deux vieux hippies ne se baignaient pas dans le plus simple appareil. Mais une journée à refuser les avances explicites des deux libertins ne disait rien qui vaille à Fiona.

— Bien sûr, Rose. Nous serons ravis de vous accueillir, déclara Paul avec entrain.

Fiona le regarda avec surprise. Elle savait pertinemment qu'il ne supportait pas la présence de cette femme.

— En vérité, Fiona et moi sortons aujourd'hui, précisa-t-il.

— Vous sortez ? répéta Rose vivement. Je croyais que vous ne pouviez pas… enfin, je veux dire, qu'y a-t-il dehors qu'il n'y a pas ici ?

— Nos mères, intervint Fiona. Enfin, *ma* mère…

Paul la prit par le bras et l'attira contre lui, avant de l'entraîner hors de la cuisine.

— Ma belle-mère est souffrante, affirma-t-il.

— Je vous croyais orpheline. C'est ce que vous avez dit, me semble-t-il…

— Oh non ! s'exclama Fiona d'un ton désinvolte.

Ils étaient presque arrivés à la porte d'entrée.

— J'ai dit que, si je ne rendais pas bientôt visite à ma mère, je serais déclarée orpheline, corrigea-t-elle. Vous savez ce que c'est, n'est-ce pas ?

Rose leur avait raconté qu'elle avait eu trois enfants, mais qu'elle n'avait aucune idée de l'endroit où ils se trouvaient actuellement.

Paul saisit les clés de voiture sur la desserte de l'entrée et ouvrit la porte. Il entraîna Fiona au-dehors. Puis ils se mirent à courir comme des écoliers fautifs. Une fois dans la Jeep, ils éclatèrent de rire. Ils franchirent enfin la grille, riant à gorge déployée.

— Nous allons nous faire arrêter, déclara Fiona. Nous ne pouvons sortir d'ici, en théorie… Oh, qu'importe ! Cet endroit est pire qu'une prison…

« Vous vous rappelez l'année 1978 ? Mon père disait que c'était son année préférée. Vous connaissiez sans doute mon père, Smokey ? » récita-t-elle, singeant sa façon d'aller à la pêche aux renseignements. Peut-être devrions-nous organiser une partie de bridge pour annoncer que nous sommes en cavale et...

— Une soirée hippie, plutôt, proposa Paul.

— Très bien. À quand les champignons hallucinogènes ?

— J'ai l'impression que l'homme qui vit dans la maison rose produit de la drogue dans sa cave.

— Et c'est nous que la police recherche ! railla Fiona, qui regarda par la vitre. À propos de police et d'actes illicites, où allons-nous ?

— Où vous voulez.

— Vraiment ?

— Vraiment, confirma Paul en souriant.

Fiona se détourna pour ne pas lui montrer son sourire radieux. Elle n'avait peut-être rien découvert sur l'assassin de Roy Hudson depuis trois jours, mais elle s'était trouvé de nombreux points communs avec Paul. Par nécessité, ils avaient dû cesser de se chamailler pour un rien et travailler ensemble dans le même but.

Pendant ces trois jours, ils avaient accepté presque toutes les invitations de leurs voisins et encouragé les gens à évoquer leur passé. Malheureusement, leurs souvenirs se révélaient souvent imprécis. Les gens situaient dans les années 1960 ce qui, en réalité, s'était déroulé dix ans plus tard.

Ainsi, Fiona et Paul – ou plutôt Gerri et Reid – étaient submergés de nostalgie hippie. Ils avaient vu des films, écouté de la musique. Ils avaient mangé des plats végétariens.

Malheureusement, d'après ce qu'ils avaient pu apprendre, aucun de leurs voisins ne se trouvait en Floride en 1978. Ou alors, ils avaient des trous de mémoire.

— Cette année-là, disaient-ils, je planais continuellement et je ne me rappelle pas grand-chose.

Le soir, enfin seuls dans leur petite maison douillette, Fiona et Paul discutaient des renseignements qu'ils avaient glanés au cours de la journée. Ils comparaient leurs notes sur les pensionnaires, et faisaient le tri entre ce qui leur semblait crédible ou fantaisiste.

Souvent, ils tombaient d'accord sur l'identité des menteurs. Au bout d'une journée, ils s'étaient rendu compte qu'ils ressentaient les gens de la même façon.

Aussi, lorsque Paul lui demanda où elle voulait aller, Fiona eut envie de répondre n'importe où, du moment qu'ils restaient ensemble…

Mais elle se garda de prononcer les mots.

— Je vais deviner, fit-il en l'observant du coin de l'œil. Chez le coiffeur ? L'esthéticienne ?

— Ah ah ! s'exclama-t-elle. Vous me connaissez bien mal.

— Une femme de la ville comme vous ? Il y a quelques jours à peine, vous faisiez toute une histoire parce que vous aviez du sable dans les chaussures. Vous n'arrêtiez pas de vous plaindre de la Floride.

Elle regarda par la fenêtre.

— C'était une autre femme, dans une autre vie, répondit-elle doucement.

Que se passait-il donc au bureau ? Non, ce n'était plus son bureau. Kimberly appartenait désormais à quelqu'un d'autre.

— Alors ? insista Paul, interrompant sa rêverie. Si vous ne voulez pas aller vous refaire une beauté, une mise en plis, une coloration, que voulez-vous faire ?

— Je voudrais travailler ! répliqua-t-elle. J'aimerais faire autre chose que d'écouter des vieux souvenirs de hippies, ou penser à mon enfance. J'aimerais… je ne sais pas, dessiner une maquette de crocodile, par exemple !

— Vraiment ? fit-il en se tournant vers elle, étonné. Je croyais que vous ne pensiez plus à tout cela.

— Parce que vous, vous avez cessé d'observer les oiseaux ? Dites-moi où vous m'emmenez.

— Jetez donc un coup d'œil à la carte. Elle est dans mon sac, sur le siège arrière.

Fiona se retourna pour fouiller le sac. Elle vit une paire de jumelles, un calepin, ainsi qu'un paquet enveloppé dans du papier cadeau rose et blanc, orné d'un ruban rose… mais pas de carte.

— Je ne la trouve pas, déclara-t-elle en reprenant sa place.

Elle attendit que Paul dise quelque chose, mais il se tut.

— Je suppose que le calepin et les jumelles sont destinés à l'observation des oiseaux ?

— Hum, fit-il.

Elle demeura immobile, regardant droit devant elle. Elle ne pouvait lui demander à qui était destiné ce cadeau… Mais elle pouvait poser une question anodine. Lui demander qui fêtait son anniversaire, par exemple. Le papier rose était en général réservé aux femmes. Pour qui avait-il acheté ce cadeau ? L'une des pensionnaires de l'Orchidée bleue ? Il n'était tout de même pas attiré par une femme qui avait au moins vingt ans de plus que lui !

Sans réfléchir à ce qu'elle faisait, elle crispa le poing et lui frappa l'épaule.

Paul éclata de rire.

— Vous avez tenu le coup plus longtemps que je ne le pensais. C'est pour vous.

Une partie d'elle-même était froissée, car il avait deviné sa curiosité. De plus, elle était contrariée de constater qu'il la connaissait aussi bien. Dieu que cet homme l'agaçait !

Mais pas assez pour renoncer à saisir le paquet et à l'ouvrir vivement.

Il renfermait un carnet d'esquisses et une série de crayons, ainsi qu'une gomme. Un cadeau magnifique... Tous les hommes qu'elle avait rencontrés ne lui avaient offert que du parfum ou des bijoux. Ce matériel de dessin avait pour elle plus de valeur que le plus gros des diamants.

— Allons, Fiona, vous n'allez tout de même pas garder cet air triste ? fit-il en levant les sourcils. Donnez-moi plutôt une idée sur la façon de gagner de l'argent pour entretenir mon parc.

— Comment ? s'enquit la jeune femme, distraite.

— N'oubliez pas que vous avez détruit mon alligator. Vous avez une dette envers moi.

— Oui...

Il mit le clignotant et tourna à gauche, quittant l'autoroute.

— Aidez-moi à sauver mon parc. Quand nous serons enfin tirés d'affaire, je vais devoir faire des bénéfices. Et vous avez affirmé que vous pourriez concevoir un mannequin.

Ces paroles troublèrent Fiona. Quand ils seraient tirés d'affaire... Quand ils cesseraient de se cacher... Quand ils pourraient retrouver le monde réel...

Quand ils se quitteraient.

— Eh bien...

Elle hésita, baissant les yeux sur le carnet, le caressant du bout des doigts.

— Je vois, grommela-t-il. Vous êtes la femme d'une seule œuvre.

— L'auteur d'*Autant en emporte le vent* l'était aussi, répliqua-t-elle, ce qui fit rire Paul.

Lorsqu'il retrouva son sérieux, il revint à la charge :

— Alors, que feriez-vous pour développer le parc de Kendrick ? Du moins, si vous en étiez propriétaire ?

— Je...

Elle se tut un moment, réfléchissant à la question.

— Je trouverais une attraction qui plairait aux enfants, afin qu'ils demandent à leurs parents de les emmener au parc. Ce sont les enfants, les vrais consommateurs. Si on les attire dès leur plus jeune âge, ils poussent leurs parents à acheter. Quand ils deviennent parents à leur tour, ils continuent à consommer par nostalgie.

Son compagnon hocha la tête.

— Bien vu ! Je devrais peut-être fabriquer des oiseaux mécaniques...

Fiona ne parut pas l'entendre.

— Vous savez, j'ai eu de nombreuses idées, au fil des années. Et je me suis souvent dit que, si je devais tout recommencer, je créerais une poupée qui remplacerait Kimberly sur le marché.

Paul s'engagea sur une route de gravier.

— Une poupée qui se transforme en vautour à la nuit tombée ?

— Non, répondit-elle, en songeant au rapport entre une poupée et une réserve ornithologique. Cette poupée posséderait un parc, donc elle devrait être vétérinaire. Elle roulerait en Jeep et neutraliserait les braconniers. Kimberly, elle, ne doit affronter aucun méchant. Et...

Elle s'interrompit.

— Et quoi ? l'encouragea Paul en conduisant la Jeep vers ce qui ressemblait à un marécage.

Il devait connaître la région car il réussit à ne pas s'embourber. Plongée dans ses pensées, Fiona était à peine consciente de ce qui se passait autour d'elle.

— Cette poupée serait secrètement amoureuse d'un homme capable de respirer sous l'eau, fit-elle, le regard pétillant. Si son ami restait trop longtemps hors de l'eau, il risquerait de mourir. (Elle soupira.) Non... ce personnage existe déjà. Je vais devoir inventer autre chose.

Lorsque Paul ouvrit sa portière, elle leva enfin les yeux. Il tendit la main pour l'aider à descendre.

La jeune femme scruta les alentours.

— Nous sommes de retour dans votre parc, n'est-ce pas ?

— Je me suis dit qu'une journée en pleine nature nous ferait du bien, loin de *Raphael*, de Roy Hudson et de ces vieux hippies nostalgiques. Cela vous convient ?

— Vous pourrez observer les oiseaux pendant que je dessinerai.

— Tout à fait.

— C'est une excellente idée. Mais...

— Parlez. Qu'est-ce qui ne va pas ?

— Il y a le problème de l'argent. J'adorerais concevoir une poupée, mais cela restera un rêve. Je vous l'ai dit, le lancement d'un tel produit nécessite d'énormes investissements. Je refuse de travailler sur une poupée bas de gamme.

— Ce parc est déjà un véritable gouffre financier. Il serait utile de trouver un moyen de rapporter un peu d'argent dans les caisses. Kimberly a-t-elle sa propre série télévisée ?

Fiona ne put dissimuler son mépris.

— Non. Ces feuilletons sont peuplés d'horribles figurines. Ce ne sont pas des poupées. Personne n'a jamais...

Elle hésita, puis écarquilla les yeux.

D'un air entendu, Paul la prit par la main et l'emmena vers une petite colline, où il lui fit signe de s'asseoir.

— Pas même Walt Disney ? reprit-il en regardant dans ses jumelles.

— Je vous en prie ! Leurs personnages disparaissent au bout de quinze jours. Moi, je veux une poupée qui dure vingt ans.

Fiona baissa les yeux vers son carnet, qu'elle n'avait pas encore ouvert.

— Comment s'appellera-t-elle ? demanda-t-il.

— Qui ?

— Votre poupée. La fille des marais.

— Oh, il faut un nom qui évoque la nature, répondit Fiona en souriant. Octavia Holden. En souvenir de ce grand acteur, William Holden. Octavia a deux petits amis. L'un vit dans le monde civilisé, et l'autre est guide touristique dans les Everglades.

— Un peu comme vous, commenta Paul. Un homme de la ville, un autre des marais...

Mais elle ne l'écoutait pas.

— Le guide se prénomme Axel, et l'autre aura pour nom Justin...

Elle ouvrit enfin son carnet et se mit au travail. Ils restèrent silencieux pendant des heures. Fiona dessinait furieusement. Paul scrutait l'horizon, tout en prenant des notes. La jeune femme ne sortit de sa transe que lorsque son compagnon lui agita un sandwich sous le nez.

— Vous aviez tout prévu, constata-t-elle en posant ses croquis.

— C'est une réaction d'autodéfense. Je ne supportais plus l'odeur de l'encens... Vous avez remarqué que les Jones ont de curieuses plantations dans leur jardin ?

— Non...

— C'est un délit passible d'une peine d'emprisonnement.

— Je pense que nous serons vite incollables sur les diverses peines de prison, se moqua-t-elle.

— Montrez-moi vos dessins, proposa-t-il en prenant place à son côté.

Fiona sentit son parfum lui chatouiller les narines. Cette odeur poivrée et sauvage lui était devenue familière. Ils vivaient ensemble, partageaient la même voiture, avaient dormi dans le même lit. Lorsqu'il se pencha, elle sentit son souffle sur sa joue.

Comme elle ne disait rien, il se tourna vers elle. La jeune femme retint sa respiration. Leurs lèvres se frôlaient. Elle tressaillit.

— Vous voulez de la glace ? suggéra-t-il en s'écartant.

— Volontiers, répondit-elle vivement, le cœur battant la chamade.

— Vous alliez me raconter ce que vous avez trouvé, rappela-t-il en lui tendant un glaçon, tout en restant à distance.

Fiona s'étonna que le petit cube ne fonde pas aussitôt sur sa peau brûlante. Elle avait passé une excellente matinée. À présent, elle commençait à se rendre compte qu'ils étaient seuls, en pleine nature… Pourtant, n'étaient-ils pas isolés ainsi en permanence ? Ils vivaient dans une jolie maison, ils…

— « Le parc de l'aventure, une soif de connaissances », lut-il.

Elle leva les yeux vers lui.

— De quoi s'agit-il ? demanda-t-il.

— Simplement quelques notes. Par exemple, comment les enfants peuvent-ils prendre conscience de leur environnement, s'ils jettent leurs canettes vides par la vitre de la voiture sans constater les dégâts que cela provoque ? Vous pourriez utiliser le parc pour leur enseigner le respect de la nature.

Tandis qu'elle parlait, ses sens en émoi s'apaisèrent. Elle se concentra sur ses idées.

— Vous pourriez proposer des visites gratuites aux groupes de dix enfants, par exemple. Engager des étudiants pour jouer les guides. Mettre un peu d'animation, avec des rapaces mécaniques venant menacer les visiteurs. Les enfants seraient très impressionnés.

— Et comment financerait-on tout cela ?

— Grâce à la vente de la poupée, bien sûr.

— Que faites-vous des garçons ? Ne me dites pas que vous allez les pousser à jouer à la poupée !

— Je n'en ai aucune idée, avoua-t-elle. À quoi jouent les petits garçons ?

— À des jeux d'action, répondit Paul.

— En effet. Des jeux un peu violents, même... Eh bien, on leur donnera des alligators en plastique capables d'ouvrir la gueule, avec un bras d'homme entre les dents, une montre au poignet.

Au grand étonnement de Fiona, cette suggestion rendit son compagnon fou de rage.

— Ne plaisantez pas avec ce que vous ne connaissez pas.

Visiblement fâché, il se leva. Elle crut même qu'il allait retourner à la voiture. Avait-elle tout gâché ? Elle se lança à sa poursuite.

— Je regrette, dit-elle vivement, sans vraiment savoir de quoi elle s'excusait.

Elle posa une main sur son bras.

— C'est ainsi que l'on a retrouvé mon oncle Gil, expliqua-t-il.

Fiona ne comprit pas tout de suite.

— Retrouvé ? Je ne... (Elle retint son souffle.) Vous voulez dire que...

— Un jour, il est sorti pour observer les oiseaux, et il n'est jamais rentré. Nous avons retrouvé... sa montre en or, quelques semaines plus tard.

La jeune femme garda le silence. Sa gorge nouée lui faisait mal. Puis elle sursauta.

— Nous devrions peut-être rentrer, suggéra-t-il. Les moustiques vont...

Il s'interrompit en voyant son expression.

Fiona ignorait ce qui lui avait donné cette idée. Sans doute était-ce cette histoire de montre. Une montre en or... Derrière Paul se profilait un petit arbre noueux. Le soleil l'éclairait de telle sorte qu'un éclat métallique scintillait sur le tronc.

La main sur la bouche, les yeux écarquillés, elle fit un pas en avant.

— Quoi ? fit Paul.

— De l'or, bredouilla-t-elle.

— De l'or ? Où cela ?

— Les lions d'or...

Lentement, elle pointa le doigt vers l'arbre noueux, le fixant intensément. Tout d'abord, Paul ne lui trouva rien de particulier. Mais sa compagne semblait fascinée, hypnotisée.

Il posa ses jumelles, piétina des feuilles de palmiers et glissa la main sur le tronc. Enfin, il trouva un renflement. L'arbre était presque couvert de mousse, mais il parvint à extraire à l'aide de son canif ce qui ressemblait à un gros clou. La tête du clou portait le numéro 4. Et il était en or.

En rejoignant Fiona, il tendit la main, qui renfermait le clou en or.

Loin de s'en emparer, elle eut un mouvement de recul, visiblement choquée.

— Que se passe-t-il ? Parlez !

— Je...

Elle s'éclaircit la gorge.

— Je possède la vraie carte du trésor. Mon père me l'avait envoyée. Je sais où sont cachés les lions d'or... Et ce clou est un repère.

Paul ne bougea pas, se contentant de regarder la jeune femme, puis le clou. Si celui-ci était un repère sur la carte...

— Les lions sont cachés dans mon parc ? murmura-t-il.

Puis il hocha la tête et ajouta :

— Mon oncle les avait sans doute découverts. Voilà pourquoi il a été tué.

16

— Bon, vous excuserez ma grande stupidité, mais j'aimerais que vous me racontiez tout cela une nouvelle fois. Qu'avez-vous fait de la carte ?

Fiona le fusilla du regard. Les bras croisés, les lèvres pincées, la jeune femme avait du mal à conserver son équilibre sur ce terrain marécageux.

— J'ignorais qu'il s'agissait d'une carte authentique. Au total, mon père m'a adressé vingt-deux cartes. La première est arrivée lorsque j'avais un an. Elle représentait la montagne des Sucettes. Ensuite, il y en a eu plein d'autres. Comment aurais-je pu me douter un instant que l'une d'elles était authentique ?

— D'accord, admit Paul en lui tournant le dos pour dissimuler sa contrariété.

Il l'avait déjà interrogée sur ces fameuses cartes plusieurs jours auparavant, mais Fiona avait affirmé qu'elles étaient fantaisistes. À présent, ils se retrouvaient avec un clou en or. Et ces clous constituaient des repères sur l'une des cartes.

Il se retourna, plus calme :

— Bon, expliquez-moi encore.

Fiona serra les dents. Ce goujat se comportait comme si elle avait délibérément caché des informations.

— Quand j'avais neuf ans, il m'a envoyé la carte aux clous. C'est en tout cas ainsi que la surnommait mon amie Ashley. C'était sa préférée.

— Neuf ans...

Paul se mit à faire les cent pas, les mains derrière le dos, malgré le peu d'espace dont il disposait. Tout autour d'eux s'étendaient les marécages. Fiona était persuadée d'avoir aperçu une silhouette inquiétante, sous la surface de l'eau...

— Mais vous avez reçu l'histoire de Raffles à l'âge de onze ans. Ce sont ces lettres qui vous ont été volées, n'est-ce pas ? La carte de vos onze ans a-t-elle aussi disparu ?

— Oui, répondit-elle, tandis que la peur commençait à prendre le pas sur sa colère.

Paul avait toujours affirmé que le plan machiavélique devait être prévu de longue date. Elle comprenait à présent combien il avait raison.

— Votre père vous a donc adressé la véritable carte, deux ans avant de vous envoyer l'histoire ?

— Oui.

— Et pendant toutes ces années, les cartes – sauf celle de vos onze ans, que l'on vous a volée – ont traîné dans l'entrée de votre appartement new-yorkais ?

— Exactement.

— Et maintenant, où sont-elles ?

Il attendit sa réponse.

— La dernière fois que je les ai vues, elles étaient sur le sol de mon bureau, dans un sac du grand magasin Saks. Je devais les rapporter chez moi.

— Formidable ! railla Paul en s'asseyant sur une souche. Vous croyez que l'on peut appeler votre patron, pour qu'il nous les envoie ?

— Je savais bien que vous ne m'écoutiez pas, grommela Fiona, les mains sur les hanches.

Pourquoi s'évertuait-il à la mettre en colère ? Pourquoi ne se contentait-il pas de l'écouter et…

— Je vous écoute. Racontez-moi tout, je vous en prie. J'ai tout mon temps.

Sur ces mots, il croisa les bras et leva les yeux vers elle, tout sourire.

Elle inspira profondément.

— Très bien. Je vais m'efforcer d'être claire. Deux fois par an, Kimberly se voit confier une mission de la plus haute importance. Nous laissons entendre que cette mission lui est confiée par le président des États-Unis en personne. Au fil des mois, Kimberly a travaillé dans un cirque, elle a été guide touristique dans un village de pionniers, elle a aussi été actrice shakespearienne, décoratrice d'intérieur et…

— Ce sont des stratégies destinées à faire vendre de nouveaux accessoires à chaque changement de personnage ?

— Vous commencez à comprendre, rétorqua Fiona un peu trop sèchement. Mais pas toujours. Une fois, un vieux milliardaire a engagé Kimberly comme exécuteur testamentaire, afin qu'elle distribue son argent à des œuvres caritatives après sa mort. Il voulait punir ses héritiers avides. Il n'y avait aucun accessoire, cette fois-là.

— Et à présent ?

— Cette année, Kimberly a dû apprendre le dessin et la géographie pour devenir cartographe. Il existerait de nombreux sites encore inexplorés au fin fond du Montana, ainsi que dans l'Arizona. Le président des États-Unis...

— Épargnez-moi les détails, coupa Paul. Qu'avez-vous fait des cartes que votre père vous a envoyées ?

— Figurez-vous que j'en ai garni la malle de Kimberly. Chaque nouveau personnage possède en général une tenue particulière et une gamme d'accessoires. Ainsi, quand Kimberly est partie en mission en Angleterre, en tant que nurse dans une vieille demeure victorienne, nous avons lancé une ligne de vêtements et des gadgets de style victorien, ainsi qu'un livre sur la vie à l'époque victorienne.

— Une cartographe se devait d'avoir une malle.

Elle hocha la tête.

— Une malle pleine d'instruments et d'ouvrages relatifs à la géographie.

— Et c'est une carte de votre père qui tapisse le fond de ladite malle.

— Le concepteur et moi avons eu l'idée d'effectuer une sorte de collage avec toutes les cartes de mon père. Puis il les a fait imprimer sous forme de papier d'emballage. Ce modèle est vendu avec la Kimberly cartographe.

Il frappa dans ses mains, radieux.

— Ainsi, il ne nous reste plus qu'à acheter une malle et à l'ouvrir pour trouver la carte !

Fiona détourna un instant les yeux vers les arbres. Un superbe oiseau violet était perché sur une branche. Elle eut envie de demander à Paul de quelle espèce il s'agissait... histoire de gagner du temps.

Enfin, elle respira profondément et se tourna vers lui.

— Pas tout à fait. Il y avait vingt et une cartes d'environ trois mètres sur trois mètres cinquante. Les cartes de mon père étaient immenses et détaillées. Alors, même réduites, elles étaient encore impressionnantes.

Paul se contenta de la regarder, cherchant à comprendre où elle voulait en venir.

— Quelle est la surface du papier qui tapisse le fond de chaque malle ?

— Environ... dix centimètres carrés.

Il déglutit.

— Autrement dit, nous allons devoir acheter des centaines de ces foutues malles, pour reconstituer le document dans son intégralité et découper la carte qui nous intéresse ?

Elle poussa un soupir.

— Je parlerais plutôt de milliers. Plusieurs malles peuvent très bien contenir le même morceau de carte. C'est ce qui se produira, si nous les achetons toutes au même endroit. Et n'oubliez pas que ces cartes sont vendues avec la Kimberly cartographe.

— Parce qu'il faut obligatoirement acheter la poupée pour obtenir la malle ?

Elle haussa les épaules.

— L'objectif de l'entreprise est de vendre la poupée, pas uniquement ses accessoires.

L'enthousiasme de Paul était retombé. Il réfléchit un instant, cherchant une solution.

— Et si j'engageais quelqu'un pour cambrioler les locaux de Davidson et dérober...

— Vous ne pouvez imaginer à quel point le système de sécurité d'une manufacture de jouets est sophistiqué. Si vous saviez combien d'argent mes collègues se sont vu proposer, en échange du secret de la prochaine Kimberly. Ils...

Sa voix s'éteignit. À quoi bon parler de tout cela ? Elle n'avait plus rien à voir avec Kimberly.

— Les filles... fit soudain Paul. Ce sont les petites filles qui achètent ces poupées, non ?

— Par millions.

— Si on parvenait à faire acheter des Kimberly cartographes à de nombreuses petites filles, nous pourrions leur demander de nous faxer les cartes...

— Et offrir une récompense à quiconque nous procurerait une pièce du puzzle qui nous manque...

— Cette récompense pourrait être une réduction sur la future Olivia fille-oiseau.

— Octavia naturaliste, corrigea Fiona. Mais si nous nous révélons publiquement, par le biais d'Internet par exemple, comment empêcher la police de nous retrouver ?

— Facile. Ne faisons pas appel à n'importe qui, mais à des enfants de ma famille.

— Votre famille ? répéta Fiona, étonnée. Vous n'avez pas des centaines de nièces, que je sache ! Et il faudrait qu'elles habitent un peu partout aux États-Unis. De plus, qui va payer toutes ces poupées ?

— Leurs parents, répondit Paul en entraînant la jeune femme vers la voiture.

Ce fut tout ce qu'elle put tirer de lui durant le trajet de retour vers l'Orchidée bleue.

— C'était une gallinule violacée.

— Quoi ?

— Cet oiseau que vous observiez.

— Vraiment ? C'est bien involontairement que j'observais vos maudits oiseaux. Je les trouve tellement ennuyeux...

Il lui adressa un sourire si taquin qu'elle lui tapa gentiment le bras.

— Aïe ! s'exclama-t-il, feignant la douleur. Vous êtes vraiment une mégère. Je parie que le pauvre Jeremy est plein de contusions.

Cette remarque ramena aussitôt Fiona sur terre. Cela faisait plusieurs jours qu'elle n'avait pas pensé à Jeremy... Sa vie tournait à présent autour d'un autre homme. Même si de nombreux aspects du personnage demeuraient un mystère, elle avait désormais l'impression de mieux connaître Paul Montgomery que Jeremy. Pourtant, ils avaient partagé le même lit des centaines de fois, mais elle n'avait jamais vécu avec Jeremy au quotidien. Aujourd'hui, elle savait ce que Paul aimait manger le matin, ce qu'il portait, ce qu'il pensait...

— Je crois que je vais lui téléphoner dès notre arrivée, murmura-t-elle.

— Attendez que nous ayons cette maudite carte, répliqua Paul. Ainsi, vous aurez une bonne nouvelle à lui annoncer.

— D'accord, dit-elle vivement. J'attendrai.

— Trois ? fit Paul au téléphone. Espèce de petit monstre ! Qui t'a appris à négocier ainsi ?

Il se tourna vers Fiona, posa la main sur le combiné et déclara :

— Elle exige trois exemplaires gratuits de chaque poupée, avec les accessoires ! Et elle a une liste d'amies qui veulent recevoir la poupée.

— Nous sommes en train de parler d'un produit qui n'existe pas encore, et qui ne verra sans doute jamais le jour, répondit Fiona, nerveuse. Quelle est donc cette famille où les fillettes de neuf ans discutent comme des chiffonniers ?

— Hum, fit Paul avant de reprendre sa conversation avec sa nièce. Oui… mais figure-toi que j'ai un fax ! Et je n'ai encore rien reçu.

Il se tut un moment.

— Nous en discuterons quand j'aurai reçu de nouvelles cartes… Pas question ! C'est Mlle Burkenhalter qui s'en occupe, et elle est la seule responsable dans ce domaine. À présent, va vite acheter ces poupées ! Je veux recevoir des fax d'ici une heure.

Fiona était assise à côté de Paul sur le canapé, les yeux écarquillés. Elle n'arrivait pas à croire que son compagnon s'adressait à une enfant.

— Que voulait-elle encore ? s'enquit-elle dès qu'il eut raccroché.

— Faire partie du comité consultatif de la nouvelle société de jouets. Elle tient à avoir un droit de regard sur la nouvelle poupée… Il y a quelque chose à manger ?

— Venez. Je vais vous préparer quelque chose.

Paul s'attabla dans la cuisine, tandis que Fiona confectionnait un sandwich copieux.

— Comment pouvez-vous envisager de distribuer gratuitement des poupées qui n'existent pas et qui n'existeront sans doute jamais ? demanda-t-elle. Même si nous nous sortons un jour de ce pétrin, qui nous procurera un financement ?

— Il va bien falloir trouver une solution… Avec de la mayonnaise, s'il vous plaît, et…

Paul s'interrompit en entendant la sonnerie du téléphone. Ils échangèrent un regard furtif. Seul Michael Taggert, le cousin de Paul, connaissait ce numéro. Or ils venaient tout juste de lui parler.

Il décrocha vivement, puis attendit en silence.

— Oui… oui, elle est là, grommela-t-il.

Troublée par ce ton brusque, la jeune femme saisit à son tour le combiné.

— Fiona chérie, susurra la voix de Jeremy.

Cela faisait si longtemps qu'elle ne l'avait pas entendu… L'avait-il toujours appelée chérie ?

— Oui, bredouilla-t-elle, se sentant coupable.

La dernière fois qu'elle l'avait vu, à la télévision, il l'implorait de se rendre à la police.

— Comment vas-tu, chérie ?

— Bien, affirma-t-elle, la gorge nouée. Et toi… chéri ?

Assis sur un tabouret de bar, Paul regardait par la fenêtre, en direction de la piscine, le visage impassible.

— Comment pourrais-je aller bien sans toi ?

La jeune femme fronça les sourcils, consternée. Depuis quand Jeremy jouait-il les amoureux transis ?

— Que se passe-t-il ? demanda-t-elle.

— Rien… pour l'instant. La police est toujours à vos trousses. As-tu entendu parler du double meurtre d'hier soir ? Montgomery et toi êtes passés au second plan de l'actualité, pour quelque temps.

— Non. Paul et moi ne… enfin, je ne regarde pas les nouvelles, car cela nous fait trop de peine… enfin, cela me bouleverse trop… Écoute, Jeremy, Paul et moi avons eu une idée. Nous pensons être sur le point de découvrir qui a assassiné Roy Hudson, et pourquoi il a été tué. Ensuite…

Il l'interrompit.

— Chérie, je te comprends très bien. Prends tout le temps qu'il te faudra.

— Comment ? Je croyais que tu voulais que nous… que je me rende ?

— Oui, bien sûr… En tant qu'avocat, c'est le seul conseil avisé que je puisse te donner. Mais je suis aussi un homme… Tu ne l'as pas oublié, n'est-ce pas, chérie ?

Elle marqua une pause.

— Jeremy, tu me fais peur. Que se passe-t-il ? Tu es bizarre, tout à coup…

À ces mots, Paul se tourna vivement vers elle, les sourcils levés.

Fiona lui adressa un signe d'impuissance.

— Jeremy, pourquoi m'as-tu appelée ? reprit-elle. Qui t'a donné ce numéro ? L'as-tu confié à la police ?

— Bien sûr que non, chérie, répondit-il, ignorant les deux premières questions. Et s'ils découvrent que je connais ce numéro, je prétendrai que j'ignorais qu'il menait à toi. Voilà pourquoi je t'appelle d'une cabine publique.

— Pourquoi m'as-tu appelée ? insista-t-elle.

Il y avait une inflexion étrange dans sa voix. Le Jeremy qu'elle connaissait l'aurait incitée à se rendre au plus vite, lui reprochant de ne pas être dans la légalité. Le Jeremy qu'elle connaissait n'oubliait jamais qu'il était avocat, quelles que soient les circonstances. Il avait un sens du devoir très développé. Or il s'adressait à une criminelle en cavale.

— Je voulais juste savoir comment tu allais, si tu avais besoin de quelque chose…

Une carte ! faillit-elle dire, mais elle préféra ne rien lui révéler. Il se trouvait peut-être dans un commissariat.

— Je vais très bien, assura-t-elle. Nous allons bien tous les deux.

Il émit un rire forcé.

— Ah oui… toi et Paul. J'ai beaucoup entendu parler de lui. C'est un type bien, on dirait.

— En effet, fit-elle, les lèvres pincées.

Jeremy rit de plus belle.

— Nous traversons tous deux des moments difficiles. Enfin, chérie, je te rappellerai plus tard. Bonne chance.

Il raccrocha.

La jeune femme resta un moment immobile, combiné en main. Que venait-il de se passer, au juste ? Jeremy avait-il décidé de l'abandonner, car il ne voulait pas être impliqué avec une criminelle ? C'était improbable. S'il plaidait sa cause lors d'un procès, sa carrière serait assurée. Les problèmes de Fiona représentaient un rêve pour lui.

— Qu'est-ce qu'il voulait ? demanda Paul en lui prenant le combiné des mains, pour le poser sur son socle.

Elle hésita.

— Il… il voulait simplement me dire qu'il m'aimait.

— Formidable ! Et vous supplier de vous rendre à la police, sans doute ?

— Justement, non… Il nous reste de la salade d'hier soir ?

Paul la suivit vers le réfrigérateur, intrigué.

— Il ne vous a pas demandé de vous rendre ? N'est-ce pas inhabituel, pour un avocat ? Ces gens ne prêtent-ils pas serment ?

— Ce sont les médecins. Les avocats, eux, se débrouillent pour se tirer d'affaire.

Elle passa devant lui pour poser la crème glacée sur la table.

— Son appel vous a bouleversée…

— Bien sûr que non, répliqua-t-elle. Après tout ce que j'ai subi, ces derniers temps, plus rien ne peut me toucher… Ne devrions-nous pas commencer à recevoir des fax ?

Un sourire aux lèvres, Paul lui prit les poignets.

— Vous n'allez pas manger cela ?

Baissant les yeux, Fiona se rendit compte qu'elle venait de tartiner de la crème glacée sur une tranche de pain, avant d'y poser des cornichons !

— À moins que ce ne soit une envie de femme enceinte, ajouta-t-il, taquin.

Elle leva vers lui des yeux embués de larmes.

— Je veux rentrer chez moi, souffla-t-elle, en proie à un profond désespoir. Je veux retrouver ma vie, je veux…

— Chut… murmura-t-il en la prenant dans ses bras. Du calme… Tout va s'arranger, c'est promis.

Confiante, elle se blottit contre lui, contre son corps puissant. Il lui caressa doucement les cheveux. Son contact sécurisant ravit la jeune femme.

Puis il se mit à déposer de petits baisers dans son cou. Presque malgré elle, elle lui rendit ses caresses…

— Chérie, cela fait si longtemps que j'attends ce moment… chuchota-t-il. Si tu savais ce que je ressens à te regarder, être près de toi, te parler, t'écouter, sans oser te toucher, je…

N'y tenant plus, elle le fit taire d'un baiser.

— Je t'en supplie, fais-moi l'amour… murmura-t-elle fébrilement.

Il la souleva dans ses bras pour l'entraîner vers la chambre.

Fiona se pelotonna contre lui. Elle s'était toujours trouvée trop grande pour être portée, telle Scarlett O'Hara dans *Autant en emporte le vent*, enlevée par un homme qu'elle désirait, pour une nuit de passion. Paul, lui, avait la stature nécessaire.

Elle enfouit le visage dans son cou, effleurant sa peau de ses lèvres avides. Comme elle avait faim de lui…

Arrivé en haut des marches, Paul se dirigea vers la chambre à coucher. Le cœur de la jeune femme s'emballa. Toutes ces journées passées ensemble… Pendant tout ce temps, ils s'étaient désirés sans oser se l'avouer.

Sur le seuil, pourtant, elle sentit son compagnon se raidir brusquement.

— Tout va bien, souffla-t-elle à son oreille, le croyant troublé. Tout ira bien…

Elle n'osait songer aux implications de ce qui allait se passer. Il ne fallait surtout pas penser à Lisa ou à Jeremy…

Soudain, Paul se retourna et la déposa à terre. Il la prit par la main, et l'incita à dévaler les marches.

— Qu'est-ce que tu fabriques ? s'exclama-t-elle.

Il la tirait si fort qu'elle faillit trébucher. D'un geste vif, Fiona dégagea sa main et se mit à gravir les marches quatre à quatre, revenant sur ses pas.

— Attends !

Paul ne la rattrapa que sur le seuil de la chambre.

C'était la chambre de Paul, la plus vaste. Les rideaux étaient tirés, mais la lampe de chevet était allumée. L'atmosphère était presque chaleureuse. Une femme était paisiblement étendue sur le lit, les couvertures remontées jusqu'au cou.

Sans ce clou doré enfoncé dans la gorge, et le filet de sang sur son cou, nul ne se serait douté que quelque chose n'allait pas…

Fiona fixa la scène macabre avec effroi, le cœur battant à tout rompre.

Son compagnon l'écarta doucement et alla se pencher sur la silhouette allongée.

Ce n'était autre que Rose Childers, leur voisine.

— Pauvre Rose, murmura Fiona, au pied du lit, cherchant à contrôler son émotion. Faut-il appeler une ambulance ?

Paul lui adressa un regard incrédule. Puis il la saisit par les épaules et la poussa vers un fauteuil, dans un coin de la pièce.

— Assieds-toi et ne dis rien. C'est le moment de réfléchir. Il faut décider de ce que nous allons faire.

Si Rose est portée disparue, la police sera ici dans quelques minutes.

Fiona leva une main pour repousser ses cheveux en arrière. Elle tremblait tellement qu'elle la baissa aussitôt. Elle regarda Paul, qui soulevait doucement les couvertures. La femme était nue, « naturelle », comme elle aimait à le répéter. Rose n'affirmait-elle pas qu'il fallait rester « naturel » en toutes circonstances ?

— Je regrette de l'avoir jugée agaçante, soupira Fiona. Elle ne méritait pas... ça.

La jeune femme ne parvenait pas à détacher les yeux de la gorge de la victime. Qu'avait-elle pu ressentir, au moment de mourir ? Son corps dénudé n'était pas beau à voir, inerte et sans vie. C'était un spectacle gênant, impudique.

Quand Paul la retourna doucement, elle ferma les yeux. Autrefois, dans son ancienne vie, personne ne manipulait de cadavres...

— Je me demande si elle s'appelait déjà Rose avant ceci... dit-il, attirant l'attention de la jeune femme.

En l'espace d'une seconde, Fiona retrouva ses esprits et rejoignit Paul près du lit, pour observer la hanche de Rose.

— Ô mon Dieu ! s'exclama-t-elle, portant la main à ses lèvres.

— Quoi ?

Fiona sentit sa gorge se nouer et respira profondément.

— Dans *Raffles*, l'homme qui se trouve être en réalité une femme... il avait ceci...

Elle désignait un tatouage, qui représentait un bouquet de roses magnifiques.

Paul remit le corps en place et se redressa.

— On se rapproche enfin de quelque chose.

— De quoi ? ironisa Fiona, élevant le ton. Nous nous rapprochons de la mort ? Nous allons bientôt nous retrouver, nous aussi, avec un clou enfoncé dans la gorge ?

Paul ôta le clou de la gorge de la victime et l'examina.

— Il porte le numéro 3, annonça-t-il.

Sur le point de défaillir, la jeune femme s'écroula sur le fauteuil.

La sonnerie du téléphone les fit sursauter. Fiona écarquilla les yeux.

— C'est la deuxième ligne, expliqua-t-il. Le fax. Reste ici. Je vais aller voir…

Sans un mot, elle lui emboîta le pas. Lorsqu'il atteignit le fax, il se rendit compte qu'elle le suivait comme son ombre.

— Tu me serres de si près que je peux à peine bouger les bras, protesta-t-il.

Toutefois, il ne semblait en rien agacé par son attitude. Fiona prit le document sur la machine.

— Ça marche ! lança-t-elle en lui tendant la feuille.

Ils emportèrent leur butin dans le salon, où ils avaient préparé des ciseaux et du ruban adhésif.

Quelques minutes plus tard, ils possédaient la moitié de deux cartes, et un tiers de quatre autres.

— C'est un bon début, non ?

— Oui, marmonna Paul. Je me disais… Tu serais peut-être plus en sécurité en…

Elle s'écarta brusquement de lui.

— En prison ? C'est cela ? Tu resterais dehors, et moi je croupirais derrière les barreaux ?

— Tu serais en sécurité pendant que…

Voyant son expression, il s'interrompit.

— Très bien, on reste ensemble. D'accord ?

Lentement, Fiona opina. Elle faillit lui avouer qu'elle le suivrait jusqu'au bout du monde.

— Dis-moi, reprit-il, tu n'es pas en train de tomber amoureuse, par hasard ? Prendre du bon temps ensemble est une chose, mais l'amour en est une autre.

— Je…

Elle se raidit.

— Qui pourrait tomber amoureuse de toi ? Tu es certainement le dernier homme sur terre dont…

Elle se tut en entendant sonner à la porte. Lançant un regard affolé vers la chambre, elle hésita.

— Reste ici et ne dis rien.

Une fois encore, la jeune femme ne tint aucun compte de ses ordres. Elle lui emboîta le pas, collée à son dos. Il la repoussa, mais rien n'y fit. Enfin, il ouvrit la porte. C'était Suzie, la sportive, vêtue d'un short, exposant ses jambes de rêve.

— Désolée de vous déranger. Pourriez-vous me donner un peu de sucre ?

— Bien sûr, fit Paul en s'écartant pour la laisser entrer, ce qui n'était pas facile car Fiona était encore agrippée à lui.

Lorsqu'il se rendit à la cuisine, elle ne le lâcha pas d'une semelle. Il alla chercher du sucre dans le placard.

— Belle journée, non ? commenta Suzie en balayant la pièce des yeux.

Fiona esquissa un sourire figé, incapable de répondre.

— Comment va Rose, ce matin ? demanda Paul à Suzie en lui tendant un paquet de sucre.

Il dut rattraper Fiona pour l'empêcher de défaillir.

— Bien, sans doute, répliqua Suzie avec un large sourire. Vous n'auriez pas du café, par hasard ?

— Non, mais je peux vous en préparer, répondit Paul aimablement.

Il tourna le dos aux deux femmes pour se diriger vers la cafetière.

Suzie adressa à Fiona un sourire radieux.

— N'est-ce pas la sonnerie du téléphone ?

Voyant que sa compagne ne réagissait pas, Paul intervint :

— Chérie, tu veux aller voir ce que nous avons reçu ?

Ne sachant plus qui était la « chérie » en question, Fiona ne broncha pas, fixant toujours Suzie. Et si elle découvrait le cadavre à l'étage ?... De toute façon, Paul et elle étaient déjà accusés d'avoir commis deux meurtres. Un de plus ne changerait pas grand-chose. On ne pouvait les pendre deux fois.

— Je crois que ce fax représente une partie de la carte, déclara Suzie. Ce serait dommage de manquer cela, non ?

Paul songea soudain que la maison devait être truffée de micros et que quelqu'un les espionnait. D'un geste brusque, il saisit les deux femmes par le bras et les entraîna dehors. Au bord de la piscine, il leur fit signe de se taire. Puis il regarda Suzie et désigna la piscine.

Elle fit non de la tête.

— Et si vous m'expliquiez ce qui se passe ? gronda Fiona avec impatience. À moins que vous ne souhaitiez ouvrir une école de mime, tous les deux ?

— Les micros, répondit Paul comme si cela expliquait tout.

— Les micros ? répéta Fiona, qui tressaillit.

Paul fit signe à Suzie de s'asseoir sur l'une des quatre chaises qui entouraient la table en verre. Puis il s'installa en face d'elle. Fiona l'imita.

— Et si on discutait ?

— Rose est-elle... ? demanda Suzie.

— Oui, elle est morte, confirma Paul. Dans notre maison. Dans notre lit... J'aimerais bien savoir qui d'autre est au courant.

— Vous voulez dire, si quelqu'un de la résidence sait qui vous êtes vraiment ?

Elle n'attendit pas la réponse.

— Bien sûr qu'ils le savent. Il faudrait être sourd et aveugle pour ne pas le deviner... Ma chérie, ajouta Suzie, s'adressant à Fiona, aucun chirurgien esthétique n'est capable de rendre une femme aussi jeune que vous.

Fiona décida que cette femme lui était sympathique, après tout. Selon toute vraisemblance, c'était elle qui les avait fait venir ici.

— La moitié des pensionnaires est à la recherche de ces lions d'or, expliqua Suzie. Et si vous les trouvez, vous aurez une dizaine de personnes sur les talons, revolver au poing.

— À part Wallis, dit tranquillement Fiona. Dans l'histoire de mon père, il ne se servait que d'un couteau.

Ils la dévisagèrent.

— Je ne crois pas que vous vous rendiez compte de tout ce qu'elle sait, déclara Suzie à Paul, désignant Fiona. Certains veulent la tuer à cause de ce qu'elle sait, et certains la veulent vivante pour la même raison. En vérité, Fiona, vous seriez bien plus en sécurité en prison.

— Je le pense aussi, renchérit Paul.

Sous la table, il prit la main de Fiona et la serra. La sentant trembler, il la garda dans la sienne.

— Qui a tué Roy Hudson ? demanda-t-elle.

Elle voulait avoir un regard détaché, logique, oublier ce cadavre dans la chambre, oublier la sonnerie du fax, qui débitait une nouvelle partie d'une carte pour laquelle les gens s'entre-tuaient.

— L'un d'entre eux, répliqua Suzie en haussant les épaules. Je n'étais pas là, et je ne suis pas au courant. À présent, je préfère rester en dehors de tout cela. Je déteste savoir des choses qui peuvent me coûter la vie.

— Moi aussi ! s'écria Fiona, qui sentit la main de Paul presser la sienne.

— Mais vous êtes la fille de Smokey. Il vous a parlé. Qui aurait pu croire que distraire une enfant qui a la jambe cassée pourrait se…

— Comment êtes-vous au courant de ces détails précis ? coupa Paul.

— J'étais là, expliqua Suzie, se contredisant. Enfin, je ne faisais pas partie de l'expédition qui cherchait les lions d'or, mais je…

— Vous étiez l'une des deux femmes qui voulaient récupérer l'histoire, déclara Fiona, les yeux écarquillés. Vous étiez la petite amie de…

— D'Edward King, compléta Suzie en la regardant droit dans les yeux. Dans l'histoire, il s'appelle Wallis. Et non Wallace, comme dans les journaux.

Fiona cligna les yeux.

— Bien sûr, Wallace Simpson ! (Elle se tourna vers Paul.) Vous savez, ce prince qui a renoncé au trône d'Angleterre. Il s'appelait Edward, et la femme…

Elle s'interrompit en voyant les deux autres échanger un regard entendu.

— Qu'est-ce qu'il y a, encore ?

La jeune femme devina que, de nouveau, elle venait de révéler qu'elle en savait plus qu'elle ne l'avait imaginé.

— Qui était l'autre femme ? demanda Paul. S'il y en avait deux, qui était l'autre ?

— Lila, murmura Suzie.

— Quoi ! fit Fiona en se levant d'un bond. Ah non ! Il n'y a aucun personnage de ce nom dans l'histoire ! Il n'y en a jamais eu.

Sur ces mots, elle regagna la maison. Elle se sentait trop fébrile pour rester assise.

Suzie et Paul restèrent seuls.

— Qu'est-ce que vous racontez ? reprit-il. Je n'ai jamais entendu parler de Lila.

Elle respira profondément.

— D'après la réaction de Fiona, je pense que Smokey lui a raconté que l'un des chercheurs de trésor était une prostituée, mais il n'a pas précisé son nom.

Paul ne comprenait toujours pas.

— On ne parlait pas beaucoup d'elle dans l'histoire, mais... c'était assez sordide. Vous savez, la drogue, les hommes, une vie de trafics en tout genre et de mauvaises fréquentations...

Comme il la fixait, perplexe, elle poursuivit :

— Elle n'avait pas toujours été aussi paumée. On m'a raconté que, plusieurs années auparavant, elle avait été une véritable beauté, une grande brune. Elle a même eu un enfant. Une fille. Son père lui a donné le prénom de sa mère...

Suzie n'en dit pas davantage. Paul mit un certain temps à se souvenir qu'il avait vu les initiales FLB sur le sac de Fiona. *Fiona Lila Burkenhalter.*

— Sa mère était...

— Oui, répondit Suzie.

Il se leva brusquement et partit à la recherche de la jeune femme.

17

Paul mit un certain temps à retrouver Fiona. Terrée dans sa chambre, elle discutait au téléphone avec animation.

— Tu veux bien me rendre ce service ? demandait-elle. Voilà, c'est le bon logiciel. Euh, Jane… je… Écoute, je ne peux rien te divulguer pour l'instant, mais sache que c'est très important pour moi.

Après avoir remercié son amie, Fiona raccrocha. Puis, sans un regard pour Paul, elle ouvrit le placard et se mit à jeter ses vêtements pêle-mêle dans son sac à dos.

— Cette traque ne cessera pas tant que ces… commença-t-elle vivement.

Elle avait envie d'ajouter : « Tant que ces maudits lions n'auront pas été retrouvés. » Mais elle songea aux micros et se ravisa :

— Je pars à la recherche de ce que nous avons perdu.

— Avec ou sans moi ? demanda Paul, adossé au chambranle de la porte, les bras croisés.

— À ta guise.

— Je vois. Tu vas retourner dans mon parc et arpenter les marais toute seule ?

— Je pourrais engager un guide. Je lui verserais une part du butin en échange de ses services. Non, encore mieux… je lui ferais cadeau des… objets en question dès que nous les aurons retrouvés.

— Que fais-tu de la notion de propriété privée ?

Paul s'approcha et voulut la prendre par le bras, mais elle se dégagea.

— Depuis quand suis-je devenu ton ennemi ? chuchota-t-il.

— Depuis que je suis la fille d'une vulgaire prostituée, rétorqua-t-elle sur le même ton, le regard empli d'effroi.

La jeune femme regretta aussitôt ses paroles. Elle n'osait même pas penser à l'horreur de ce qu'elle venait de dire.

Paul lui prit gentiment les épaules et la fit pivoter vers lui. Elle voulut s'éloigner, mais il la retint fermement.

— Nous n'avons pas le temps de nous occuper de cela pour l'instant. Tu comprends ? Je me moque de savoir qui était ton père ou ta mère. Tout ce qui compte, c'est de retrouver l'assassin qui massacre ces gens, afin de laver notre réputation.

— *Ta* réputation, peut-être, rétorqua Fiona en se dégageant. La mienne est à jamais entachée. Tous les journaux vont parler de mes… origines.

Découragée, elle cessa tout à coup de faire ses bagages et prit une profonde inspiration.

— Laisse-moi. Tu ne peux pas comprendre, ajouta-t-elle doucement.

— Comment ne pourrais-je pas comprendre que, toute ta vie, tu as cru savoir qui tu étais, et qu'en l'espace d'une minute tu viens de découvrir qu'il s'agissait d'un tissu de mensonges ?

Elle s'assit sur le lit. Paul vint s'installer près d'elle et l'enlaça. Avec un soupir, la jeune femme posa la tête sur son épaule rassurante.

— Je sais ce que c'est d'être de nulle part, reprit-il. J'ai grandi dans une famille où l'on se sent seul dès que l'on n'est pas entouré d'une dizaine de personnes. Moi, je ne voulais qu'une chose : vivre avec mon oncle dans une bicoque sans eau courante, en pleine jungle, pour observer la nature, les oiseaux. Parfois, nous passions des journées entières sans échanger un seul mot. Mais, quand nous discutions, c'était...

— Par sifflements ? hasarda Fiona, à son propre étonnement.

Comment pouvait-elle plaisanter en un instant pareil ?

— Voilà qui est beaucoup mieux ! s'exclama Paul en riant.

Le plus naturellement du monde, il se pencha pour l'embrasser.

— Elle va bien ? s'enquit alors Suzie, sur le pas de la porte.

Fiona pouffa en entendant son compagnon étouffer un juron.

— J'aurais dû fermer la porte, souffla-t-il avant de se tourner vers l'intruse. Très bien ! lança-t-il.

— Tant mieux, dit Suzie en s'éloignant. Je me demandais simplement ce que vous comptiez faire de... de Rose.

— On l'emmène avec nous, rétorqua-t-il.

Il mit un doigt sur ses lèvres en désignant plusieurs coins de la chambre. Les deux femmes avaient-elles oublié la présence des micros ?

— Oui, fit Fiona en se levant. Rose vient avec nous. Vous connaissez notre chère Rose, elle a toujours été proche de la nature. Il est normal que nous l'emmenions, puisque nous effectuons en quelque sorte un retour à la nature... N'est-ce pas, chéri ? Tu m'avais promis ce pique-nique au grand air !

— En effet, répondit Paul. Le pique-nique sera pour demain. Je crois qu'il est un peu trop tard, aujourd'hui. N'est-ce pas, mon ange ?

— Je suis si heureuse que vous m'ayez invitée à me joindre à vous ! renchérit Suzie. Je serai ravie de vous accompagner.

Effarés, Fiona et Paul secouèrent vigoureusement la tête. Suzie pinça les lèvres et opina. Elle comptait les suivre, que cela leur plaise ou non.

— En fait, reprit-elle, je crois que je ferais mieux de passer la nuit ici, chez vous. Ainsi, je serais fin prête pour partir demain, dès l'aube.

— Que diriez-vous d'une petite baignade, pour l'instant ? suggéra Paul. Un peu d'air nous fera du bien.

Sur ces mots, tous trois se précipitèrent vers la porte, qu'ils voulurent franchir en même temps. Paul s'effaça devant les deux femmes et les suivit dans l'escalier. Une fois dehors, il se tourna vers elles.

— Je crois que je ferais mieux de m'en occuper moi-même, déclara-t-il. Je suis le seul à connaître le parc. Mieux vaut que je m'y rende seul.

— Comment sauras-tu quelle carte est la bonne ? demanda Fiona en esquissant un sourire. Suzie, puis-je vous offrir un verre de thé glacé ?

— Volontiers.

— Asseyez-vous ! ordonna Paul.

Fiona obéit, imitée par Suzie.

Après les avoir toisées d'un regard d'acier, il finit par s'asseoir à son tour.

— Très bien, va chercher du thé, mais reviens tout de suite, dit-il à Fiona.

— Pour que vous puissiez comploter dans mon dos et décider de mon avenir ? rétorqua-t-elle d'un ton doucereux. Il n'en est pas question ! Vous venez avec moi.

Paul soupira. Ils se dirigèrent tous les trois vers la cuisine. Fiona prépara un grand pichet de thé glacé, puis ressortit sur la terrasse.

— Très bien, alors laquelle de vous deux veut parler la première ? demanda Paul.

N'obtenant aucune réponse, il plissa les yeux, cherchant à les impressionner. Il aurait sans doute été plus crédible s'il n'avait pas eu la bouche pleine !

— Si vous ne me dites pas ce que vous savez, je vous conduis dans les marais et je vous abandonne parmi les serpents !

— Il bluffe, assura Fiona.

Elle avait l'impression qu'il ne pouvait rien lui arriver de pire… Son père n'était pas l'homme qu'elle croyait. Elle ne l'avait interrogé qu'une seule fois sur sa mère, et il lui avait raconté une histoire d'amour merveilleuse, un vrai conte de fées.

À présent, toute sa vie s'écroulait. Depuis son arrivée en Floride, elle avait pris la fâcheuse habitude de croiser des cadavres sur son chemin. À cet instant, une femme morte gisait dans une chambre de la maison. Pourtant, cela ne l'empêchait pas de grignoter tranquillement sur la terrasse, comme si de rien n'était… Elle regrettait même de ne pas avoir ajouté un peu de vodka dans son thé !

— Tout ce que je sais, c'est…

Suzie s'interrompit et se tourna vers Fiona.

— C'est ce que Lila et moi avons découvert.

Elle voulut prendre la main de la jeune femme, qui se dégagea vivement.

— En réalité, je ne me rappelle pas grand-chose, ajouta Suzie. C'était il y a si longtemps…

— Vous croyez que Lila se rappellerait ? demanda Paul.

C'était une chose d'apprendre que sa mère n'avait rien de la princesse inventée par son père, mais savoir qu'elle était toujours en vie… Fiona tressaillit.

— Je ne pense pas que l'origine de ces lions d'or nous servirait à grand-chose. De toute façon, nous le saurons dès ce soir, déclara-t-elle.

Paul et Suzie la dévisagèrent, consternés. Il parut lui en vouloir d'avoir une fois de plus dissimulé des informations.

— Ne t'en prends pas à moi, reprit Fiona. *Raffles* n'était pas la seule histoire que mon père m'ait écrite. C'était simplement la meilleure. Il y en a eu d'autres.

— Laisse-moi deviner, fit Paul d'un ton chargé de sarcasme. Il y avait une histoire accompagnant la fameuse carte aux clous dorés ?

— Tu es vraiment très perspicace, railla-t-elle.

— Le journal affirmait que vous n'étiez pas mariés, intervint Suzie. Pourtant, à vous voir vous chamailler sans cesse, on le jurerait.

— En fait, nous sommes tous les deux fiancés, expliqua Paul.

— Mais pas ensemble.

— Non. Fiona est amoureuse d'un avocat qu'elle appelle « chéri ».

— Tu m'as espionnée ! lança Fiona. Tu as écouté mes conversations privées !

— Excusez-moi de vous interrompre, mais si nous en revenions au sujet qui nous intéresse ? suggéra Suzie. Smokey vous a-t-il envoyé l'histoire des lions d'or ?

— Oui. Avec la carte. Mais j'ignorais qu'elle était vraie jusqu'à… jusqu'à aujourd'hui. En vérité, je ne comprends toujours pas le sens de ce récit.

— Si tu partageais avec nous tes informations, nous pourrions peut-être en juger, grommela Paul. Oh, mais vous connaissez déjà toute l'histoire, vous deux… Je suis le seul imbécile à ne pas être au courant.

Les deux femmes esquissèrent un sourire.

— J'ai appelé mon amie Jane… commença Fiona.

— L'une de ta bande de copines ? coupa Paul.

— Exactement. Après le vol des lettres de mon père, celles de mes onze ans, j'ai passé plusieurs soirées à entrer celles qui me restaient dans mon ordinateur. Je songeais à les publier, un jour, sous la forme d'un livre pour enfants et…

— Un livre pour enfants ! s'exclama Suzie. Vous vouliez faire lire ces horreurs à des enfants ?

— J'ai lu ces histoires pendant mon enfance et je suis tout à fait normale, protesta Fiona, défendant malgré elle la mémoire de son père.

— Inutile de vous crêper le chignon ! gronda Paul. J'ai horreur de ça. On dirait deux tigresses.

Fiona trouva la réflexion très amusante, mais Suzie ne semblait pas de cet avis.

— Ainsi, tu possèdes ces histoires sur disquette ? reprit-il.

— Toutes. Mes amies vont se rendre chez moi, à New York, dès ce soir pour récupérer la disquette. Jane imprimera l'histoire qui nous intéresse et m'enverra un fax dès que possible.

— C'est formidable ! s'écria Suzie.

Paul prit la main de Fiona dans la sienne.

— Si tes amies habitent dans toutes les régions du pays, cela signifie qu'elles sont restées à New York depuis… le début de notre mésaventure. Elles resteront tant que tu ne seras pas tirée d'affaire. C'est une belle preuve de confiance.

Fiona hocha la tête, les yeux baissés. Elle ne pouvait regarder Paul en face, de peur de fondre en sanglots. Elle laissa toutefois sa main dans la sienne.

— Des amies aussi loyales valent bien plus que la réputation d'une femme que tu n'as jamais connue, conclut-il.

— C'est vrai, renchérit Suzie avec entrain. Si elles sont prêtes à prendre le risque de s'introduire chez vous, alors que l'appartement est sans doute sous surveillance, et d'être impliquées dans deux affaires d'homicides – trois, en comptant Rose –, ce sont de vraies amies.

À la fin de cette tirade, Paul et Fiona fixèrent Suzie, bouche bée.

— Il faut que j'appelle Jane pour lui dire de ne pas y aller ! s'exclama Fiona en se levant d'un bond. C'est trop dangereux.

Paul l'incita à se rasseoir et lui tendit leur téléphone portable. La jeune femme tomba sur le répondeur de Jane.

— Trop tard, fit-elle. Elles sont sans doute déjà parties... Pourquoi n'y ai-je pas pensé ? Si Jane se fait arrêter... je ne me le pardonnerai jamais. Je...

Paul l'enlaça tendrement. Suzie finit par se lever, pour regagner la maison.

— N'y pense plus, murmura-t-il. Ce soir, je vais te faire l'amour. Je te désire depuis la seconde où je t'ai vue. J'ai attendu trop longtemps. L'espace d'une nuit, nous allons tout oublier et profiter enfin l'un de l'autre. Il y a du champagne au frais. Nous prendrons un bain chaud... Tu m'écoutes ?

Elle ne put que hocher la tête contre son épaule. Oui, elle l'écoutait de toute son âme.

— Ce soir, murmura-t-elle. Ce soir...

18

Après la déclaration enflammée de Paul, Fiona resta frissonnante d'impatience à la perspective de cette nuit d'amour. Il était gênant pour une femme de son âge, qui n'était plus vierge depuis longtemps, de rêver de ces ébats comme si c'était la première fois. Elle ignorait à quel moment précis elle avait commencé à désirer Paul. Pour être honnête, c'était sans doute à l'aéroport, en le découvrant, une mâchoire de crocodile accrochée au bras. La situation avait un caractère un peu exotique, un côté « Tarzan », qui lui avait plu.

Depuis, bien sûr, ils avaient passé plusieurs jours ensemble. Mais les paroles de Paul avaient produit sur elle un effet dévastateur qu'aucune caresse n'aurait égalé. Elle aurait aimé lui arracher ses vêtements sur-le-champ, lui sauter dessus au bord de la piscine. Puis dans la piscine. Dans la cuisine. Et...

Mais il y avait Suzie. Jusqu'à ce jour, Fiona et Paul étaient seuls au monde. Soudain, une intruse venait s'insinuer entre eux. L'incontournable Suzie, avec son short moulant, ses cheveux blonds, ses seins fermes et généreux. Même si tout cela n'était pas naturel, elle était bel et bien là, et Fiona ne pouvait oublier sa présence.

— Que fait donc votre mari ? demanda Paul à Suzie, dans la soirée. Il ne va pas s'inquiéter de votre absence ?

— Il entretient une liaison avec sa secrétaire. C'est leur journée hebdomadaire, répondit-elle d'un ton détaché. Vous n'allez pas vous débarrasser de moi de sitôt. J'ai besoin de me changer les idées.

Avant que Fiona ne puisse montrer son agacement, Paul posa une main apaisante sur son bras.

— Si nous trouvons ces lions d'or, nous les remettrons à un musée. Nul ne tirera profit de cette affaire sordide. Nous voulons simplement prouver que nous sommes innocents du meurtre de Roy Hudson.

Suzie lui adressa un petit sourire.

— Si vous m'écartez de l'expédition, je raconterai à la police que vous êtes là et qu'il y a un cadavre dans la chambre.

Ce fut au tour de Fiona de calmer son compagnon.

— Dans ce cas, nous serons ravis de vous emmener, assura-t-elle aussi gentiment qu'elle le put. Ce soir, vous voudrez bien nous aider à nous débarrasser du cadavre de Rose ?

Elle espérait que cette perspective morbide inciterait Suzie à prendre ses jambes à son cou.

— Certainement, répondit-elle. Si nous mettions de l'acide dans la baignoire ? À moins de couper le corps en morceaux pour le fourrer dans une malle ?

Paul ne réagit pas à la plaisanterie.

— À propos de malles, déclara-t-il, je crois que je vais aller vérifier le fax.

— Moi aussi, dit Fiona avec un regard de biais vers Suzie. Ce pauvre Paul ne peut rien faire, si je ne suis pas près de lui.

Sur ces mots, elle lui emboîta le pas. Dans le salon, tandis qu'il triait les feuilles, Fiona ouvrit la bouche pour parler, mais il lui fit signe de se taire, à cause des micros.

Comment nous débarrasser d'elle ? écrivit la jeune femme au dos de l'un des fax.

En faisant d'elle le cadavre numéro 4 ? écrivit Paul à son tour.

— Très drôle, dit-elle à voix haute, en lui prenant les feuilles pour les agrafer.

Dès que sa main effleura celle de Paul, il y eut comme une étincelle entre eux.

— Alors, comment se présentent ces fameuses cartes ? s'enquit Suzie, sur le pas de la porte. Vous avez rassemblé toutes les pièces ?

— Presque, maugréa-t-il entre ses dents.

Il vint se placer entre Suzie et les feuilles éparpillées sur la table, pour qu'elle ne puisse rien voir. Celle-ci ne semblait toutefois guère désireuse d'en prendre connaissance. Elle se mit à arpenter le salon.

Il faut faire quelque chose à propos de Rose, écrivit Paul. *Nous ne pouvons la laisser ici après notre départ, demain matin. Tu as une idée ?*

Cela ne relève pas de ma compétence. Que ferais-tu si c'était un oiseau ?

Je la remettrais dans son nid, pour que sa mère puisse la retrouver.

Fiona et Paul échangèrent un regard complice, puis sourirent.

— On la ramène chez elle, chuchota Fiona. Lennie s'en chargera.

Ils passèrent un long moment à rassembler les pièces du puzzle, que les fillettes de la famille de Paul leur adressaient par fax.

— Ces enfants ne se couchent donc jamais ? s'enquit Fiona en étouffant un bâillement, vers onze heures et demie.

Les événements de la journée l'avaient épuisée. Elle n'avait plus qu'une envie : aller se cou...

Elle regarda Paul. En réalité, elle avait envie de se glisser entre les draps avec cet homme superbe, et...

Comme souvent, l'intéressé parut lire ses pensées. Il lui prit la main, puis ses doigts fébriles commencèrent à remonter le long de son bras.

Soudain, Suzie éternua bruyamment.

Le charme fut rompu.

À minuit et demi, Paul décida qu'il faisait assez sombre pour emmener Rose chez elle, au bout de la rue. Il essaya de persuader Suzie de demeurer en retrait. Mais elle refusa. En la voyant saisir Paul par la taille, Fiona eut envie de lui arracher les cheveux.

— Les clés ! expliqua-t-elle en se tournant vers Fiona, comme pour justifier son geste. C'est lui qui a les clés de la voiture. Il allait nous laisser là et partir dans le parc.

Fiona constata que Paul avait rougi, comme un enfant pris en faute.

Suzie s'empara de la liasse des feuilles qui venaient d'arriver par fax et la déchira en deux.

— Une moitié pour vous et l'autre pour moi, décréta-t-elle avant de remettre sa part à Fiona.

Celle-ci ne dit pas un mot, mais elle et Paul savaient que la vraie carte avait jailli de la machine quelques minutes plus tôt. Elle se trouvait à présent bien au chaud contre le cœur de Paul, sous sa chemise…

Il foudroya Suzie du regard, feignant la fureur. Puis il se détourna et adressa un clin d'œil à Fiona, avant de monter à l'étage. Vingt minutes plus tard, il réapparut, portant sur son épaule un gros rouleau entouré de serviettes de plage, attaché en quatre points par des cravates.

Au pied des marches, il fit signe à sa compagne d'ouvrir la porte, et vérifia qu'il n'y avait personne aux alentours.

En comprenant ce que renfermait l'énorme paquet, la jeune femme prit peur.

— Ce n'est pas le moment de flancher, souffla-t-il. Tu as pensé aux gants ?

Elle opina. Il lui avait ordonné d'aller chercher des gants en caoutchouc sous l'évier de la cuisine, afin de ne pas laisser d'empreintes dans la maison de Rose.

Ils durent emprunter les trottoirs, car passer par les jardins aurait été plus difficile, à cause des nombreuses piscines à contourner dans le noir. C'était trop risqué. Par chance, ils ne croisèrent aucun pensionnaire de l'Orchidée bleue. Les maisons n'étaient pas éclairées. Le paysage était inquiétant.

— C'est étrange qu'aucun porche ne soit illuminé, remarqua Fiona en s'accrochant au bras de Paul.

— Vous croyez qu'ils sont tous en train de nous épier ? demanda Suzie en agrippant l'autre bras de Paul, malgré son fardeau.

— Vous qui êtes de leur côté, vous devriez le savoir, rétorqua-t-il.

— Moi ? fit Suzie en scrutant les alentours. Je suis du côté de Smokey. Il voulait trouver le trésor pour que sa fille soit fière de lui.

— Il a dit cela ? demanda Fiona. C'est ce qu'il voulait ? Il vous a parlé de moi ?

— Chérie, il ne parlait que de vous. Pas aux autres, bien sûr, mais à moi et Lila, quand nous étions au lit... euh... enfin, quand nous prenions un verre ensemble. Il me parlait sans cesse de vous.

— Vous et mon père...

— Vous ne pouvez pas cesser vos bavardages ? siffla Paul. Nous sommes arrivés.

Il se pencha pour poser son fardeau à terre.

— Restez ici, ordonna-t-il aux deux femmes avant de disparaître dans la pénombre, sur le côté de la maison.

Fiona et Suzie échangèrent un regard, puis se lancèrent à sa suite. Fiona le bouscula.

— Nom de Dieu ! souffla-t-il, furieux.

Avec un soupir, il leur fit signe de se taire et les autorisa à le suivre.

Il s'accroupit devant la porte de derrière et enfila les gants de caoutchouc. Puis il entreprit de forcer la serrure. Sans succès.

Suzie tendit le bras, tourna la poignée et ouvrit la porte, qui n'était pas verrouillée.

La maison était vide. Pas le moindre meuble, pas un tableau au mur. Au clair de lune, il était manifeste que les lieux avaient été nettoyés avec soin, pour donner l'illusion que nul n'y avait séjourné.

— Qu'est-ce qu'on fait, maintenant, monsieur je-sais-tout ? railla Suzie, les mains sur les hanches, fusillant Paul du regard comme s'il était l'unique responsable de leurs problèmes.

— Comment le saurais-je ? Je suis un spécialiste de l'ornithologie, pas de la criminologie.

— Je me demande pourquoi ils ont tout déménagé en un clin d'œil, déclara Fiona. Quand j'ai emménagé chez moi, j'ai mis trois jours à tout déballer. Et je ne possède pas beaucoup de meubles. Peut-être… Oh ! s'écria-t-elle.

— Quoi ? demanda Paul, alarmé.

— Je devais régler mon loyer avant hier. Je vais être expulsée, si je ne paie pas dans les temps.

— Sortons d'ici, grommela-t-il, agacé par ses enfantillages.

— Volontiers, répondit Suzie. Cette maison me donne la chair de poule.

Les deux femmes restèrent à l'extérieur, sursautant à chaque coup de vent dans les feuillages, tandis que Paul transportait le cadavre dans la maison. Ensuite, il prit soin de refermer la porte derrière lui.

En silence, le trio regagna le bungalow.

Dès qu'ils furent de retour, Paul verrouilla la porte et s'appuya contre le panneau de bois.

— Je suggère que nous allions nous reposer. Demain, nous partons en pique-nique dès l'aube, déclara-t-il à haute voix, à l'adresse de ceux qui les espionnaient.

Les autres acquiescèrent, même si la nuit était déjà bien avancée. De plus, aucun d'eux n'avait envie de dormir.

Il fallut déterminer où chacun allait passer la nuit. Paul n'avait aucune confiance en Suzie, qu'il soupçonnait de comploter derrière leur dos. Il n'était pas question de la laisser seule. Il décréta donc que les deux femmes dormiraient dans la chambre de Fiona, et lui-même dans sa propre chambre. Toutefois, en regardant son lit, où le cadavre de Rose avait reposé, il sut que jamais il ne pourrait dormir dans cette pièce.

Fiona, de son côté, n'avait aucune envie de rester avec Suzie. Elle se demandait d'ailleurs quel rôle exact celle-ci avait joué, tant d'années auparavant, lorsque les recherches des lions d'or avaient échoué.

Ils finirent par se serrer tous les trois dans le même lit, Suzie au milieu. Naturellement, elle fut la seule à trouver le sommeil...

— Tu n'es pas obligée de venir, demain, chuchota Paul à Fiona. Tu peux attendre ici.

— Et finir comme la pauvre Rose ?

— Je pourrais te conduire auprès de... (Il respira profondément.) Auprès de Jeremy.

— Et toi, tu pourrais rejoindre Lisa, rétorqua-t-elle.

Tous deux se turent. Leurs fiancés respectifs semblaient faire partie d'une autre vie. En y réfléchissant bien, Fiona n'était même pas certaine de se rappeler Kimberly avec exactitude. Seuls Paul, son parc et leur aventure commune paraissaient réels, désormais.

— Je ne suis pas fier de ce que je lui ai fait, avoua-t-il. C'est une fille adorable, et elle m'aime sincèrement.

« Au contraire de moi ? » faillit répliquer Fiona, qui s'en garda bien. Ils étaient sous pression. Qui pouvait savoir ce qu'ils ressentiraient l'un pour l'autre, à l'issue de leur cavale effrénée ?

— Quand tu retourneras à New York, tu crois que tu voudras revenir en Floride, ou tu détestes trop cet endroit ? s'enquit-il.

Suzie évita à la jeune femme de répondre.

— Vous pourriez vous taire un peu, que je puisse dormir ? grommela-t-elle d'une voix ensommeillée.

Fiona ne dit plus rien, mais ne trouva pas le repos. Parfois, une épreuve était une bonne occasion de réfléchir sur sa vie, de se remettre en question. Il y avait trois mois encore, elle se considérait comme la plus heureuse des femmes. À présent, elle savait qu'il lui serait impossible de retrouver cette vie. Il manquait quelque chose à cette existence, qui tournait essentiellement autour de l'argent et de la réussite professionnelle. Elle avait beau essayer de se convaincre que lancer une nouvelle poupée deux fois par an était une activité gratifiante, cela avait perdu de son attrait.

Finalement, son métier n'avait pas tant d'importance. Elle avait cru que Kimberly représentait toute sa vie. Or l'entreprise n'avait pas coulé, depuis qu'elle n'en faisait plus partie. En réalité, bien des créateurs étaient capables d'exploiter Kimberly mieux qu'elle.

— C'est comme l'histoire de la marée haute, murmura-t-elle dans le noir.

— Quoi ? fit Paul.

— J'ai l'impression d'être une héroïne de roman. Tu sais, l'histoire de la femme qui va se promener au bord de l'eau et qui, bien qu'ayant grandi sur la côte, oublie que la marée va monter et se laisse emporter par les vagues.

— Ah... Et elle s'en sort ?

— Bien sûr. Finalement, l'héroïne se rend compte que cette épreuve terrible est en réalité la meilleure chose qui lui soit arrivée.

— Je ne pense pas qu'être accusée de meurtre soit une bénédiction pour toi.

Fiona respira profondément.

— Peut-être pas mais, comme l'héroïne de l'histoire, je crois en avoir tiré une leçon.

Cet aveu l'apaisa, et elle ne tarda plus à s'endormir.

Tout à coup, elle sentit que Paul la réveillait par ses baisers. Elle mit un certain temps à se rendre compte qu'ils étaient au lit, seuls. Enfin, il allait lui faire l'amour !

Elle pencha la tête en arrière, lascive, et ferma les yeux pour savourer les baisers brûlants dans son cou. Il lui caressa le bras, s'attarda sur son sein. Elle glissa une cuisse entre les siennes et sentit l'intensité vibrante de son désir.

Jamais elle n'avait désiré autant un homme. Elle entrouvrit les lèvres pour accueillir sa langue avide. Puis, d'un geste vif, elle le repoussa pour venir s'allonger sur lui, dominatrice.

— Chérie… murmura-t-il d'une voix rauque en lui caressant le dos et les hanches.

— Ça y est ! Elle est arrivée ! s'exclama Suzie.

Sans cesser de l'embrasser, Paul fit rouler Fiona sur le dos.

Apparemment inconsciente de ce qui se passait, Suzie vint s'asseoir au bord du lit, dans l'obscurité.

— L'histoire vient d'arriver, annonça-t-elle. Fiona, vos amies ont réussi à s'introduire dans votre appartement. Quel courage ! Elles doivent vous adorer, non ?

La jeune femme l'entendait à peine, mais une partie d'elle-même commençait à résister aux baisers fougueux de Paul.

— N'est-ce pas ? insista Suzie.

Comme personne ne lui répondait, elle se pencha vers le couple enlacé.

— Vos amies vous adorent, reprit-elle.

Paul ouvrit la bouche, pour dire à Suzie ce qu'il pensait de son attitude. Mais Fiona se redressa.

— Oui, mes amies m'adorent, murmura-t-elle.

De toute évidence, Suzie avait délibérément cherché à interrompre leurs ébats. Mais pourquoi ? Chaque fois qu'elle posait la main sur Paul, Suzie intervenait pour poser une question idiote... C'était également elle qui avait insisté pour dormir entre eux. Tout cela était-il dû au hasard ?

— Il y a du café à la cuisine.

Suzie se leva et leur tourna le dos.

Fiona faillit s'esclaffer. Paul se leva à son tour, les poings crispés, sur le point d'étrangler l'intruse.

— Paul, vos vêtements sont dans l'autre chambre, n'est-ce pas ? dit-elle, s'attendant à ce qu'il la suive.

Elle semblait déterminée à ne pas les laisser seuls dans la pièce.

Fiona trouvait la situation cocasse. L'attitude de Suzie avait un côté désuet et prude, comme si elle cherchait à protéger la jeune femme des assauts virils de Paul. Elle sourit en le regardant s'éloigner.

Une fois prête, Fiona descendit au salon. Fou de rage, Paul entraînait Suzie vers la porte du fond.

— Je suis désolée, affirmait-elle. C'est un accident, je vous assure. Je ne voulais pas...

— Que s'est-il passé ? s'enquit Fiona en bâillant.

Il ne faisait pas encore jour, et elle avait peu dormi.

— Cette femme, gronda Paul avec mépris, cette femme vient de détruire le document que nous ont envoyé tes amies !

— Oh non ! s'exclama Fiona en regardant le document trempé. Ce n'est pas vrai !

— Elle a renversé la cafetière dessus, puis a essayé de tout éponger, ce qui n'a fait qu'empirer les choses.

— Je ne l'ai pas fait exprès ! protesta Suzie, au bord des larmes. J'ai posé les feuilles sur le comptoir et j'ai renversé la cafetière. C'est par réflexe que j'ai commencé à frotter les feuilles pour les sécher.

— Vous avez une idée de ce que ces papiers auraient pu coûter aux amies de Fiona, à New York ? demanda Paul, furieux. J'ignore comment elles se sont introduites dans l'appartement, mais elles ont dû employer des moyens illicites. Ensuite, elles ont passé la nuit à imprimer le texte afin de nous l'envoyer par fax. Si elles s'étaient fait prendre, elles étaient passibles de poursuites judiciaires !

Fiona posa une main sur les épaules de Suzie et l'attira contre elle.

— C'était un accident, alors laisse-la tranquille ! s'écria-t-elle.

— Un accident ? répéta Paul. Moi, je suis sûr qu'elle l'a fait exprès. En fait, je crois qu'elle nous joue la comédie depuis le début. Elle n'est pas celle qu'elle prétend être, et elle est loin d'être aussi innocente qu'elle l'affirme.

— Moi ? fit Suzie en reniflant, agrippée à Fiona. C'est vous le menteur ! Pourquoi avez-vous laissé les amies de Fiona risquer leur liberté pour obtenir ces maudits papiers ? Pourquoi votre famille n'a-t-elle pas simplement embauché quelqu'un pour le faire ? D'ailleurs, pourquoi ne vous servez-vous pas de votre argent, afin de vous sortir de ce guêpier ? Cela vous coûterait, quoi… quelques millions ? Une goutte d'eau dans l'océan, pour un homme aussi fortuné que vous.

Elle se cacha derrière Fiona, les mains autour de sa taille, car Paul menaçait de l'étrangler.

— Je vais vous tuer, murmura-t-il.

La jeune femme s'interposa.

— Qu'est-ce qu'elle raconte ? s'enquit-elle.

— Rien d'important, assura Paul, cherchant toujours à coincer Suzie.

Fiona lui barra le passage, l'observant intensément.

— Est-ce la raison pour laquelle nous ne regardons ni les journaux ni la télévision ? demanda-t-elle doucement. Tu ne voulais pas que j'apprenne que tu es... riche ?

Elle prononça ce dernier mot comme s'il lui était insupportable.

— Ce n'est pas un secret, dit-il en reculant. Je...

— Riche à quel point ? demanda Fiona à Suzie.

— Il existe des pays qui ont un budget inférieur à la fortune de sa famille, déclara-t-elle, la gorge nouée.

Fiona s'assit sur un tabouret.

— Ainsi, tout ce que tu m'as raconté n'était qu'un tissu de mensonges...

— Fiona... commença Paul en tendant les bras.

Elle l'interrompit d'un geste.

— Depuis le début, tout n'est que mensonges. Tu m'as dit que tu avais travaillé des années pour gagner de quoi acheter l'alligator en plastique, mais c'était faux. Tu aurais pu te l'offrir sans aucun problème.

— Je n'ai jamais dépensé un dollar de mon héritage, expliqua-t-il, le visage déformé par l'angoisse. J'ai essayé de réussir tout seul.

Elle eut un rire amer.

— Je crois que c'est Henry Ford qui disait qu'il n'y a rien de tel qu'un héritage pour tuer l'ambition... Tu possèdes cet hôtel où nous avons séjourné ? demanda-t-elle d'un ton froid.

— Non, murmura Paul.

— Il appartient à sa famille, je parie, intervint Suzie. Plusieurs de ses parents sont milliardaires.

— Oh, non, gémit la jeune femme. Il s'agit donc de milliards...

— Fiona, l'implora-t-il. Ce n'est pas cela. Je n'ai jamais voulu...

— Me mentir ? Pourquoi pas ? Qui suis-je, pour toi ?... Dis-moi, ta chère Lisa est issue d'une famille riche, elle aussi ?

Paul ne répondit pas, les lèvres pincées.

Elle se tourna vers Suzie.

— Vous n'avez donc pas lu les journaux ? lança celle-ci. Les Honeycutt sont aussi riches que les Montgomery. Enfin, presque... Il paraît que la famille de Paul a toujours conclu des mariages d'intérêt.

— Je vois, dit Fiona en le dévisageant comme si elle le voyait pour la première fois. Je suis la seule femme disponible, vu les circonstances, alors tu fais avec.

Par ces paroles cruelles, elle voulait le punir de lui avoir menti.

Elle attendit sa réponse, qui ne vint pas. Il se contentait de la fusiller du regard. Une partie de Fiona lui hurlait d'avouer ce qu'il pensait vraiment, mais l'autre s'accrochait à la colère comme à une bouée de sauvetage. Quand un homme mentait aussi effrontément, aucune femme ne pouvait être assez stupide pour en tomber amoureuse. Mais il était trop tard...

Elle lui tourna le dos.

— Tout le monde est prêt ? Plus vite nous nous mettrons en route, plus vite nous en aurons terminé.

— Je suis prête, déclara Suzie. Un petit tour dans la salle de bains, et j'arrive !

Resté seul dans le jardin avec la jeune femme, Paul voulut s'approcher d'elle.

— Nous devrions discuter. Je ne voulais pas...

Fiona lui adressa un sourire glacial.

— Ton compte en banque ne m'intéresse pas, répliqua-t-elle sèchement. Tu ne me dois rien, et moi non plus. Ce qui s'est passé entre nous était le fruit du hasard. Ce sont les circonstances qui nous ont rapprochés. Tu n'étais en rien obligé de me parler de toi, si ce n'était pas nécessaire. Tu m'as manipulée pour que je te dise tout ce que je savais, sans rien me donner en échange, mais cela n'a aucune importance.

Elle avait élevé le ton. Il voulut lui répondre, mais elle leva la main.

— Non, tais-toi. Tu n'as pas à te justifier… Que voulais-tu me dire ? Quelque chose du genre : « D'accord, Fiona, je suis riche comme Crésus. Si je vis dans une bicoque, c'est uniquement pour m'amuser. Je voulais connaître la vie des pauvres. Cela me procure des sensations géniales, et j'ai des anecdotes amusantes à raconter dans les cocktails mondains. Je… »

— Ça suffit, coupa-t-il froidement. Ne parle pas de ce que tu ne connais pas.

Elle eut un nouveau petit rire.

— Tu as raison. Je ne sais rien. Toi, tu connais ma mère, mon père, la pauvre petite fille solitaire qui a passé son enfance en pension, tu connais mes sentiments sur mon travail, tu sais tout ce qu'il y a à savoir sur moi. De toi, je ne sais rien.

— Tu sais l'essentiel, assura-t-il avec calme. Je suis autre chose qu'un simple compte en banque. Mais, si tu ne vois que cela, je t'ai mal jugée.

— On y va ? appela Suzie avec entrain.

Deux mines sombres l'accueillirent.

— Quelque chose me dit que cette excursion ne sera pas une partie de plaisir, commenta-t-elle en grimaçant.

Ils grimpèrent dans la Jeep pour se rendre au parc de Kendrick.

19

Durant le trajet vers le parc, Fiona rumina dans son esprit la trahison de Paul. Comment avait-elle pu avoir l'illusion de le connaître? Il ne suffisait pas de savoir ce qu'il aimait prendre au petit déjeuner. Et sa passion pour les oiseaux n'expliquait pas tout de lui. Pendant des jours entiers, il lui avait caché sa véritable personnalité.

Pourquoi? se demandait-elle sans cesse. Que représentait-elle, à ses yeux? Un hasard les avait jetés dans les bras l'un de l'autre, uniquement parce que son père et l'oncle de Paul s'étaient croisés, autrefois, et parce que Roy Hudson avait plagié une histoire inventée par son père. Parce que…

— Tu veux en discuter? demanda-t-il doucement avec un regard de biais.

Ils étaient côte à côte, Suzie ayant insisté pour monter à l'arrière du véhicule.

— Il n'y a rien à dire, répondit-elle d'un ton aussi désinvolte que possible. Nous sommes bientôt arrivés? Je me demandais… Tu connais le parc, et tu as vu la carte. Combien de temps mettras-tu pour nous mener aux lions d'or? Du moins, s'ils sont toujours là. Je l'espère…

D'un coup d'œil dans le rétroviseur, Paul constata que Suzie semblait dormir. Il en doutait mais, au moins, elle faisait mine de leur accorder un peu d'intimité.

— Si je ne t'ai pas avoué que ma famille était fortunée, dit-il, c'est parce que je ne voulais pas que l'argent ait la moindre importance entre nous.

Elle le regarda, un sourcil levé, perplexe.

— Je vois. Tu voulais simplement me culpabiliser d'avoir détruit ton précieux alligator.

— Oui, admit-il. Au début, c'était le cas. J'étais furieux. J'avais réussi à rassembler moi-même la somme nécessaire pour financer cet alligator. En le voyant détruit, j'ai compris que je devrais me servir de l'argent de ma famille et...

Il détourna les yeux, l'espace d'une seconde.

— Je voulais te faire porter le chapeau, reprit-il. Mais ensuite...

— Ensuite, quoi ? demanda-t-elle, toujours en colère. Tu es tombé amoureux de moi, c'est ça ? C'est pour cela que tu as voulu m'attirer dans ton lit ? Tu n'espères tout de même pas que je vais avaler ces sornettes !

— Voilà donc ce que tu penses de moi... Tu crois que j'ai tout inventé, uniquement pour coucher avec toi !

Fiona se sentit ridicule. Ses amies la traitaient souvent de prude. Jane, elle, avait passé une semaine de vacances aux Caraïbes, dans les bras d'un jeune homme qu'elle n'avait aucune intention de revoir après son retour. À trente-deux ans, Fiona n'était pas de son temps. Elle se comportait comme une jeune vierge dans une tragédie grecque !

Mais les mensonges de Paul allaient au-delà des petits mensonges habituels auxquels se livraient les hommes. Ils touchaient à l'essentiel.

— Écoute, dit-elle aussi calmement que possible. Je n'ai aucun droit de me fâcher pour cela. Ta vie t'appartient. Que tu aies de l'argent ou non, que tu achètes tes alligators avec ton argent ou celui de papa, cela ne me regarde en rien. Dans quarante-huit heures, nous aurons peut-être trouvé ces fameux lions d'or, et nous saurons qui a tué Roy... Quand tous nos problèmes seront réglés, tu pourras retrouver ta famille fortunée, et moi je retournerai...

Elle se tut. Elle n'avait nulle part où aller, désormais. Kimberly ne lui appartenait plus, et elle sentait bien qu'elle avait perdu Jeremy. En réalité, elle était persuadée de ne plus pouvoir poser les yeux sur Jeremy sans penser à Paul. Comme pour n'importe quel autre homme, d'ailleurs.

Il quitta l'autoroute pour s'engager sur une route bordée par une végétation luxuriante. Ils venaient d'entrer dans le parc et se dirigeaient vers le bungalow.

Il ne répondit pas à ses propos. Fiona se demanda à quoi il pensait. Chaque plante, chaque oiseau lui rappelait la première fois qu'ils étaient entrés dans cette bicoque. Fiona avait eu très peur, mais ils partageaient alors une amitié chaleureuse. Elle se rappela comment Paul l'avait protégée de son propre corps contre les coups de feu, préférant être blessé à sa place.

Avait-il joué la comédie ?

Mais elle avait su, déjà, qu'il lui cachait quelque chose. Elle ignorait de quoi il s'agissait, mais elle se doutait qu'il n'était pas l'homme qu'il prétendait être. À présent elle savait : c'était une question d'argent. Il était riche et n'avait pas voulu qu'elle l'apprenne. Pourquoi ?

— Fiona, je voulais te dire que... fit-il en approchant du bungalow.

Il ne termina pas sa phrase. Sous le porche de la bicoque se tenait Jeremy. Près de lui, il y avait une ravissante jeune femme, que Fiona reconnut sans peine pour l'avoir aperçue à la télévision.

Lisa Honeycutt.

20

— Il ne s'agit pas d'une garden-party, déclara Paul, la mâchoire crispée, à sa pimbêche de fiancée.

Fiona dut se détourner pour dissimuler son sourire. En découvrant la ravissante Lisa, elle avait un instant redouté de le voir se précipiter dans ses bras.

Ils entrèrent dans le bungalow délabré. Apparemment, les animaux y avaient plus que jamais élu domicile, malgré leurs efforts pour tout nettoyer. Fiona s'assit toutefois sans réticence sur le canapé. Elle fit signe à Jeremy de s'installer près d'elle, mais l'avocat la dévisagea comme si elle avait perdu la raison.

La scène de ménage entre Paul et Lisa attirait l'attention de tous.

— Lisa, marmonna-t-il, serrant les dents, tu te rends compte de la gravité de ce que tu viens de faire ? Si jamais la police t'a suivie, Fiona et moi allons nous retrouver en prison, sans avoir une chance d'être blanchis.

Battant les cils, la jeune femme pinça les lèvres.

— Si tu me parles sur ce ton, minauda-t-elle, je ne te dirai pas quelle est notre surprise.

Fulminant d'impatience, Paul crispa les poings. Fiona décida d'intervenir pour éviter un quatrième meurtre.

— Si votre surprise peut se porter et est en pure soie, je suis pour ! déclara-t-elle, cherchant à détendre l'atmosphère.

Jeremy la saisit par le bras, comme une enfant dissipée qu'il faut ramener dans le droit chemin. L'avait-il toujours traitée ainsi ? se demanda-t-elle.

Lisa se tourna vers Fiona. Pleins de mépris, ses yeux bleus lançaient des éclairs.

Cette haine manifeste incita Fiona à adresser un sourire à Paul. « Comme tu as bien choisi ta fiancée ! » semblait-elle lui dire.

— La voilà, ma surprise, déclara froidement Lisa en désignant la porte.

Sur le seuil se tenait un vieil homme. En y regardant bien, il n'était pas aussi âgé qu'il en avait l'air, mais simplement usé par les épreuves. Il avait de rares cheveux gris, des poches sous les yeux, et portait une chemise propre mais élimée.

— Vous aviez oublié ceci, dit-il en ouvrant la main pour montrer trois micros.

— Si vous les avez trouvés aussi facilement, c'est peut-être parce que vous les avez posés, répliqua Paul d'un ton cassant.

Fiona regarda fixement le vieil homme. Ses traits lui semblaient familiers... Tout à coup, elle retint son souffle. L'homme se tourna vers elle et lui sourit. Il lui manquait une incisive.

— Tu me reconnais, n'est-ce pas, petite Smokey ? demanda-t-il en riant.

— Gibby...

Elle avait remarqué le dragon vert, tatoué sur sa cheville droite.

— Smokey nous disait toujours combien tu étais intelligente, reprit l'homme, qui se tourna ensuite vers Suzie. Tu n'as pas changé, toi... Qu'as-tu fait pour rester aussi pimpante ? Tu as vendu ton âme au diable contre la jeunesse éternelle ?

Suzie lui sourit.

— J'ai été très gentille avec mon chirurgien esthétique.

Gibby rit de bon cœur.

— Assez rigolé, fit Jeremy d'un ton hautain. Je

veux savoir ce qui se passe. Cet homme a déclaré que si nous l'amenions ici, il mettrait de l'ordre dans toute cette histoire. Alors je veux savoir ce qui se passe.

Nul ne lui répondit. Paul, Fiona et Gibby prirent leurs sacs à dos.

— Partons sans tarder. Nous avons du chemin à faire, déclara Paul.

Il toisa d'un œil critique Jeremy, vêtu d'un élégant costume gris en flanelle.

— Nous serons de retour dès que possible. Les clés de la voiture sont sur la table.

Manifestement, il avait l'intention de laisser Jeremy, Lisa et Suzie sur place.

Mais l'avocat ne l'entendait pas de cette oreille.

— Si vous croyez que vous allez sortir d'ici sans…

Paul le foudroya du regard.

— Figurez-vous que je suis d'humeur à arracher la tête de n'importe qui ! gronda-t-il. Même la vôtre.

Impressionné, Jeremy se tut. Paul hissa son sac et franchit le seuil.

L'avocat les suivit sous le porche.

— Vous ne partirez pas sans moi, prévint-il.

— Pourquoi ? demanda Paul en le dévisageant. Vous vous inquiétez pour votre dulcinée ? À moins que vous ne convoitiez une part du butin ?

Avant que Jeremy puisse répondre, Fiona s'interposa entre les deux hommes.

— Inutile de défouler ta colère sur lui. Il voulait seulement nous aider. Gibby est…

— L'un des hommes qui sont partis avec ton père, à l'origine, coupa Paul. Merci, j'avais deviné.

Lisa surgit à son tour, portant un petit sac à main de grande marque.

— Sa trousse de maquillage, commenta Fiona sans pouvoir s'en empêcher.

Elle entrevit l'esquisse d'un sourire moqueur sur les lèvres de Paul.

— Paul chéri, tu ne vas tout de même pas laisser cette fille me lancer des piques pendant tout le trajet ?

Il soupira.

— Lisa, répondit-il avec patience, tu ne viens pas avec nous. La jungle grouille de moustiques, de serpents et d'alligators. C'est trop dangereux pour toi.

— Mais pas pour moi ? intervint Fiona, outrée.

— Pas pour elle ? renchérit Lisa.

Paul leva les mains au ciel, puis descendit les marches du perron.

— Que fait la police ? Je veux qu'on m'arrête et qu'on me mette dans une cellule, à l'abri de ces femmes !

Gibby s'esclaffa.

— Je crois qu'on va bien s'amuser !

Une heure plus tard, Fiona s'en mordait les doigts. Si seulement elle avait supplié Paul de la laisser au bungalow ! Cette randonnée dans les marais était un cauchemar. Mais il n'était pas question pour elle de se plaindre. Lisa se lamentait assez, pour tout le monde. Chaque parole prononcée par cette jolie poupée fragile était une ineptie.

— Tu la détestes, n'est-ce pas ? dit Jeremy en arrivant à sa hauteur, guettant les serpents.

Une note étrange dans sa voix attira l'attention de la jeune femme. L'avocat lui parut plus petit que dans ses souvenirs. Avait-il toujours eu cet air guindé ? Peut-être était-ce parce qu'il passait sa vie devant l'écran de son ordinateur...

— Mais toi, tu l'apprécies beaucoup, on dirait, rétorqua-t-elle.

Depuis leurs retrouvailles, Jeremy ne l'avait pas touchée une seule fois, à part pour lui saisir le bras, une heure plus tôt. Comment avaient-ils pu être amants pendant si longtemps ?

— Sais-tu à quelle famille elle appartient ?

— Non. Mais tu vas me le dire, je suppose.

— Elle...

Jeremy se détourna.

— Elle pourrait m'être très utile pour ma carrière, confia-t-il.

Fiona prit une profonde inspiration.

— Au moins, tu es franc... Tu as raison. Même si tu étais mon avocat et si tu me tirais de ce mauvais pas, je ne serais plus qu'une cadre au chômage, n'est-ce pas ?

Il haussa les épaules.

— Je ne dirais pas les choses aussi brutalement, mais... tu sais bien que cela n'a jamais été sérieux entre nous. Nous étions simplement...

— Inutile de me dire que ce n'était pas le grand amour. J'ai compris, maintenant.

— Maintenant ? Cela signifie-t-il que toi et Montgomery... ?

— Il ne s'est rien passé entre nous, si c'est ce que tu veux savoir, coupa Fiona avant de baisser le ton. Nous avons été très occupés, ces derniers jours, à chercher qui avait pu tuer trois personnes.

— Trois ! Seigneur, Fiona, jusqu'où es-tu impliquée dans cette affaire ?

— Je ne pourrais l'être davantage ! rétorqua-t-elle, agacée. Écoute, si tu veux ma bénédiction pour courtiser cette petite blondasse stupide, ne te gêne pas.

Le visage de Jeremy s'illumina un instant. Elle ajouta :

— Mais tu crois que ta majorette voudra de toi, alors qu'elle peut épouser un homme aussi riche que Montgomery ? Car il paraît qu'il est très fortuné.

Fiona ne parvint pas à prononcer le prénom de Paul. Celui-ci était en train de masser la cheville délicate de Lisa, vérifiant que ses os n'étaient pas brisés. Quant à Fiona, elle avait trébuché sur une racine et boitait depuis une heure, sans que personne s'en soucie. Jeremy n'avait même pas remarqué sa démarche.

— Leur mariage n'était destiné qu'à unir deux grandes familles, expliqua l'avocat. Ces derniers jours, j'ai appris à connaître Lisa. Nous avons longuement travaillé côte à côte, jour après jour…

Fiona eut un rire amer.

— Pendant que vous cherchiez à prouver notre innocence, tu faisais du pied à Lisa sous la table ? À moins que les séances de travail se soient passées au lit ?

— Voilà ce qui a toujours cloché entre nous, grommela Jeremy. Il faut toujours que tu tournes tout à la plaisanterie, même lorsque la situation est grave.

Fiona s'en félicitait, au contraire. C'était une chance pour elle de savoir rire dans l'adversité. L'un des aspects de sa personnalité que Paul préférait était son sens de la dérision…

Elle regarda devant elle. Toujours attentionné, Paul aidait sa fiancée à passer par-dessus un arbre mort.

— Je ne crois pas qu'il la laissera tomber, dit-elle à Jeremy. Et je ne vois pas pourquoi Lisa te préférerait à lui.

Il émit un grognement.

— Tu plaisantes ? Ce type n'est qu'une ordure sans cœur. Il ne songe qu'à ses maudits oiseaux et… Tu peux me dire en quoi c'est amusant ?

— Paul Montgomery est un homme très bien, déclara-t-elle. Je peux te l'assurer.

Sur ces mots, elle hâta le pas et vint se placer entre Gibby et Suzie.

— Alors, dites-moi tout ! lança-t-elle, désireuse d'entendre autre chose que les plaintes de Jeremy et ses sordides projets de carrière.

Lorsque Lisa décréta qu'elle avait faim, Paul annonça qu'il était temps de marquer une pause.

Fiona s'assit sagement près de Jeremy. Dès qu'elle vit Paul s'éloigner dans les buissons, elle lui emboîta discrètement le pas.

— J'aimerais avoir un peu d'intimité, si cela ne te dérange pas, dit-il en lui tournant le dos pour déboutonner sa braguette.

Fiona l'ignora.

— Combien en as-tu trouvé ?

— Je crois que nous devrions rejoindre les autres, répondit-il. Lisa va s'inquiéter et…

— Épargne-moi ton baratin ! s'exclama-t-elle avant de baisser le ton. Tu es un sournois de la pire espèce, tu mijotes quelque chose derrière mon dos.

— Tu me croirais si je te disais que je suis venu observer un oiseau ? demanda-t-il en esquissant un sourire.

— Une espèce très rare de blondasse aux yeux bleus ? répliqua-t-elle.

Il éclata de rire.

— Tu me manques, avoua-t-il tendrement.

Fiona faillit se jeter à son cou. Pourquoi se querellaient-ils ainsi ? Puis elle pensa à Lisa, et son enthousiasme retomba aussitôt.

— Fais voir, dit-elle en tendant la main, les yeux plissés.

Paul scruta les alentours pour s'assurer que personne ne les épiait, puis il lui tendit deux clous dorés.

— Comment as-tu deviné ? s'enquit-il, amusé.

— Je te connais. Tu n'es pas du genre à aider une pauvre jeune femme en détresse qui trébuche sur une branche. Tu es plutôt du style à lui intimer de se relever vite fait. Quand je t'ai vu aider Lisa, tout à l'heure, je me suis doutée que tu cachais quelque chose. Tu étais en train d'arracher ces clous d'un tronc d'arbre.

— Lisa me considère comme un homme galant, répliqua Paul d'un ton offusqué.

— Lisa aime ton argent. Si tu ne l'as pas encore compris, tu es un imbécile.

Il l'attira dans ses bras et l'embrassa tendrement.

— Tu m'as manqué, murmura-t-il entre deux baisers. Tu me détestes ? Je n'ai jamais voulu te mentir, mais…

— Je sais, coupa-t-elle en l'embrassant fébrilement dans le cou. Je sais. Tu en as assez des femmes qui ne convoitent que ta fortune.

— Je n'ai jamais eu la chance de rencontrer une femme ignorant tout de ma famille et…

Il n'en dit pas davantage. Sa main glissa sur les seins de Fiona, puis s'aventura plus bas. Les jambes de la jeune femme se dérobèrent. Pantelants, ils s'allongèrent à même le sol, parmi la végétation luxuriante. Les oiseaux chantaient au-dessus de leurs têtes. Jamais Fiona n'avait autant désiré un homme. Peu importait que leurs compagnons ne se trouvent qu'à quelques dizaines de mètres. Ils avaient l'impression d'être seuls sur une île déserte.

Les cris hystériques de Lisa les ramenèrent brutalement à la réalité.

— Quoi encore ? gémit Fiona. Elle a vu une araignée ?

Paul dressa l'oreille. Aussitôt, ils perçurent une détonation, puis une autre.

Fiona se leva d'un bond pour regagner le campement, mais Paul la retint par le bras. Prudents, ils firent un détour dans les broussailles. Soudain il s'immobilisa derrière un arbre, lui fit signe de s'arrêter. Elle se figea. Un serpent énorme, mesurant plusieurs mètres, se faufila près d'eux. Lorsque le reptile eut disparu, Paul ordonna à la jeune femme de le suivre.

— Il était venimeux, n'est-ce pas ? demanda-t-elle.

— Mortel.

— Naturellement...

Ils se frayèrent un chemin parmi la végétation, puis observèrent les alentours. Les sourcils froncés, Paul se tourna vers sa compagne et haussa les épaules, perplexe. Elle s'avança vers le petit groupe. Jeremy, Suzie et Gibby avaient les yeux baissés vers le sol. Lisa était appuyée à une souche d'arbre, pâle comme la mort.

— Elle a vu le serpent, supposa Fiona.

— Et ils ont été aussi terrorisés l'un que l'autre, ajouta Paul avec un sourire complice.

Il sortit des broussailles et rejoignit les autres.

— Je veux savoir lequel d'entre vous est armé, déclara-t-il. Je veux que l'on me remette immédiatement cette arme.

Lisa parut renaître à la vie. Elle se jeta au cou de son fiancé.

— C'est moi ! C'est moi qui l'ai trouvée ! La pauvre était... Oh, Paul, c'est affreux. Jamais je ne m'en remettrai...

Paul vit Suzie s'écarter du cercle et lui faire signe de venir constater par lui-même.

Il découvrit alors ce qui attirait leur attention. Sur le sol, portant une salopette d'homme et une chemise à carreaux boutonnée jusqu'en haut, gisait Rose.

— Encore elle ! soupira Fiona, les mains sur les hanches. Paul, qu'est-ce qu'elle fait ici ?

Il se dégagea de l'emprise de Lisa et s'approcha du cadavre.

— Il est sans doute trop tard pour chercher des traces de pas...

Fiona n'osait penser à la signification de cette réapparition soudaine. Ils étaient espionnés, suivis... Elle examina les vêtements dont on avait habillé Rose.

— Du coton, commenta-t-elle, cynique. Au moins, elle reste naturelle.

Suzie et Paul éclatèrent d'un rire nerveux.

— Vous êtes complètement malades, tous les trois, grommela Jeremy. Je commence à me demander si vous n'êtes pas les meurtriers de Roy Hudson...

Paul fit volte-face et le saisit par la chemise.

— Vous avez raison, maître, nous sommes tous malades. Mais celui qui perpétue ces meurtres abjects l'est encore plus que nous... À présent, donnez-moi votre arme, et vite.

— Je vis à New York, j'ai un permis, protesta l'avocat en cherchant à se dégager.

Malheureusement, il mesurait une tête de moins que Paul.

— Nous ne sommes pas à New York. Vous êtes ici chez moi, compris ? Donnez-moi cette arme !

Jeremy obéit à contrecœur. Il lui tendit le petit pistolet qu'il portait dans la poche intérieure de sa veste.

Paul le rangea dans son sac.

— Dorénavant, nous resterons groupés, décréta-t-il. Quelqu'un nous suit, ou nous précède... Des questions ?

— On ne va pas la laisser là, tout de même ? demanda Lisa, livide.

— Tu veux la ramener au bungalow ? rétorqua Paul, implacable. Tu veux t'éloigner du groupe et retourner là-bas toute seule ? C'est ce que tu veux ?

— Inutile d'être aussi méchant, murmura Lisa, les lèvres pincées. Vous deux avez peut-être l'habitude des cadavres, mais pas Jeremy et moi.

Paul cligna les yeux, puis observa Lisa et Jeremy. Enfin, il adressa un sourire complice à Fiona, avant de se détourner.

— J'ouvre la marche car je connais le chemin, annonça-t-il. Fiona, tu restes avec moi, puis Suzie, Lisa et l'avocat. Gibby, vous fermez la marche. Vous êtes bien armé ?

— Deux pistolets et un couteau dans sa botte, répondit Fiona à sa place.

Le vieil homme lui sourit, puis se tourna vers Paul.

— Je suis bien armé. Allons-y, et conduisez-nous jusqu'au bout.

Paul se mit en route.

— Prends ce qui reste des papiers, ordonna-t-il à Fiona par-dessus son épaule. Et lis-les-moi.

La jeune femme mit un certain temps à comprendre qu'il faisait allusion au document trempé de café, concernant l'histoire des lions d'or. Lorsque son père lui avait envoyé le récit de *Raffles*, elle était alitée, de sorte qu'elle l'avait lue avec grand intérêt. Mais l'histoire des lions d'or lui était parvenue en plein tournoi de basket. Elle n'avait accordé qu'une lecture distraite au document. Aussi ne se rappelait-elle pas très bien l'intrigue.

Suzie avait entendu l'ordre de Paul. Elle sortit le document.

— Il est dans un état lamentable, commenta Fiona, faisant de son mieux pour suivre le rythme soutenu de Paul.

Il marchait si vite qu'elle fut tentée de se retourner pour surveiller la progression de Lisa. Mais elle se retint. Cherchait-il à semer leurs compagnons? Il savait qu'ils étaient tous deux les cibles de leurs mystérieux poursuivants. Sans doute préfère-t-il rester en tête pour épargner les autres, en cas d'attaque, songea-t-elle amèrement.

— Alors? fit-il.

— C'est difficile à déchiffrer. Seuls quelques passages sont encore lisibles… J'y vais. « Temps lourd et brumeux. Deux jours plus tard, le brouillard se lève… Terre droit devant… Une falaise noire, haute de cent mètres. Le vent tombe. Tout est calme, inquiétant. Le navire dérive vers la falaise. Tout l'équipage sait qu'il va s'échouer. Mais la falaise semble… » C'est illisible. « Elle… s'ouvre », je crois. C'est ça. « La falaise s'ouvre au moment où le navire va s'échouer. Le navire dérive vers une grotte creusée dans la roche. Le mat heurte le plafond… Le navire a coulé avant l'aube. »

Elle poussa un soupir.

— Il manque beaucoup de texte, reprit-elle. Quelqu'un – je ne déchiffre pas son nom – voulait aborder le navire, mais celui-ci a coulé. « Après le naufrage, il s'est emparé des bijoux et a pris le commandement de l'île. » C'est un passage horrible, je m'en souviens. « Cet homme est vêtu de rouge – du tissu qu'il a récupéré sur l'épave. C'est un être violent, tyrannique. Il a tué beaucoup de survivants, y compris les femmes et les enfants, et a fait de Lucinda sa maîtresse. »

Fiona leva les yeux de la liasse de feuilles.

— Même dans l'original, il ne figurait aucune explication sur Lucinda, mais je m'étais imaginé une femme très belle. Je pensais…

Le regard de Paul l'incita à se concentrer sur le document.

— Voyons… « Sur l'île, un dénommé Williams avait quarante disciples. Il a pu repousser deux assauts. Il a fini par mener une attaque surprise et a pris… » Je n'arrive pas à lire le nom… Bref, il a capturé un méchant et l'a fait prisonnier. Ensuite, il manque une grande partie du texte, mais il semble que le capitaine du navire et quarante-cinq autres hommes soient partis chercher du secours. « À leur retour, le méchant et ses complices se rendirent et furent emmenés à… et ils furent pendus. »

Fiona tourna les pages.

— Voyons… Ah ! je vois, nous sommes au milieu de l'histoire. Tout est mélangé. Il y a une longue description de ce que ces gens ont subi après leur naufrage sur l'île. Je ne distingue que quelques phrases. « Ils ont bu des bouteilles de vin sauvées du naufrage, se nourrissant de fromage et d'olives… ils ont construit des cabanes à l'aide de feuilles de palmier, les ornant de tapisseries flamandes récupérées sur l'épave… des singes venaient leur chiper leurs vivres. Ils… »

Elle brandit les feuilles et les tourna dans tous les sens.

— « Ils ont abattu des… » Sans doute des singes. « Mais leur chair avait fort mauvais goût… » Ah, voilà quelque chose d'intéressant. « L'île n'était pas déserte car certains marins ont apparemment été dévorés par les indigènes. Ils ont transformé leurs glaives en scies et… ont tué un crocodile de quinze mètres de long, l'ont fait griller au feu de bois et l'ont mangé. Ils ont trouvé cela succulent. »

— C'est vrai, c'est succulent, commenta Paul. Quoi d'autre ?

— « Ils ont rencontré… » C'est illisible… Ah oui ! « Ils ont rencontré le roi de l'île, lui ont offert des étoffes, des coupes en argent, des miroirs et… » C'est tout ce que j'arrive à déchiffrer, sauf… « Sophia ne cessait d'avoir des malaises. »

— C'est bien joli, tout cela, mais les lions d'or ? s'enquit Paul.

— Soit le paragraphe qui les concerne a été détruit par le café, soit cette histoire ne correspond pas à la carte que j'ai reçue cette année-là.

— Tu ne te rappelles rien à propos des lions d'or ? questionna-t-il, d'un ton qui suggérait qu'il fallait être idiote pour ne pas s'en souvenir.

— Ne me cherche pas, gronda-t-elle en plissant les yeux. Tu as grandi dans les marais. Tu aurais dû trouver ces clous et les lions d'or quand tu étais jeune.

— En fait, je les ai trouvés.

Cet aveu arrêta la jeune femme sur sa lancée. Paul la saisit par le bras et l'incita à continuer.

— Je t'en prie, pas de scandale. Tu veux que les autres soient au courant ?

— Au courant de quoi ? demanda-t-elle avec une pointe d'hystérie dans la voix. Qu'ils soient au courant que tu savais des choses importantes depuis le début ?

— Si tu me fais une scène, je ne te dirai rien.

— Moi, faire une scène ? s'exclama-t-elle. Oh, Paul chéri, je ne peux pas soulever cette plume, gémit-elle en imitant Lisa. J'ai mal à mes petites chevilles…

— Tu es jalouse, n'est-ce pas ?

— Autant que tu l'es de Jeremy, rétorqua-t-elle.

— Alors tu l'es beaucoup, murmura-t-il en la regardant de biais.

Fiona sentit sa gorge se nouer. Elle faillit trébucher, mais il la retint par le bras.

— Tu m'en veux encore de ne pas t'avoir révélé que ma famille était très riche et que je suis parfaitement en mesure de produire ta poupée des marais, de t'offrir ta propre fabrique de jouets pour que tu puisses mener l'entreprise à ta guise, sans avoir peur d'être renvoyée par un imbécile ?

Il avait parlé si vite que la jeune femme ne put s'empêcher de s'esclaffer.

— Présenté ainsi, ce n'est pas une mauvaise idée. Je devrais y réfléchir. Mais…

Elle hésita, détourna pudiquement les yeux, puis reprit :

— Mais…

— Lisa ?

— Je te rappelle que tu vas l'épouser.

— Quand tu as fouillé ma chambre, à l'entrée du parc, tu ne t'es pas demandé pourquoi son portrait se trouvait sous mon lit ?

— Mais non ! Je… Bon, j'ai peut-être regardé, mais tu ne cesses de répéter combien tu l'aimes.

— Je me sentais seul. Je suis allé passer un mois chez mes parents. Lisa s'y trouvait aussi. Nous avons partagé de bons moments. J'ai cru pouvoir faire ma vie avec elle. Mais quand je suis rentré ici…

Il désigna les marais, la nature sauvage.

— J'ai su que Lisa ne supporterait jamais cet environnement. Qu'elle ne serait pas à sa place, ici. Je voulais rompre gentiment avec elle, et…

Il haussa les épaules.

— Et je suis arrivée, j'ai cassé ton crocodile, puis je me suis réveillée avec un cadavre sur les bras.

— Un alligator, corrigea-t-il.

— Je sais, fit Fiona avec un sourire taquin. Lisa est au courant ?

Paul regarda droit devant lui.

— Je crois que Lisa a trouvé quelque chose qu'elle préfère à l'argent des Montgomery.

Fiona plissa le front. Il désigna l'arrière du convoi. Le petit groupe avançait deux par deux. Suzie et Gibby échangeaient des murmures, Lisa et Jeremy se tenaient la main...

Elle se tourna vers son compagnon.

— Ils ont dû passer pas mal de temps ensemble, ces derniers jours...

— Apparemment, confirma Paul, ses lèvres sensuelles esquissant un sourire.

Le cœur de Fiona battait à tout rompre. Elle respira profondément pour se calmer.

— On dirait que ton mariage est annulé, déclara-t-elle enfin, d'un ton qui se voulait enjoué.

— Le tien aussi, répondit Paul avec un enthousiasme qui amusa la jeune femme.

Ils marchèrent un moment en silence.

Soudain, Paul glissa sur une flaque de boue, entraînant Fiona dans sa chute. Ils se retrouvèrent enchevêtrés, bouche contre bouche. Comme malgré eux, ils échangèrent un long baiser, qui dura plusieurs secondes magiques. Leurs compagnons arrivèrent en courant.

— Tout va bien ? s'écria Lisa, au bord de l'hystérie. Oh, Paul chéri, s'il t'arrivait quelque chose, je ne m'en remettrais jamais !

Assise par terre, Fiona leva les yeux, se protégeant du soleil. Furieux, Jeremy avait les poings crispés.

— Nous allons bien, tous les deux, annonça-t-elle avec emphase. J'ai simplement buté sur un serpent.

— Au moins, ce n'était pas un nouveau cadavre, commenta Suzie qui se tenait en retrait, à côté de Gibby.

Fiona se demanda de quoi ils pouvaient parler avec tant de passion.

— Puisque tout le monde s'est arrêté, nous pourrions installer le campement ici pour la nuit, suggéra Gibby en posant un regard insistant sur Paul. À moins que vous ne souhaitiez tourner en rond un peu plus longtemps…

— En rond ? répéta Lisa. Qu'est-ce que cela signifie, Paul chéri ? Tu nous fais tourner en rond ?

— Bien sûr que non, répondit-il, mais Fiona remarqua qu'il était gêné. Gibby voulait simplement dire que nous sommes fatigués, n'est-ce pas ?

— Bien sûr, admit le vieil homme, le regard toujours rivé sur Paul.

Celui-ci se releva et saisit son sac.

— J'ai apporté du matériel de pêche. Gibby, trouvez-nous des appâts. Et vous, l'avocat, allumez le réchaud à pétrole… Suzie, vous savez pêcher ?

— Je sais tout faire ou presque, y compris suivre une carte, répliqua-t-elle froidement.

— Nous savons tous les deux de quoi ils discutaient, glissa Fiona à l'oreille de Paul.

— Éloigne-toi, lui souffla-t-il.

L'espace d'un instant, la jeune femme crut qu'il voulait qu'elle s'éloigne de lui. Puis elle comprit.

— Suzie ! lança-t-elle. Je vais vous aider à pêcher, dès que j'aurai fait un petit tour dans les buissons.

— Je vous suis, déclara Lisa, persuadée sans doute que les femmes devaient aller se repoudrer le nez ensemble.

Paul se retourna et adressa à Fiona un signe discret de la tête.

— Excusez-moi, fit-elle d'un ton léger, mais j'ai besoin d'un peu d'intimité.

Coquette, Lisa battit des paupières, puis émit un gloussement.

— Oh, bien sûr, je comprends… Vous n'allez pas vous échapper, n'est-ce pas ?

— J'ignorais que j'étais considérée comme une prisonnière, répliqua Fiona, sidérée.

Cette pimbêche était vraiment impossible.

— Mais si. On en parle dans tous les journaux. La police vous recherche. Ils…

Jeremy prit Lisa par le bras.

— Elle est au courant.

D'un geste vif, Paul écarta la main de Jeremy du bras de sa fiancée.

— Ôtez vos sales pattes de ma femme, l'avocat !

Profitant de cette diversion provoquée par Paul, Fiona se faufila dans les broussailles.

Dix minutes plus tard, elle était toujours cachée derrière un arbre et patientait.

— Où est-il passé ? grommela-t-elle tout haut.

Aurait-elle mal interprété ses instructions ? Il ne voulait peut-être pas qu'ils se retrouvent seuls. Peut-être était-il… Peut-être avait-il été réellement jaloux de voir Jeremy toucher Lisa. Peut-être avait-il menti sur…

En sentant le contact de sa main puissante sur son bras, Fiona sursauta. Pour l'empêcher de crier, Paul posa ses lèvres sur les siennes.

— Cela te prend souvent de parler toute seule ? murmura-t-il contre sa bouche.

— Cela te prend souvent d'appeler Lisa ta *femme* ! persifla-t-elle.

Elle regretta aussitôt de se laisser aller à cette jalousie indigne d'elle.

En riant, Paul l'entraîna par la main dans les fourrés.

— Je leur ai donné tant de travail que nous avons au moins trente minutes avant qu'ils s'aperçoivent de notre départ, dit-il en hissant son sac à dos.

Fiona fit mine de ne pas vouloir le suivre.

— Tu es sûr que tu ne préfères pas partir avec Lisa ?... Où veux-tu aller, d'ailleurs ?

— Chercher les lions d'or, bien sûr ! Rappelle-toi, je t'ai dit que je savais où ils étaient.

En fait, elle l'avait oublié. Entre leurs baisers furtifs et la jalousie qui la tenaillait, les lions d'or lui étaient sortis de la tête...

Paul lâcha sa main et lui prit doucement le menton.

— Et si je te disais que je ne cherchais qu'à détourner l'attention des autres ? Et si je te disais que je commence à t'aimer vraiment, et que je compte t'épouser si nous nous en sortons... cela t'aiderait ?

— Euh... oui, un peu, parvint-elle à balbutier.

— Alors viens. La nuit va bientôt tomber.

21

Toute jeune femme qui reçoit une demande en mariage d'un homme s'attend à être courtisée, séduite : champagne, roses rouges, dîner aux chandelles...

Or Fiona ne vit rien de tout cela. Au contraire ! Paul l'entraîna dans des eaux boueuses, sans cesser de la mettre en garde contre les serpents et les alligators. Pour ne pas parler des autres créatures effrayantes !

— Je ne comprends pas pourquoi tu n'as pas pensé à tout cela avant, grommela-t-elle. Si tu savais où se trouvaient ces fameux lions d'or, nous aurions pu...

Elle se tut. Paul venait de reculer d'un pas, afin de laisser passer un serpent qui se faufila entre eux. Fiona eut envie de fermer les yeux, mais elle devait rester en alerte, pour ne pas s'embourber dans les marais, s'écorcher sur les feuillages, heurter les oiseaux énormes qui voletaient autour d'eux et semblaient se moquer de leur présence.

— Je n'ai compris de quoi il s'agissait qu'en voyant les cartes envoyées par mes nièces. N'oublie pas que j'ai grandi dans ce parc. Je le connais comme ma poche.

— Charmante cour de récréation, railla Fiona en écartant une branche qui menaçait de lui griffer le visage.

— C'est bien plus amusant que les aires de jeux en béton des grandes villes... Attention au trou !

Fiona fit un écart, pour ne pas être engloutie par une sorte de grotte souterraine.

— C'est très profond ? murmura-t-elle.

— À mon avis, c'est un gouffre sans fond, répondit-il en voulant l'entraîner par la main.

Mais Fiona ne put bouger. Paul la souleva dans ses bras, lui fit franchir un tronc d'arbre, avant de la déposer par terre. La jeune femme s'embourba aussitôt.

— Plus jamais je ne serai propre, gémit-elle en contemplant ses jambes crottées.

Il se pencha pour l'embrasser.

— Mais si ! On s'en sortira, tu verras, chuchota-t-il contre ses lèvres, avant de reprendre sa marche. Alors, où souhaites-tu passer notre lune de miel ?

— Dans le désert, répondit-elle, ce qui fit rire Paul aux éclats.

Par chance, Fiona était élancée. Sinon, elle n'aurait jamais réussi à suivre les longues enjambées de son compagnon. De toute évidence, Paul savait où il allait, et il était impatient d'arriver à destination. D'autant que la lumière du jour déclinait rapidement.

Tandis qu'elle scrutait les alentours, des bruits lugubres lui parvinrent. Elle distingua des ombres inquiétantes...

— Nous sommes presque arrivés, annonça Paul, la faisant sursauter. N'aie pas peur. Tout ira bien tant que tu seras près de moi.

— Bien sûr, grommela-t-elle. Comme si tu connaissais personnellement chaque alligator et chaque serpent.

— Presque, répliqua-t-il, amusé. Tu veux savoir comment j'ai trouvé les lions ?

Fiona crut distinguer une créature velue et énorme, dissimulée derrière un tronc d'arbre. Agrippant la main de Paul, elle se plaqua contre lui.

— Un jour, reprit-il, je devais avoir une dizaine d'années, je me promenais et...

— Dix ans ? s'exclama-t-elle, éberluée. Tu te promenais ici tout seul ?

— Allons ! J'ai l'impression d'entendre ma mère. Les rues d'une grande ville sont bien plus dangereuses que la nature... Bref, je marchais et j'ai aperçu un reflet étrange. Une entrée secrète. Les lions avaient d'énormes émeraudes à la place des yeux...

Fiona attendit qu'il poursuive son récit, mais il se contentait d'avancer dans les marais, sans un mot.

— Continue, fit-elle. Ne me dis pas que, des années plus tard, tu avais oublié cette aventure extraordinaire ? Ton enfance fut donc si palpitante que tu trouvais des trésors de pirates chaque matin ?

Il esquissa un sourire.

— Ce jour-là, j'ai eu un petit accident...

Il se tut à nouveau. La jeune femme tenta de maîtriser son impatience. Jamais il n'aurait la satisfaction de la voir le supplier de lui raconter la suite !

— Si tu utilises cette histoire pour l'une de tes poupées, tu me verseras une partie des bénéfices ? demanda-t-il, taquin.

— Tu auras des touristes pour ton parc, et moi en prime. Que désirer de plus ?

Paul l'attira dans ses bras et l'embrassa fougueusement.

— Rien, souffla-t-il à son oreille. Cela me suffit.

Il s'écarta et se remit en route, la tenant par la main.

— Alors, que s'est-il passé, ce jour-là ? insista-t-elle, ne pouvant résister à la tentation.

Les baisers de Paul produisaient sur elle un effet euphorisant.

— Je me suis cassé la jambe. J'ai dû me traîner jusqu'à la maison, car je savais que personne ne viendrait me chercher, là où je me trouvais. J'ai eu une fièvre de cheval pendant plusieurs jours. Par la suite, j'ai cru que cette histoire de lions n'était qu'une hallucination due à la fièvre.

Fiona réfléchit, imaginant un garçon de dix ans en train de se traîner dans la jungle avec une jambe cassée.

— Combien de temps as-tu passé à l'hôpital ? s'enquit-elle doucement.

— Deux semaines.

Alors que la nuit tombait, au point de ne plus rien voir à trois mètres, Paul entraîna la jeune femme au cœur d'une végétation impénétrable. Il écarta la vigne vierge pour s'engouffrer dans un trou noir effrayant. Lorsqu'il lâcha sa main, Fiona faillit hurler de terreur.

Mais elle se retint et attendit, immobile, entendant Paul fouiller dans son sac à dos. Il en sortit une torche.

Dès qu'il l'alluma, ce fut encore pire. Tout autour d'eux se dressait une végétation dense, des ombres inquiétantes se projetaient sur les parois rocheuses. Le silence lui donna la chair de poule.

— Prenons les lions et filons d'ici, murmura-t-elle. Je n'aime pas du tout cet endroit.

— Cela risque d'être un peu difficile, répondit Paul, amusé. Nous ne partirons que demain matin.

Elle tressaillit.

— Demain matin ? Cela signifie qu'il va falloir passer la nuit ici ?

Il posa une main caressante sur sa cheville, lui arrachant un cri de peur. Puis sa main glissa sur son mollet. Elle baissa les yeux vers lui. Tandis qu'elle examinait les lieux, folle d'angoisse, il avait sorti une sorte d'abri, une petite tente munie d'un sac de couchage.

Elle croisa le regard de Paul. Alors, en plongeant dans ses yeux de braise, elle oublia les lions d'or, les meurtres, la police qui les recherchait. Ses jambes se dérobèrent, et elle s'écroula dans ses bras.

Tendrement, il l'attira à l'intérieur de la tente, qu'il referma. Puis il éteignit la lampe. L'espace d'une seconde, Fiona crut être seule mais, soudain, Paul vint s'allonger sur elle, la plaquant contre lui, la caressant avec volupté.

Dès le premier contact, elle sentit combien son désir pour lui était monté au fil des jours. Fébriles, impatients, ils arrachèrent leurs vêtements.

Leurs peaux nues se trouvèrent enfin. La jeune femme ne sentit plus que ses mains, sa bouche gourmande sur elle. Les lèvres avides de Paul cherchèrent ses seins. Elle rejeta la tête en arrière, offrant à ses baisers les points les plus sensibles de son corps.

Puis les mains de Paul s'aventurèrent plus bas, sur ses hanches, ses rondeurs féminines.

Pantelante, elle se mit à son tour à explorer le corps de son amant, ses larges épaules et son dos puissant. Elle avait l'impression de le désirer depuis toujours.

Lorsqu'il la pénétra, elle étouffa un cri de surprise et de plaisir à la fois, tandis qu'il la dévorait de baisers.

Elle ne s'attendait pas à découvrir une telle passion en lui. Elle le savait passionné par son métier, ses oiseaux, son parc. À présent, elle comprenait que c'était aussi un homme terriblement sensuel.

Ils ondulèrent au même rythme, plaqués l'un contre l'autre, ne formant plus qu'un seul être.

Fiona enroula les jambes autour de sa taille et l'attira en elle de toutes ses forces. Elle se cambra pour aller au-devant de ses coups de reins.

Ensemble, ils connurent l'extase. En sentant le plaisir de Paul exploser en elle, la jeune femme découvrit une plénitude inconnue, qui la laissa émerveillée.

— Je t'aime, souffla-t-il en s'abandonnant contre son corps moite.

Elle garda les jambes autour de sa taille, tout en lui caressant les cheveux. Elle brûlait de connaître tous ses secrets, d'explorer chaque détail de son corps.

Elle voulait savoir ce qu'il cachait au fond de son cœur, elle voulait tout partager avec lui.

Leur rencontre était une bénédiction. À l'avenir, elle n'aurait plus jamais à faire semblant en sa présence. Ses amies prétendaient que toute femme ne pouvait s'empêcher de jouer la comédie avec son petit ami, jusqu'à ce qu'elle le quitte. Alors, elle redevenait elle-même.

Fiona, elle, n'avait jamais agi ainsi avec un homme, pas même avec Jeremy.

À cause des circonstances particulières de leur rencontre, Paul avait déjà entrevu les pires aspects de sa personnalité. Il la savait capable de sarcasme, de mépris. Elle pouvait se montrer intelligente ou stupide, voire calculatrice.

Mais il l'aimait quand même...

— À quoi penses-tu ? murmura-t-il en s'allongeant à son côté.

— Je...

Elle sourit dans le noir.

— Je t'écoute, insista-t-il gentiment.

— Quand mon père venait me voir, je m'efforçais d'être la plus sage des petites filles, raconta-t-elle.

Il réfléchit.

— Tu espérais lui plaire au point qu'il t'emmène avec lui en voyage, au lieu de te laisser en pension ?

— C'est cela, admit-elle, la gorge nouée. Les journaux qui prétendent que mon enfance a été solitaire et triste se trompent. Mais toi...

Elle enfouit son visage dans le cou de Paul, qui hésita.

— Moi, je t'aime, bien que tu te conduises parfois en vraie mégère.

— Pas du tout ! protesta-t-elle. Du moins, quand je ne suis pas poursuivie pour meurtre.

— Et que tu ne te retrouves pas avec un homme que tu détestes cordialement !

— Tu n'as pas été très gentil avec moi, gronda-t-elle. Et, si tu me parles encore de ce fichu alligator que j'ai cassé, je...

— Quoi ? fit-il en riant. Tu vas mettre le feu au guichet situé à l'entrée du parc ?

— Je crois que je vais plutôt enflammer autre chose, répliqua-t-elle en lui titillant le lobe de l'oreille.

— Ah oui ? Je me demande bien quoi... Tu me montres ?

— D'accord, dit Fiona avec gourmandise.

22

— Alors où sont-ils, ces fameux lions d'or ? demanda Fiona, dès les premières lueurs de l'aube.

La jeune femme s'était déjà habillée et se tenait à genoux, sous l'auvent.

Toujours allongé, Paul bâilla en la regardant.

— Tu ne veux pas grignoter quelque chose, d'abord ? Ou boire ? Ou... disons...

Il suffit à Fiona de plonger dans son regard pour savoir ce qu'il avait en tête.

Déterminée, elle s'écarta de lui.

— Ce qu'il me faudrait, c'est un bon bain chaud, et la certitude de rester en vie. Or je n'aurai rien de tout cela tant que le mystère ne sera pas résolu, et que nous n'aurons pas quitté ces marais répugnants.

Paul s'assit, se frottant le visage. Fiona quitta leur abri de fortune.

— Si tu vois ces lions d'or, que t'apprendront-ils ? Le nom de l'assassin de Roy, d'Eric et de Rose ?

— Je l'ignore, mais chaque détail est important...

Elle se mit à se gratter.

— Tu crois que j'ai attrapé des puces ?

— Il y a vraisemblablement des sangsues sous tes vêtements. Déshabille-toi donc, que je puisse vérifier.

Elle grimaça un sourire.

— Bien tenté, mais cela ne marche pas. Habille-toi vite et sors de là, ordonna-t-elle.

Elle ne cessait de se répéter que leur mésaventure touchait à sa fin. Ils étaient près du but, elle le sentait.

En scrutant les alentours, elle comprit qu'ils se trouvaient dans une sorte de caverne, manifestement construite par la main de l'homme. Cela ressemblait à une maison de pierre à deux niveaux, en partie souterraine, et bien cachée sous les feuillages. La verdure en bouchait l'entrée, de sorte qu'il y faisait presque noir.

Lorsque Paul émergea à son tour, Fiona le dévisagea.

— Où sommes-nous ? demanda-t-elle, trouvant les lieux quelque peu inquiétants.

— Autrefois, ce devait être un monument funéraire, construit par un peuple très ancien.

Il ramassa quelque chose par terre, un objet brillant qu'il tendit à Fiona. C'était un stylo en argent, abîmé et sale.

— C'est le tien ? s'enquit-elle.

— Il appartenait à mon oncle. Je le lui avais offert.

Le stylo en main, Paul regarda autour de lui.

— Je pense que mon oncle venait souvent ici. Il savait parfaitement ce que j'avais découvert, quand je me suis cassé la jambe. Il a raconté à mes parents qu'il connaissait les moindres recoins de la réserve et qu'il n'existait aucune grotte comme celle que je décrivais.

— T'a-t-il empêché de revenir ici ?

Paul acquiesça.

— Il a affirmé que le terrain appartenait à l'armée et qu'il était miné. En grandissant, j'ai compris que c'était un mensonge. J'ai pensé à des sables mouvants, ou à la présence d'alligators...

Il continua à balayer les lieux du regard.

— Et puis, reprit-il, en vieillissant, on perd l'envie d'explorer les grottes.

— Je me demande comment tu as fait pour la retrouver, fit Fiona, admirative.

— Tu veux voir les lions d'or ? Tu veux voir ce qui a coûté tant de vies humaines ?

Malgré son envie de fuir à l'autre bout du monde, elle hocha la tête. Il lui prit la main. Elle le suivit, le souffle court.

Paul alluma la torche électrique et ils descendirent quelques marches. La majeure partie de la structure était souterraine. La jeune femme en eut la chair de poule. Elle avait l'impression d'être épiée par des milliers de regards perçants.

— Je n'aime pas cet endroit, murmura-t-elle.

— À mon avis, il abrite de nombreux défunts, répondit-il avec entrain. Mais ne t'inquiète pas, ils ne vont pas se réveiller tout de suite.

— Très drôle. Tu ne crois pas que ce sont les gens qui détenaient les lions, qui ont construit cet édifice ?

Paul se mit à rire.

— Il existe depuis des milliers d'années. Les archéologues adoreraient sans doute l'explorer. Les lions, eux, sont plus récents. Cinq cents ans, peut-être. Mais je ne connais pas grand-chose à l'art chinois.

— Nous n'aurons qu'à les prendre et les montrer à un expert, proposa Fiona, agrippée à Paul, scrutant les parois de pierre qui ruisselaient d'eau.

Des lézards filaient parmi la mousse, la faisant sursauter à tout moment.

— Bonne idée, répliqua Paul. J'en porterai un, et tu te chargeras de l'autre.

Fiona opina et descendit encore deux marches. Devant eux se dressait ce qui ressemblait à une porte de fer.

— À l'avenir, je me contenterai de lire les récits d'aventures, au lieu de les vivre. Je déteste vraiment cette grotte...

— Si tu étais dans le noir complet, avec une jambe cassée, tu l'adorerais.

— Tu te crois amusant, sans doute ?

Elle poussa un soupir et demanda :

— Tu possèdes la clé qui ouvre cette serrure ?

Paul se contenta de tirer fortement sur la porte. La poignée lui resta dans les mains, rouillée par l'humidité. Fiona crut que le lourd battant allait s'effriter, mais il s'ouvrit en grinçant.

— Je m'en doutais, fit-il d'un ton agacé. Oncle Gil devait venir si souvent qu'il a remplacé les gonds de la porte ! La première fois que je suis venu, elle était impossible à ouvrir. C'est justement en poussant trop fort que j'ai glissé et que je me suis fracturé la jambe.

La jeune femme n'osa imaginer la frayeur qu'il avait dû éprouver.

— Ton oncle n'a pas installé la lumière, je suppose ? se moqua-t-elle.

Paul disparut dans la pénombre. Fiona eut l'impression que ces quelques secondes duraient une éternité.

— Et cette lanterne, alors ? répliqua-t-il. Mon oncle pensait à tout.

Il lui tendit la lanterne et gratta une allumette.

— À présent, reste derrière moi et marche lentement. L'aspect de ce sol ne me dit rien qui vaille.

— Ni ces parois, ni ce plafond, ni…

— Chut ! fit-il en dressant l'oreille. Tu as entendu ?

Elle eut un ricanement.

— J'entends un tas de choses : serpents, lézards, araignées, tout…

— Là ! Ça recommence.

Elle ne connaissait pas assez bien les sons de la nature pour se rendre compte qu'il y avait quelque chose d'anormal.

— Et si on se contentait de prendre ces fichus lions et de s'en aller au plus vite ? suggéra-t-elle. Je commence à mourir d'envie de me rendre à la police.

Paul écouta encore, puis il franchit le seuil de la caverne.

C'était une petite salle aux murs de pierre. Il n'y avait aucune végétation sur les parois, ni de lézards. La pierre était même relativement sèche.

Au milieu de la salle se dressaient deux énormes lions stylisés – de ceux que l'on voit devant certains restaurants chinois, mais bien plus gros. Ils mesuraient plus d'un mètre cinquante et semblaient en or massif. Ils avaient de grosses pierres vertes à la place des yeux.

— Oh, quelle beauté… fit Fiona, avant de s'asseoir sur le sol pour les contempler.

Les deux statues avaient quelque chose de royal, de majestueux.

Tandis qu'elle restait béate d'admiration, Paul caressa le premier lion.

— D'après moi, ils étaient à bord du navire qui a coulé. Ce sont eux que recherchent tous ces meurtriers, quelle que soit l'époque.

— Comment sont-ils arrivés ici ? murmura Fiona, qui n'en croyait toujours pas ses yeux.

— On les a sans doute roulés à l'aide de rondins de bois. Il a fallu déployer beaucoup de force.

— Non, je voulais parler de ce navire, dont nous avons lu l'histoire. Il n'a pas échoué au large de la Floride, que je sache...

Il hocha la tête.

— Je ne crois pas. Souviens-toi de Raffles qui les a hissés hors de l'eau, avec ses amis. Le navire aurait pu couler à l'autre bout du monde.

— Et ils ont dessiné une carte, avec l'endroit où ils avaient caché les lions, reprit Fiona. Une carte que détenait mon père.

— Que ton père a volée et falsifiée, compléta Paul en examinant l'autre lion.

Elle ne protesta pas. Il aurait été puéril de persister à croire que son père était un saint.

— Comment ? s'enquit-elle.

— J'ai demandé au vieux Gibby de m'expliquer pourquoi ils n'avaient jamais trouvé les lions. Et j'en ai tiré mes conclusions. Je ne pense pas que ton père s'attendait à mourir si jeune. Il voulait que ces lions te reviennent.

La jeune femme le dévisagea, incrédule.

— Ils feraient un très bel effet dans mon entrée.

Paul sourit de sa plaisanterie.

— Je n'ai rencontré ton père qu'une seule fois, mais il m'a aidé, et cela en dit long sur sa personnalité. Il devait se sentir coupable de te faire éduquer par des étrangers, alors il voulait te léguer quelque chose. Je crois même qu'il voulait t'emmener en expédition pour trouver ces lions.

Elle eut un rire amer.

— Ah oui, une sorte de chasse au trésor entre père et fille, avec le gros lot à la clé.

— Smokey n'était pas un homme ordinaire. Il était une sorte de voyou très élégant...

Il s'interrompit et regarda Fiona.

— Bref, voilà ma théorie. Quelqu'un a pris la première carte et en a fait une copie, une copie erronée, mais si ressemblante qu'Edward King, qui possédait la carte au départ, n'a pas vu la différence. Gibby m'a dit que King avait même…

— Je sais, il a apposé ses initiales dans un coin, à l'encre sympathique. Mon père me l'a raconté.

— Smokey était très futé, comme sa fille, commenta Paul en souriant. Et il en connaissait un rayon sur les cartes.

— Mais pas sur les gens ! fit une voix depuis le seuil, qui les fit sursauter.

Un homme braquait une arme sur eux.

Paul voulut bondir vers lui, mais l'homme menaça aussitôt Fiona de son arme.

— Un seul geste et elle prend une balle dans la tête.

En scrutant cet inconnu, la jeune femme remarqua qu'il boitait.

— Russell, souffla-t-elle.

L'homme esquissa l'ombre d'un sourire.

— Smokey disait toujours que tu étais la plus intelligente des enfants.

Ces paroles furent prononcées avec une telle haine, une amertume si flagrante que Fiona en eut la chair de poule.

— Alors ? fit Paul, comme s'il voulait détourner l'attention de l'agresseur. Vous allez nous tuer et emporter les lions d'or ? Après tout, vous avez déjà éliminé trois personnes, alors deux de plus ne feront aucune différence.

L'homme frisait la quarantaine. Ses cheveux grisonnaient prématurément. Fiona fouilla sa mémoire, en quête de détails sur ce personnage dans *Raffles*. À l'époque, il ne devait pas avoir plus de dix-huit ans. Son père l'appréciait beaucoup. Fiona se souvenait d'avoir été un peu jalouse en lisant ses lettres.

Smokey avait exprimé de la compassion pour ce jeune homme. Sa mère était une prostituée qui, un soir d'ivresse, l'avait fait tomber dans l'escalier alors qu'il avait à peine deux ans. L'enfant avait survécu à la chute, mais sa blessure n'avait jamais vraiment guéri, et il boitait encore.

— Puisque nous devons mourir, dites-nous au moins pourquoi, reprit Paul.

Fiona le vit se placer derrière un lion, pour sortir le couteau qu'il avait dans la poche. L'espace d'un instant, elle imagina avec effroi une lutte entre les deux hommes, qui risquaient de s'entre-tuer.

Soudain, l'esprit de la jeune femme s'éclaircit.

Elle leva les yeux vers Russell, qui n'avait que quelques années de plus qu'elle.

— Ce ne sont pas les lions d'or que vous voulez, n'est-ce pas ? Vous n'en avez jamais voulu.

Lentement, elle s'approcha de Russell. Elle était plus grande que lui.

— Vous voulez simplement ma mort... C'est cela ?

— Oui, je veux vous voir morte, répondit-il d'une voix éteinte.

— Et lui aussi ? fit Fiona en désignant Paul. Pourquoi devrait-il mourir ? Laissez-le retourner auprès de sa fiancée.

L'homme éclata de rire.

— Sa fiancée a une liaison avec ce prétentieux avocat depuis plusieurs jours. L'avocat en veut à son argent. Elle est pleine aux as, comme lui.

Il désigna Paul d'un geste méprisant.

— Laissez-lui la vie sauve, insista Fiona. Cette histoire doit se régler entre vous et moi.

— Écoute-moi bien, Fiona Burkenhalter, intervint Paul, attirant l'attention sur lui. Je ne partirai pas d'ici sans…

— Ne l'appelez pas ainsi ! cria l'homme en brandissant son pistolet d'une main tremblante. Elle n'est pas digne de ce nom !

— Très bien, fit Fiona, cherchant à le calmer. Paul ignore ce qui se passe, il ne comprend pas. Il est simplement le neveu d'un témoin gênant.

— Vous pouvez garder votre baratin. Je sais bien ce que vous avez fait, cette nuit. J'ai tout entendu.

Il était assez bel homme, mais il avait un regard inquiétant, un peu fou.

— Je vous ai vus, ajouta-t-il avec un sourire narquois.

— Et vous vous êtes dit : ce type est riche, et elle fait ce qu'il faut pour qu'il lui donne son argent.

Du coin de l'œil, Fiona vit Paul saisir son couteau. Que valait un malheureux canif contre un pistolet ? Elle le connaissait suffisamment pour savoir qu'il allait jouer les héros. Il risquait d'y laisser la vie !

D'un mouvement vif, elle vint se placer entre les deux hommes. Elle perçut le soupir excédé de Paul.

— J'aimerais te présenter mon frère, lui dit-elle. Ou bien mon demi-frère ? ajouta-t-elle à l'adresse de Russell.

— Demi-frère, seulement, répondit-il. Moi, je suis le fils de la méchante prostituée, et vous de la gentille.

— Je comprends, murmura Fiona.

— Eh bien moi, je ne comprends rien du tout, grommela Paul.

Il s'assit sur le socle d'un lion, près de l'homme armé.

— Et si vous m'expliquiez ?

— C'est elle qui a eu droit à une bonne éducation, pas moi, gronda Russell d'un air hostile.

— C'est vrai, mais vous avez passé du temps en compagnie de notre père, répliqua la jeune femme. Alors que moi j'étais en pension.

— Et si vous repreniez depuis le début ! s'écria Paul, sans cacher son agacement.

Pourquoi parle-t-il si fort ? songea Fiona. Puis elle perçut du bruit, derrière la lourde porte en fer. Quelqu'un descendait les marches, à tâtons, se repérant à la faible lueur de la grotte.

— Pourquoi avoir tué Rose ? demanda Paul.

— Elle vous a vu, c'est cela ? enchaîna Fiona, cherchant elle aussi à couvrir le bruit du nouvel arrivant. Elle vous a reconnu !

À la mention de Rose, elle comprit soudain qui se trouvait dans l'escalier. Et elle savait aussi quel rôle précis jouait cette personne dans l'histoire...

Russell haussa les épaules.

— Pourquoi vous dirais-je quoi que ce soit ? rétorqua-t-il. Pourquoi...

Il ne prononça pas un mot de plus.

Quelqu'un le frappa à la tête à l'aide d'un sac à main. Un coup de feu assourdissant retentit.

Épilogue

— Allez ! Raconte-nous encore, tante Fiona, implora le petit garçon en levant vers elle ses grands yeux bleus.

— Oh oui ! Raconte-nous la partie avec le pistolet et les lions d'or, tante Fiona ! renchérirent les autres enfants.

Fiona n'avait pas l'habitude d'être appelée ainsi. Elle n'avait pas l'habitude d'avoir une famille – du moins, pas de l'ampleur de la dynastie des Montgomery et des Taggert.

Quatre mois s'étaient écoulés depuis la conclusion de son aventure dans la « grotte en or », comme l'appelaient les enfants.

— Laissez-la donc tranquille ! gronda gentiment Cale Taggert en prenant les jumeaux sur ses genoux.

Fiona avait quelque difficulté à se rappeler le prénom de chacun, ainsi que leur lien de parenté avec Paul. Sa cousine Cale était un écrivain à succès, auteur de romans policiers. Fiona brûlait d'envie de bavarder avec elle, pour savoir d'où elle tirait ses idées d'intrigues.

— Ce n'est pas grave, assura-t-elle. Ils ne me dérangent pas du tout.

Elle contempla la foule des personnes présentes dans la pièce. Paul affirmait qu'ils étaient tous membres de sa famille. Lorsque ses yeux se posèrent enfin sur l'homme qu'elle allait épouser, la jeune femme sourit. Elle avait toujours rêvé d'une famille nombreuse et unie. Grâce à Paul, elle venait d'en trouver une, même si ce n'était pas exactement ce à quoi elle s'attendait…

— Allez ! supplia de plus belle le petit garçon.

Fiona le dévisagea, se demandant qui étaient ses parents. Il y avait tant d'enfants ! Et ils se ressemblaient tous. Elle aperçut même plusieurs couples de jumeaux. Un sourire apparut sur ses lèvres. Aurait-elle également des jumeaux, dans sept mois et demi ? Elle n'avait pas encore annoncé la bonne nouvelle à Paul, mais comptait le faire le soir même…

Attendrie, Fiona reporta son attention sur le petit garçon.

— Très bien, par où dois-je commencer ?

— Par les lions d'or !

— Non. Raconte-nous l'histoire de *Raffles*, exigea un autre enfant. Avec tous les détails sur les méchants, surtout celui qui était ton frère.

Raffles était désormais une série télévisée à succès, même si les parents semblaient détester les personnages et leur mentalité parfois sulfureuse. Les comportements peu conformes à la morale, les trahisons continuelles, fascinaient cependant le jeune public.

Grâce à la fortune des Montgomery, les journaux n'avaient pas dévoilé toute la vérité sur la série de meurtres. Le public ignorait par exemple que *Raffles* était inspiré d'une histoire vraie. Juste avant que la série ne soit diffusée sur le réseau national, on avait changé le titre : *Raphael* était redevenu *Raffles*.

Tous les bénéfices de l'entreprise revenaient par testament à Paul et Fiona, qui versaient à leur tour l'argent à des œuvres caritatives.

Quant aux lions d'or, ils se trouvaient dans une arrière-salle d'un musée de Floride, proche du parc de Kendrick. À la fin de la deuxième saison du feuilleton, on révélerait que l'histoire était en partie inspirée de faits réels, et que les fameux lions d'or étaient exposés dans une nouvelle aile du musée.

Les nouveaux jardins du musée présentaient des oiseaux issus du parc voisin. À l'ouverture de l'aile des lions d'or, une poupée serait lancée sur le marché : la poupée Octavia, produite par la société Burkenhalter.

Suzie, la mère de Fiona, faisait partie du comité d'administration.

— Je suis la gentille prostituée, avait révélé Suzie, ce jour-là, quand elle avait surgi pour frapper Russell avec son sac rempli de pierres.

Russell se nommait en réalité Kurt Corbin. Il était né des amours de Smokey et de Lila, une prostituée alcoolique. Choqué par la façon dont cette femme irresponsable élevait son fils, Smokey avait arraché sa fille à Suzie, sa mère, afin qu'elle reçoive une bonne éducation.

— J'aimais ton père, tu sais, avait avoué Suzie à Fiona. Je l'aimais vraiment…

Fiona avait mis du temps à accepter l'existence de sa mère. Et elle mettrait sans doute des années à pardonner à son père de l'avoir privée de Suzie pendant toute son enfance.

— Smokey m'a affirmé qu'il t'avait confiée à de riches parents, et que tu aurais tout ce qu'il y avait de mieux, avait expliqué Suzie, en larmes. Il parlait de leçons d'équitation, de cours de tennis. Il prétendait que tu avais ton propre poney. Je n'ai appris la vérité qu'en lisant les journaux, après la mort de Hudson. Je me suis dit que, si tu étais devenue une délinquante, c'était de ma faute. Voilà pourquoi j'ai renversé du café sur l'histoire des lions d'or. Ils parlaient de moi, et il était encore trop tôt pour que tu saches que j'étais ta mère.

Grâce à ses relations, elle avait appris où se cachaient Paul et Fiona, et leur avait envoyé un message pour les attirer à l'Orchidée bleue. Les jeunes gens ne lui avaient pas demandé comment elle avait obtenu ces faux passeports aussi bien imités...

Dès que Kurt s'était retrouvé à terre, dans la grotte, Paul l'avait ligoté à l'aide de sa ceinture. Aussitôt, Lisa avait surgi, réclamant son sac à cor et à cri.

— Comment nous avez-vous retrouvés ? avait demandé Paul, stupéfait.

— Grâce à lui, avait répondu Lisa en désignant Gibby.

Celui-ci avait acquiescé avec entrain.

— J'ai dérobé votre carte. Puisque vous saviez où vous alliez, je me doutais que vous ne remarqueriez même pas sa disparition...

— En effet...

Jeremy était fasciné par les lions d'or. Il ne parvenait pas à en détacher les yeux.

— Quel dommage de les enfermer dans un musée ! avait-il déclaré en caressant rêveusement une émeraude.

— Bien sûr ! On pourrait les fondre et partager le magot, avait suggéré Paul, cynique.

Le visage de Jeremy s'était illuminé. Paul avait émis un grommellement de mépris, face à tant de cupidité.

Deux heures plus tard, Frank Taggert, le cousin de Paul, était arrivé en hélicoptère, et tout le groupe avait été évacué. Il avait ensuite chargé une armée d'enquêteurs de découvrir le fin mot de l'histoire et le rôle exact de Kurt.

Celui-ci n'avait pas pris la peine de couvrir ses propres traces. Ivre de haine, il se croyait protégé par son anonymat. Il n'y avait en effet pas de notes d'hôtel, d'enregistrements téléphoniques ou de témoins oculaires des trois meurtres. Pourtant, il s'était avéré que plusieurs personnes l'avaient vu en compagnie de Roy Hudson, et la plupart des clients d'un restaurant du bord de mer avaient aperçu Kurt et Eric ensemble, le lendemain de la mort de Roy. Nul ne s'en était soucié, car les journaux avaient déjà désigné les coupables.

Bien sûr, Paul et Fiona avaient dû affronter la police et la presse, accompagnés de six avocats armés d'imposants dossiers. Pour s'assurer que les juges comprennent bien qui était l'auteur des trois meurtres, Frank avait même fait transporter un lion d'or devant la cour.

Finalement, Fiona et Paul avaient été reconnus innocents, et libérés sans charges.

Fiona avait appris que le gouvernement chinois réclamait le retour des lions d'or, à moins que le milliardaire Frank Taggert n'accepte de payer une jolie somme, en guise de compensation. Frank laissait les tribunaux en décider.

— Le temps qu'ils prennent leur décision, avait-il dit, nous serons tous morts et enterrés !

Fiona se réjouissait de la conclusion de son aventure. Elle avait trouvé une mère, et une belle-famille chaleureuse. Et elle était impatiente de se marier, depuis qu'elle portait un petit être en elle…

— Heureuse ? murmura Paul en glissant un bras autour de sa taille.

— Très. Mais…

— Mais quoi ? demanda-t-il, soudain inquiet.

— J'aimerais rentrer à la maison, répondit-elle doucement.

Il se figea.

— Ah… dans ton appartement new-yorkais. As-tu payé le loyer, au fait ? Je croyais que Frank…

Elle posa un doigt sur ses lèvres.

— J'aimerais rentrer à la maison, en Floride.

Paul n'en revenait pas.

— Mais tu détestes la Floride. Tu ne supportes pas la chaleur, l'humidité, les…

Elle l'interrompit d'un geste.

— Je sais que tu tiens à réussir par toi-même, que tu refuses de dépenser l'argent de ton héritage, mais tu ne crois pas que nous pourrions raser ta vieille bicoque et faire construire une maison, comme celle que nous avions à l'Orchidée bleue ? Avec climatisation, piscine et… (Elle hésita.) Et une chambre d'enfant…

Paul écarquilla les yeux. Ils étaient entourés d'une foule d'invités, mais ils se sentaient soudain seuls au monde.

— Oui, je pense que c'est envisageable, souffla-t-il. Quand cette chambre d'enfant doit-elle être prête ?

— Dans un peu plus de sept mois, je dirais…

Il garda le silence, mais Fiona vit une veine saillir sur sa tempe, signe de son émotion.

— Nous l'appellerons Héron si c'est un garçon, et Ibis si c'est une fille, plaisanta-t-il enfin, ivre de joie.

— Pourquoi pas Pluvier ou Grivette ! railla-t-elle. Surtout si ce sont des jumeaux !

Paul rit si fort que tout le monde se retourna. Mais il se contenta d'adresser aux gens un sourire mystérieux, tout en pressant la main de Fiona.

Ce mois-ci, découvrez également trois nouveaux romans de la collection

Aventures et Passions

Le 5 juin 2001

L'héritage d'Eléonore

de Bertrice Small (n° 5869)

Angleterre, XIIe siècle. À la mort de sa mère, Eléonore est envoyée au couvent. Elle a cinq ans. Son frère Richard épouse Isleen, qui ne tardera pas à se débarrasser de lui pour les beaux yeux de son amant et cousin, Saer de Bude. Le couple infernal projette par une nouvelle infamie de s'emparer de l'héritage d'Éléonore. Mais le complot est déjoué et le roi Étienne donne Eléonore et son fief au noble et méritant chevalier Ranulf de Grandchamp...

Le 12 juin 2001

Éducation amoureuse

de Catherine Coulter (n° 5829)

Joanna, fille unique du comte d'Oxborough, convole en justes noces avec Severin, baron de Louges. Mais Joanna n'a connu aucun homme et la manière d'assurer une descendance lui paraît terriblement choquante et humiliante... jusqu'à ce qu'elle s'éveille à la passion dans les bras du sensuel Severin.

Le 26 juin 2001

Le mystère de la veuve noire

de Amanda Quick (n° 5871)

Bien qu'elle n'en ait jamais été reconnue coupable, on dit en ville que Madeline a assassiné son mari. Que ce soit vrai ou non, elle n'est toujours pas débarrassée de ce dernier : son fantôme la hante. Aussi demande-t-elle à Artemis Hunt, un maître de la philosophie ancienne vanza, de l'aider à chasser son époux. Artemis accepte, mais uniquement parce que Madeline possède un petit livre susceptible de mener au « Grand Livre des Secrets » écrit par les premiers maîtres du vanza...

Aventures et Passions

Quand l'amour s'aventure très loin, il devient passion

5960

Composition Chesteroc International Graphics
Achevé d'imprimer en Europe (France)
par Brodard et Taupin à La Flèche (Sarthe)
le 7 mai 2001. 7542
Dépôt légal mai 2001. ISBN 2-290-31235-5

Éditions J'ai lu
84, rue de Grenelle, 75007 Paris
Diffusion France et étranger : Flammarion